사랑하면 기억하게 된다

사랑하면 기억하게 된다

김광희 수필집

달과소

　지금껏 책을 만들 생각으로 글을 쓴 일은 없었다.

　한동안 DVD로 영화 보는 것에 푹 빠져 주체할 수 없는 감동을 되새기며 영화 본 감상문 정도의 글을 자주 쓰게 되었던 시절, 한신대학에 재직 중이셨던 황성숙 목사님과 열렬히 서신을 주고받다가 문장력이 좋으니 책을 한번 내보면 어떻겠느냐는 권유를 받았다. 그러나 그때 너무 성급하게 마음의 준비도 없이, 마음 가는대로 써 놓았던 몇 편의 글을 묶어 작은 인쇄소에서 편집도 없이 책이 만들어졌다.

　그 후 다시는 책 만드는 일 따위에 추호도 연연하지 않았고 그 사이 꽤 많은 시간이 흘러갔다. 그런데 지난 가을부터 의진이와 여진이의 어린 시절 그리운 추억을 위해 틈틈이 써온 일기장의 글들을 모아 출판사를 통해 정식으로 책을 만들어 보아야겠다는 생각을 하게 된 것은 뜻밖의 일이었다.

　그러나 변변치도 않은 글을 가지고 또 다시 책을 만든다는 것은 자원낭비에 돈 낭비이며 공연한 치기일 거라 고민하고 망설이고 마음을 접었다

폈다 되풀이하던 끝에 결국 용기를 내어 몇 군데 출판사에 원고와 책을 보내본 것이다.

며칠 전 달과소 출판사 사장님으로부터 전화가 왔었다. 감동을 주는 글도 더러 있었고 전에 만들었던 책과 편집해서 새로운 책을 만들어 볼 수 있겠다는 설명이었다.

나는 그날 밤 잠이 오지 않았다. 바라던 일이었지만 정작 내 서툰 글이 책이 되어 전국 서점에 놓이게 된다는 사실이 왠지 부끄럽다는 생각이 먼저 들었다. 그 아무도 내 책을 거들떠보지 않는다면 자초한 모멸감을 어찌 감당해야 할지, 그 부끄러움을 무엇으로 가릴 수 있을지……

그러나 한편으로는 남이 무슨 상관이야. 내가 쓴 글이 책으로 나와 서점에 진열되어 있다는 그 사실 만으로도 대견한 일이고 만족하고 행복해도 되는 일이 아닐까? 종잡을 수 없는 번잡한 상념에 새벽녘까지 잠 못 이루다 잠드는 상비약을 먹고서야 겨우 몇 시간 잠과 씨름하고 아침을 맞았다. 그리고 마음을 가다듬고 〈쌍둥이 칼의 행복〉이란 글을 정리하기 시작했다. 어차피 출판사 사장님과 전화로라도 책을 만들기로 합의를 보았으니 책 만드는 일에 최선을 다하자는 생각으로 내 마음은 평온을 되찾았다.

아주 오래전에 열정을 다해 내가 만들었던 발레리나 종이 인형들의 고정관념적인 포즈를 여진이가 가지고 놀면서 내가 상상조차 못했던 춤동작으로 변신시켜 온 방 한가득 어질러 놓는다. 먼 훗날 내가 이 세상을 떠나고 아이들이 성인이 되었을 때, 아이들의 정겨운 추억을 위해 열심히 기록해둔 이야기들이 보석처럼 빛나는 아름다운 삶의 길을 찾는데 멋진 춤사위로 일조할 수 있다면 그것만으로도 대성공일 것이다. 노벨 문학상이 부럽지 않을 것이다.

　주변에서 의진이와 여진이는 나 같은 할머니가 있어 더욱 행복하다며 많이 부러워들 한다. 하지만 내 아이들이 내 곁에 있어 주어서 내가 더욱 행복하다는 것을 짐작하는 사람은 그리 많지 않다.
　내 아이들 곁에 오래오래 머물게 해주시는 신께 더욱 감사할 뿐이다. 내 아이들 가슴속에 영원히 그립고 아름답고 멋진 사람으로 기억되고 싶다.

2012년 6월 김광희

Contents

3장 감동으로 남아 있는 명화들

4장 바람이 되어

5장 하나뿐인 지구

"할머니! 예술이 뭐에요?"
"음… 그것은 아주 아름답고 멋진 것.
의진이와 여진이가 건강하고 예쁘게 커 가는 것이 예술이지.
사람들이 서로 사랑하며 아름답고 선하게 사는 것이 예술이지."

1. 작은 이야기들

감동

2009년 3월 4일. 초등학교 입학식이 끝나고 다음 날 교실에 입실해서 의진이 담임선생님이 아이들에게 물었다.

"여러분 학교에 입학해서 즐겁고 행복하죠? 왜 행복할까요. 누구 손들고 말해 봐요."

"저요, 모든 것이 감동이라서 행복해요."

의진이는 손들고 자신 있게 큰 소리로 대답했다.

"의진아, 감동이 무엇인지나 아니?"

나는 집에 돌아오며 물었다.

"눈물이 나도록 슬프고 기쁜 것이 감동이지요."

걸핏하면 눈물 글썽거리는 울보. 의진이의 정체성과 감수성은 감동! 그 자체인가 보다.

"의진아, 우리 모두는 학교에 입학하도록 훌쩍 커버린 대견한 너의 모습에서 진한 감동을 받는구나.

2008년 11월 4일은 미국의 44대 대통령이 탄생된 날이다. 버락 오바마 대통령이 당선된 직후 부시 대통령은 "감동의 승리"라고 진심으로 축하했다. 부시 대통령은 많은 사람들로부터 전쟁광이라고 지탄을 받은 대통령이지만, 진정한 승리의 감동을 표현할 수 있는 아주 멋진 사람인가 보다. 미국의 민주주의는 역시 우리나라 민주주의보다 한 차원 높은 것 같다.

어느 날 무심코 켠 어느 TV채널 토크쇼에서 들은 이야기다.

"한강에 국회의원과 돼지가 빠졌을 때 누구를 먼저 구해야 할까요?"

"그야 당연히 국회의원이죠. 한강물이 오염되면 안 되니까요."

돼지보다 더 더러운 국회의원을 더 빨리 건져내야 한다는 유머가 그 순간 정말 사실일 것 같아서 내 마음은 잠시 서글퍼졌다. 나는 정치란 것에 별 관심도 흥미도 없다. 나의 지나친 편견이겠지만 정치하는 사람들은 늘 경쟁자를 비방하고 헐뜯고, 국회의사당은 늘 싸움꾼들만 모여 있는 곳이란 이미지를 내 머릿속에서 지을 수 없다.

그런 내가 미국 대통령 뽑는 일에 푹 빠져 버린 것이다. 처음 당 경선 때만 해도 힐러리 클린턴에게 관심이 있었는데 어느 사이 오바마에게 내 호기심이 쏠려가고 있었다. 그리고 오바마 대통령이 당선된 순간 눈물이 나도록 큰 감동을 맛보았다. 내가 이렇게 정치인을 좋아해 볼 줄이야 꿈에도 상상 못했던 일이다. 그때 4살 된 손녀 여진이는 내가 하도 뉴스를 열심히 보니까, TV를 켤 때 마다 "할머니, 또 오바마 뉴스 보게"라고 말했다.

나는 교보문고로 달려가 오바마 그의 삶에 대한 책과 이번 선거를 기념하는 〈타임〉지 화보집을 사가지고 왔다.

- 당신의 진정한 잠재력을 깨닫는 유일한 순간은
  자신보다 더 큰 어떤 것으로 자신을 끌어 올릴 때입니다.

- 진보적 미국과 보수적 미국이란 없습니다. 미합중국이 있을 뿐입니다.

- 만일 시카고에 글을 읽지 못하는 아이가 있다면
  그것은 나의 책임입니다.

- 제가 모든 전쟁에 반대하는 것은 아닙니다.
  저는 바보 같은 전쟁만 반대합니다.

- 저는 사람들이 정치에서 가장 배고픔을 느끼는 부분이
  바로 신뢰성이라고 생각합니다.

- 돈을 버는 것이 잘못된 일은 아닙니다. 하지만 돈을 버는 데 삶을 집중
  시키는 것은 야망의 빈곤함을 드러내는 것입니다.

- 전 정말 대단한 대통령이 되고 싶어요.
  왜냐하면 평범하거나 형편없는 대통령이 많거든요.

- 한 가지 제가 확신하는 것은
  사람들이 뭔가 새로운 것을 원한다는 것입니다.

  – 버락 오바마 –

오바마 어머니 앤 던햄은 오바마에게 자신의 가치관과 즉 관용, 평등을 지키고 혜택 받지 못한 사람들 편에 설 것을 가르쳤다. 오바마 어머니는 매일 새벽 4시면 아들을 깨워 미국 통신강좌를 이용해 영어를 가르쳤다.

불가능을 가능케, 절망에서 희망을, 분열에서 화합을 이룩한 버락 오바

마! 인종 차별을 뛰어 넘어 비범한 자신감으로 미국의 최초 흑인 대통령이 된 버락 오바마! 지금도 나는 뉴스에서 그를 볼 때마다 가슴 뭉클한 감동을 느낀다.

"의진아, 이번 미국 대통령으로 뽑힌 오바마 알지? 오바마 대통령은 어려서 외할머닌 말씀을 잘 들어서 그렇게 훌륭한 대통령이 된 거야. 의진이도 이 할머니 말 잘 들어야 된다."

"아니, 그럴 필요 없어요. 나는 대통령이 안 될 테니까요. 그 골치 아픈 대통령을 뭣하러 해요. 나는 대통령이 되기 싫어요."

미운 일곱 살 개구쟁이 의진이의 솔직한 대답이다.

"그래도 의진아, 대통령이 되고 싶다고 아무나 다 대통령이 되는 것은 아니다. 대통령이 아니 되어도 좋으니 오바마처럼 확고한 신념과 대담한 도전정신으로 아름답고 멋진 사람이 되도록 열심히 노력했으면 좋겠구나. 우리나라에서도 오바마처럼 훌륭한 대통령이 곧 탄생되었으면 참으로 좋겠구나."

우리가 살면서 아름답고 놀라운 일에 가슴 찡한 감동을 받으며 사는 것도 매우 즐거운 일이지만, 나 자신이 남을 감동시킬 수 있는 사람이 될 수 있다면 그 얼마나 멋진 일이겠는가. 그러나 그것은 아무나 될 수 없는 너무나 어려운 바람이라는 것을 나는 잘 알고 있다.

요즘 한국의 샛별로 떠 오른 나의 아들 같은 박경철 씨와 안철수 씨 이야기를 TV에서 잠깐 보았다. '와! 정말 대단히 멋진 젊은이들이 나타났구나.' 나는 감탄했다.

박경철 씨는 세상의 정의를 저울로 달 수 있는 법관이 되어보고도 싶었고 글을 읽고 쓸 수 있는 일도 원해서 문과나 법대를 지원하려 했으나, 존경하는 아버지의 뜻을 따라 의대에 들어갔다고 했다.

사람이 사는 생존의 문제는 모두에게 공평하게 기회를 주는 것이 건강한 사회가 아니겠는가, 최소한 본인과 가족의 생명을 보호하는 절박한 순간에 국가나 사회가 보호해 줄 수 있었으면 좋겠다며 있는 사람보다 형편이 어려운 이웃을 먼저 염려하는 감성적인 외과의사 박경철 씨는 베스트셀러 작가! 투자전문가! 칼럼리스트! 스타강사! 최고로 훌륭한 아빠였다.

한 가지만 잘하는 사람이 되기도 어려운 세상인데 그것도 이 세상에서 가장 멋있는 일들을 완벽에 가깝게 해내며 많은 사람들의 선망을 받고 있으니 참으로 부럽지 않을 수 없다.

어려서부터 특별하게 책을 좋아하고 고교 때 독일의 철학자 〈짜라투스트라〉를 읽었고 의사이면서도 투자전문가가 되어 절박함을 기적으로 바꾼 사람! 세상에서 가장 어두운 곳을 염려하고 배려하며 가슴아파하는 휴머니스트! 아이, 가족, 친구들이 그리워해주는 사람이 되고 싶고, 쓸모 있고 항상 일이 있는 사람이 되고 싶다는 따뜻하고 오지랖 넘치는 박경철 씨다.

〈착한 인생 당신에게 배웁니다〉 그의 에세이집을 읽으며 잔잔한 감동을 받았다. ―신이 있다면 도저히 일어날 수 없는 끔찍한 불행 사이에서 우리 인간들은 신과 악마의 힘겨루기를 그저 무기력하게 지켜볼 수밖에 없다는 사실에 좌절하기도 한다― 몇 해 전 설암으로 이 세상을 떠나간 나의 남편과 그때 내가 겪었던 참혹한 심경을 그는 대신 말해주었다. 장애아를 둔 모든 부모는 그 아이보다 1초라도 더 오래 살기를 간절히 소망한다는 그의 애절한 진심에 나는 눈시울을 적셨다.

안철수 씨도 의대를 나왔으나 지금은 카이스트에서 경영을 가르치는 교수라고 한다. 그도 역시 어려서부터 책읽기를 좋아하고 초등학교 도서관의 모든 책을 독파한 거의 활자 중독증에 가깝도록 책을 읽었다고 한다. 우리 아이들에게 책을 많이 읽게 하는 방법으로는 역시 말보다 부모의 책 읽는 습관이 자녀들에게 더 중요하다고 그는 강조한다.

안철수 씨는 의학 연구 중 컴퓨터 바이러스를 발견해 내고 그에 이어 세계 최초 백신 중 하나를 개발했으며 소프트웨어 안 연구소를 설립해서 최고의 경영자로 많은 사람들의 선망을 받았다. 회사가 적자로 어려웠을 때 미국 실리콘밸리의 1,000만 달러 인수 제안을 망설임 없이 거절했다는 그의 말에 천만 달러가 얼마나 많은 돈인지 감이 잡히지 않았지만 나도 어안이 벙벙한 감동을 받았다.

머리 좋은 사람이 더 많이 감옥에 간다는 에피소드를 말하며 머리가 좋아서 개인적 성공과 이익만을 추구하는 사람이 과연 우리 사회에 무슨 도움이 되겠느냐며 영혼이 있는 기업, 영혼이 있는 승부를 꿈꾸는 안철수 씨는 정말 대단히 멋있는 사람이다. 컬럼리스트 박경철 씨도 정돈되고 정갈하며 투명한 매력이 있는 사람이라고 높이 평가했다고 한다.

운이란 것은 모든 사람에게 기회가 오지만 준비된 사람만이 그 기회를 자기 것으로 만들 수 있는 것이며, 또한 사회가 기회를 준 것도 인정해야 한다고 그는 겸손히 말한다. 회사의 CEO라는 것은 높은 사람이 아니라 역할 분담만 다를 뿐 수평적 관계라고 강조하는 그의 겸허한 어감에서 진실한 성직자의 모습을 보는 듯했다.

도전정신이 강한 학생들을 안전지향적 선택으로만 강요하는 사회구조가 더 문제된다며, 인생에 있어 효율성이 전부는 아니며 자기 자신을 찾아 기회를 주는 삶을 살아가기를 우리 젊은이들에게 당부하는 모습에서 나는 참으로 오랜만에 학생을 가르치는 교수의 아름다운 참 모습을 보았다. 감동이었다.

박경철! 안철수!
이들이 있어 우리들의 행복지수는 더욱 높아질 것이다.

살면서 가슴 설레도록 기쁜 일을 당할 때 감동을 느끼며 행복함을 두 배로 누리며 사는 삶은 여유롭고 풍요로운 삶이다. 축복 받은 삶이다. 하지만 지나친 격한 감동으로 흥분의 도가니 속에 빠져들면 이성을 잃고 걷잡을 수 없는 위기에 처할 수도 있다.

짜릿한 즐거움을 얻으려 간 경기장에서 지나친 편견으로 상대방 팀을 비방하고 극기야 난투극으로 불상사를 만들고, 자기가 좋아하는 가수콘서트에서 정신을 잃고, 성스러운 순례길에 인산인해를 이룬 성난 파도 같은 성도들의 광란의 춤 속에 넘어져 생명을 잃기도 하고, 리듬과 균형과 조화로움이 깨진 절제 없는 감동과 감정은 예기치 못한 불행한 결과를 가져 온다.

리스트의 〈사랑의 꿈〉 멜로디가 내 방안에 머무는 시간, 나는 가끔 홀로 있는 조용한 시간을 음악과 함께 만든다. 음악은 우주에 우리 말고 다른 무엇이 있음을 전하는 신의 음성이라고 한다. 살아 있는 모든 것을 연결하는 화음의 결합이라고 한다.

행복은 마음을 정화시키는 아름다운 영혼이 깃든 음악과 함께 온다. 음악과 함께 사는 삶은 감동 그 자체이다.

간이 많이 나빠져 죽을 수밖에 없는 사람에게 간 이식을 해야만 살 수 있다는 드라마를 보고 있을 때, 옆에서 TV를 같이 보고 있던 7살 여진이가 묻는다.

"할머니 간이식이 뭐예요?"

"음… 그건 우리 몸속에 있는 간 기능이 나빠진 사람에게 건강한 간을 가지고 있는 사람이 나누어주는 것이야."

"할머니 그런데 어떻게 간을 줄 수가 있어요?"

"그것은 서로 여건이 맞는 사람끼리 수술을 해서 떼어 주는 것을 간 이식이라고 해."

"할머니, 그럼 수술을 할 때 많이 아프겠네?"

"그럼, 많이 아프지."

"여진아, 만일 할머니가 간이 많이 나빠져서 간 이식을 해야 한다면 여진이가 할머니에게 간 이식 해줄 수 있어?"

"아니, 못해요. 배가 아파서 못해요."

"그럼 할머니 죽을지도 모르는데?"

"아빠보고 하라면 되잖아요."

"아빠가 할머니하고 맞지 않아서 해줄 수 없다면?"

"그럼 엄마가 해주면 되잖아요."

"엄마도 맞지 않는다면?"

"오빠가 해주면 되잖아요."

"오빠도 안 된다면, 할머니 그냥 죽어야 돼?"

"아냐, 할머니 죽으면 안 돼, 그땐 내가 해줄게요. 아무도 안 된다면 그땐 내가 많이 아파도 참고 간이식 해줄게요."

"정말이야?"

여진이는 혼잣말처럼 중얼거린다.

"할머니가 나쁜 간이 생기면… 안 되는데…."

10살 의진이에게도 물어봤다.

"의진아, 할머니에게 간이식 해줄 수 있어?

순간 의진이는 말을 못하고, 어… 어… 하며 왜 할머니는 대답하기 힘든 질문을 하냐며 대답할 수 없다고 했다. 여진이와 의진이의 솔직한 진심은 나에게 똑같이 감동이었다.

"할머니. 나는 언제쯤 할머니처럼 김치 만들 수 있어요?"

"아직 멀었어. 너는 지금 일곱 살이잖아."

"할머니, 나 대학 갈 때까지 할머니와 함께 살 수 있지?"

"글쎄다, 그땐 할머니 구십이 가까울 텐데 그때까지 살 수 있겠니? 너 시집가는 것도 보고 싶지만, 아마 절대로 그럴 순 없을 거야."

"할머니. 나는 시집 안 갈 거야, 아빠가 시집가지 말라고 했어요."

"정말이야? 할머니 생각도 그런데."

이렇게 예쁜 것을 어떻게 시집보내겠느냐며, 이제 겨우 일곱 살 딸에게 절대 시집 못 보낸다고 여진이 아빠는 농담을 사실처럼 말한다. 농담도 때로 진실처럼 느껴질 때가 있다. 진실은 언제나 감동이다.

"할머니는 아직도 젊어 보여요."

"정말?"

"다른 할머니는 쭈글쭈글한 할머니도 많이 있잖아요. 할머니는 아직도 예뻐요."

"아이구! 고맙기도 해라. 예쁜 내 강아지. 못생기고 늙어버린 이 할미를 예쁘다고 말해주는 사람은 내 강아지뿐이네."

TV보며 내 얼굴을 만지작거리며 여진이는 무심코 지나가는 말을 사실인 것처럼 말한다. 애나 어른이나 우리는 못 말리는 고슴도치 사랑으로 끝도 없는 감동을 만들어 간다.

"역시 나는 우리 할머니 손자로 태어나길 참 잘했어요."

바람처럼 스쳐가는 의진이의 말 한마디가 나를 더욱 행복하게 한다.

웃기고 앉았네
웃기고 자빠졌네

'웃기고 앉았네, 웃기고 자빠졌네.' 내가 알기로 이 말의 의미는 상대방이 하는 짓이 못마땅하거나 어이없고 얄미워서 비웃고 싶을 때 내뱉는 말이라고 알고 있다. 나는 이 말들을 자주 쓰지는 않지만 어느 때 갑자기 나도 모르게 입 밖으로 튀어나올 때가 더러 있다. 어제는 무엇이 못마땅했었는지 여섯 살 난 여진이에게 처음으로 "웃기고 앉았네, 웃기고 자빠졌네"라고 말을 했다. 그랬더니 여진이가 즉시

"할머니가 웃으면서 앉아서? 웃다가 넘어졌어?"

하며 눈을 동그랗게 뜨고 따지듯이 묻는다. 나는 여진이 말이 더 우스워서 하하거리며 웃고 있는데,

"여러분 뉴스를 말하겠습니다. 우리 할머니가 웃다가 앉았습니다. 웃다가 넘어졌습니다."

하며 주먹을 쥐어 마이크처럼 입에 대고 소리치며 집안을 뛰어 다닌다. 나는 그날 밤 일기장에 이 이야기를 써 넣으며 언제쯤 할머니가 저를 비웃

으며 한 그 말뜻을 여진이는 알게 될까 생각했다.

아이들하고 살다보면 별의별 우습고 황당하고 신기하고 신통한 말을 들을 수 있다. 어처구니없고 재미있는 그 말들만 모아도 한 묶음의 글이 될 것 같다.

"할머니 변태 보러 가자."

내가 아이들 집에 당도해서 옷을 바꾸어 입으려고 방에 들어서자 의진이가 따라 들어오며 말을 한다.

"뭐라고? 할머니 변태를 보겠다고? 변태가 뭔데?"

"고추 보고, 엉덩이 보고, 배꼽 보는 것."

"누가 그런 말했니?"

"유치원 친구가…."

이제 겨우 일곱 살짜리의 말이 정말 어이없다. 요즘 아이들의 황당함을 정말 웃다가 앉아만 있어야 할지 참으로 난감하다. 이 세상에 불꽃처럼 난무하는 음란물들이 우리 청소년들을 얼마나 많이 병들게 하는가. 인도 카나락 지방에 있는 성행위를 돌에 새겨 괴이하게 만들어 놓은 힌두사원 돌탑을 간디는 부숴버리고 싶다고 말했다.

의진이가 초등학교에 입학하고 한동안 하교시간에 마중 다녔다. 어제 반에 들어섰을 때 의진이 반 여자아이가 내게 일러준다.

"오늘 의진이가 선생님한테 변태라고 해서 야단맞았어요."

나는 하도 기가 막혀서 집에 돌아오며, 왜 선생님한테 변태라고 해서 야단맞았느냐고 물었더니,

"선생님이 내 배꼽을 자꾸 눌러 보잖아요. 여자가 남자 배꼽을 건드리는 것은 변태잖아요."

"야 정의진, 아무리 그래도 그렇지. 누가 선생님 보고 변태라고 할 수 있니?"

그날 밤 의진이는 엄마한테 종아리 10대를 맞았단다.

"의진아, 어젯밤 종아리 맞고 울었니?"

"그럼 종아리 맞고 안 우는 사람도 있어요?"

"그랬겠다. 아팠겠다. 그런데 왜 맞았는지는 알고 있는 거니?"

걷잡을 수 없이 빠르게 변해가고 있는 의진이를 어떻게 선도해서 올바르게 커갈 수 있도록 인도할지 큰 걱정이다. 왜 선생님은 의진이 배꼽을 건드려 가지고 의진이 종아리를 아프게 했는지…. 웃으면서 마음 편히 앉아만 있을 수만은 없는 일들이 자꾸만 벌어질까봐 내 마음은 늘 조마조마하다. 친구들과 장난치다 크게 다치지는 않을까, 좋지 않은 친구들과 어울리면 어쩌나, 공부도 남에게 뒤지지 않아야 할 텐데. 유괴, 과격한 체벌, 집단 식중독, 성폭행…. 제발 내가 걱정하는 이 모든 것들이 기우에 지나지 않기를 나는 간절히 바라고 있다. 걱정도 팔자라는 말이 맞는 말이었으면 좋겠다.

의진이가 어제 유치원에서 가는 1박 2일 캠프장으로 떠났다. 태어나서 처음으로 집을 떠나 홀로 여행한 것이다.

나는 그날 밤 꿈속에서 다른 아이들은 모두 돌아왔는데 의진이는 아무리 찾아보아도 내 눈에 보이지 않아 얼마나 걱정이 되던지. 꿈속에서도 '이게 꿈이겠지' 빨리 깨나야 할 텐데 하며 애를 태웠다.

하지만 의진이는 다음날 오후에 무사히 잘 돌아왔다. 나는 얼마나 반갑던지 끌어안고 안도의 한숨을 내쉬었다. 그런데 의진이는 시무룩한 표정으로 집에 들어서자마자 엄마가 보고 싶었는데 왜 회사에서 엄마가 아직도 오지 않았느냐며 볼멘소리로 성화를 낸다. 나는 그런 의진이에게 조금 섭섭해져서,

"할머니는 보고 싶지 않았니?"

하고 물었더니

"응, 할머니는 안 보고 싶었어요. 우리 가족만 보고 싶었어요."

한다.

"우리 가족이 누구누구인데."

"엄마, 아빠, 여진이, 나. 이렇게 넷이 우리 가족이잖아요."

"그럼 할머니는 가족이 아니니?"

"할머니는 친척이잖아요."

와, 나는 얼마나 기가 막히던지 웃다가 자빠질 일이 아니라, 웃다가 울어 버릴 일이었다. 의진이는 네 살 때까지만 해도 엄마 아빠와 자지 않고 할머니하고 자겠다며 자다가도 내가 옆에 없으면 울면서 내 방에 찾아들던 녀석이었다. 이제 겨우 일곱 살에 이 할미를 짝사랑으로 밀어내 버리다니… 손주 사랑은 짝사랑이란 것을 이미 알고 있었지만 이렇게 빨리 끝 날 줄이야. 나는 정말 몰랐다.

그날 저녁 때,

"그래, 이제 할머니도 너 안 보고 싶어 할 거야, 너와 끝이야."

하며 웃기지도 않는 말을 뱉어버리며 집에 오려고 현관을 나서는 나에게,

"할머니. 그 말 이제 곧 잊어버릴 텐데 뭐…."

하고 의진이는 내 등 뒤에다 소리친다. 의진이의 멋쩍은 말을 뒤로 하고 나는 곧 MP3플레이어에서 쏟아지는 음악 속으로 빠져들어 갔다. 짝사랑은 결코 웃어넘길 일이 아니다. 가슴 쓰라리고 심장이 멎어버릴 만큼 괴롭고 슬픈 일이다. 하지만 내 짝사랑은 '웃기고 자빠졌네' 하고 웃어넘기겠다.

그래도 사랑하는 나의 아이들아 나는 죽을 때까지 너희들을 짝사랑할 것이다. 죽어서도 영원히 잊지 못할 것이다. 할미꽃의 전설은 그리움과 외로움과 서러움이란다.

"할머니. 이 아파트 동네 길이 모두 할머니 것이에요? 왜 할머니 맘대로 이 길로 가자고 해요. 저기 가는 사람들도 할머니가 허락해서 저 길로 가는 거예요?"

요즘 한낮의 햇볕은 살인적이다. 무섭게 뜨겁다. 여진이 미술학원에 가는 시간이 가장 더운 낮 시간이라서 밖에 나가기 무척 힘들다. 그래서 그늘진 길을 골라서 갔다 온다.

"할머니. 오늘도 햇빛이 있으니까 돌아가야지요?"

하며 평소에는 아무 말 없이 잘 따라 다니던 여진이가 오늘은 웬 심통이 났는지 이 동네 길이 모두 할머니 거라서 할머니 마음대로 이리가자 저리가자 하느냐며 말도 안 되는 소리로 종알댄다. 나는 속으로

"웃기고 앉았네."

하며 여진이가 쑥쑥 잘 자라고 있구나 생각했다.

"현관에 맨발로 나갔다 왔으면 어서 발 씻어라."

"싫어, 안 씻을래요."

"빨리 씻어라. 그 발 가지고 이불 밟으면 안 된다."

"싫어, 안 씻을래요. 그런데 왜 할머니 마음대로 내가 발을 씻어야 돼요? 내가 왜 할머니 말을 들어야 돼요?"

"정말 할머니 말 안 들을래?"

"네. 할머니 하라는 대로 하기 싫어요. 여기가 우리 집인데 왜 할머니 마음대로 하고, 내가 왜 할머니 말을 들어야 돼요?"

"그럼 이제 할머니 의진이 집에 오지 말까?"

"아니, 그건 아니구요."

이제 겨우 여섯 살인 의진이에게 웃기지도 않게 어느새 반항의 시기가 왔나 보다. 오늘도 TV에서 좀 떨어져 보라고 했더니,

"할머니. 그건 내 맘이야."

하며 볼멘소리를 한다.

"의진아. 이 세상은 자기 맘대로만 살 수 없단다."

"할머니. 강아지가 방에 오줌 쌌다고 너무 야단치지 마세요. 강아지가 슬퍼하잖아요. 할머니가 아까 화내서 내가 슬펐어요."

"야, 정여진. 너 웃기고 앉았다. 사람이건 동물이건 잘못했으면 왜 야단맞아야 하는지 너희들은 이제 곧 알게 될 것이다."

"의진아. 너 수진이하고 사귀지?"

"아냐. 아직은 아냐."

유치원에서 돌아오는 길에 의진이가 친구와 나누는 이야기를 얼핏 들었다. 수진이는 우리 아파트 윗층에 사는 의진이 여자 친구다. 나는 집에 와

의진이에게 물었다.

"정말 수진이와 사귀니?"

"예. 사귀고 있어요."

"그럼 커서 수진이와 결혼도 할 거야?"

"그럼요. 결혼해야지요."

"결혼이 뭔데?"

"그건 둘이서 함께 사는 것이지요. 수진이가 우리 집에 놀러 왔다가 밤이 되어도 돌아가지 않고 둘이서 헤어지지 않고 늘 함께 사는 것이지요."

와, 일곱 살 의진이의 결혼관을 웃어버려야 할까. 심오하게 생각해 봐야 할까? 그래도 그렇지 야, 정의진 정말 웃기다 넘어지겠다. 어느새 그런 생각을 하다니. 이 할머니는 아직도 결혼을 왜 했는지 모르겠는데….

"할머니, 할머니는 맨 처음 엄마가 됐을 때 기분이 어땠어요?"

"할머니, 나는 할머니 찌찌가 참 좋아요. 할머니 한번만 만져보면 안돼요? 꼭 한번만, 느낌이 어떤지 보려구요."

"할머니. 나는 할머니 찌찌가 자랑스러워요."

"야. 정여진 정말 이 할머니 웃다가 자빠지겠다."

다정도 병이란 말이 이 시간 왜 생각이 날까?

오늘은 약혼할 남자에게 뜬금없이 아이가 나타나 파혼에 이르게 되는 드라마를 보고 있는데,

"어린애가 무슨 죄니."

옆에 함께 보고 있던 세 살 난 여진이가 이 대화를 듣더니

"맞아 맞아."
하고 큰 소리로 말한다.

그리고는 나이 많은 사람이 뒷짐 지고 걷는 모습으로 여진이도 뒷짐 지고 집안을 어슬렁 걸어 다니며
"무슨 방법이 없을까."
를 반복한다. 어떤 일에 어떤 방법이 필요할지 나는 알 수 없이 웃음만 나온다.
"TV가 볼 것이 없네."
하며 내가 TV를 끄려고 하자
"글쎄 말이에요. 우선 그것 보세요."
라고 이제 4살 된 꼬마 여진이가 말한다. 아이들이 어른 뺨친다는 말이 괜히 있는 건 아닌가 보다.

냉장고 청소를 하는 도중 그만 선반이 떨어지면서 쾅! 쾅! 하고 요란한 소리를 냈다.
방에서 놀던 여진이가 급히 뛰어나오며 놀라서 묻는다.
"할머니. 왜 그래요?"
"괜찮아. 아무것도 안 깨졌어."
"아이구 다행이다."
요즘 여진이는 다행이란 말을 적절한 순간에 얼마나 잘 쓰는지 모른다. 어제도 소꿉 장난감 수박 조각을 청소하다 찾아주었더니
"아이구. 다행이다. 할머니 잘했어요." 한다.
넘어질 뻔할 때는 "아이 깜짝이야." 하고 케이크 그림만 보아도 "축하해

요. 짝짝짝." 손뼉 친다. 인형을 가지고 소꿉놀이하며 연신 "못 말려, 못 말려." 한다.

"여진아 넌 어쩌면 그렇게 어려운 퍼즐도 잘 맞추니?"

"덕분에요."

와우, 아직 여진이에게 어울리는 말은 아닌 것 같구나.

요즘 여진이는 퍼즐을 손에 쥐고 쉴 새 없이 "이것은, 이것은, 이거는… 여기네!" 하며 퍼즐을 맞추어 간다. 리듬감 있게 작고 낮은 소리로 시작하여 크고 높은 소리까지 읊어 대며 퍼즐을 잘도 맞춘다. 그리고는 "할머니, 할머니…" 하며 노래 부르듯이 나를 부른다. 내가 거기에 어울리게 왜 그래, 왜 그래, 왜 그래 하며 높고 낮은 목소리로 대답을 하면 여진이는 무척 즐거운 표정으로 하하하 거리며 우리는 마주 보고 웃는다. 우리는 지금 오페라 공연 중이다. 70쪽이 넘는 뿅뿅이 그림 퍼즐을 하루에도 수십 번씩 되풀이 맞추며 오페라 공연을 한다.

오늘은 의진이 태권도장에 차 태워 보낸 후 나온 김에 여진이 걷는 운동도 할 겸 동네 슈퍼와 문방구에 과자도 사고 공도 사가지고 왔다. 여진이는 슈퍼에 갔을 때도 종업원이 쳐다보든 말든 '안녕!'하며 인사부터 한다. 문방구에 가서도 '안녕', 나올 때도 '안녕'하며 함박웃음을 짓는다. 부끄러움과 쑥스러움이 많은 의진이와는 많이 다르다.

여진이는 꼭 제 엄마 어렸을 적 같다. 지영이도 여진이만 했을 때 동네 사람들을 만날 적마다 몇 번이고 "안녕하세요."하고 인사를 잘 했다.

의진이가 오늘 학교에서 돌아오자마자,

"할머니. 여자 애들 둘이 나에게 뽀뽀했어요."

"정말? 어떤 아이들인데…."

"이름만 알고 있어요."

"예쁜 아이들이니?"

"아뇨. 안 예뻐요. 난 별로예요. 난 그 애들하고 친구도 하고 싶지 않아요."

"웃기고 있네…."

"할머니. 내일 우리 반 짝꿍과 자리를 바꿀 건데 오늘 선생님이 누구랑 짝꿍하면 좋겠느냐고 여자 아이들에게 물었을 때 글쎄 모두 다 정의진 하고 짝꿍을 하고 싶다며 손을 들어서 선생님이 '의진이는 인기가 최고 짱이다.' 라고 말했어요. 누구랑 짝꿍을 해야 할지, 정말 골치 아파요"

"야, 정의진 행복한 고민에 빠졌구나."

하지만 의진아, 앞으로 진심으로 모든 사람들이 사랑해주고 믿어주는 멋진 사람이 어떻게 하면 될 수 있을까? 이것이 문제가 아닐까?

"할머니, 여자가 뚱뚱하면 보기 싫지? 남자들이 싫어하지?"

요즘 여진이는 TV에서 보고 있는 '짱구는 못 말려' 만화에 푹 빠져 있다. 시간만 있으면 본 것을 보고 또 보고, 혼자서 깔깔대며 재미있어 한다.

"할머니, 짱구 아빠는 예쁜 여자만 좋아하고, 짱구 엄마, 짱아, 동네 엄마들은 잘생기고 멋진 남자들만 좋아해요."

일곱 살 여진아. 어느새 너도 인간 육체의 미모에 관심이 쏠려가고 있니? 아름다움을 소유하고 싶은 인간의 열망은 끝이 없단다. 몸도 마음도 예쁘고 최고의 얼짱이 될 때까지 정여진 파이팅!

의진이, 여진이를 미술학원에 보낼까 하고 어제는 아파트 근처에 있는 미술학원에 갔었다. 미술 강사와 이야기를 나누는 중 학원비가 일주일에 두 번하고 십 만원이라는 소리를 듣고 의진이가 즉시

"나 그렇게 비싸면 안 할래요. 그렇게 비싼데 뭣 하러 미술을 해요"

하고 단호히 말한다. 학원 선생님은 얼마나 황당하고 기가 막힌지

"요즘 애들은 다 그래요."

한다. 나는 민망스러웠다. 사실은 제일 싼 학원비인데…….

"의진아, 할머니 하고 싶은 것이 있어도 돈이 없어 못하고 있는데 의진이가 얼른 커서 돈 많이 벌어 할머니 좀 주면 안 될까?"

"그땐 할머니 죽고 없을 텐데요."

1초의 망설임도 없이 대답하는 의진이의 말이 정답인데 그 대답이 왜 그리 서글프게 들리는지 모르겠다.

요즘 유치원에 가려고 옷을 입고 머리 빗고 준비를 시작하면 어느새 울먹울먹 하며 눈물이 쏟아지는 버릇이 또 도졌다. 왜 여진이는 아침마다 유치원에 가려고 하면 눈물이 나올까? 유치원에 가는 것이 싫어서는 아닌 것 같은데, 유치원 등원 차만 보면 눈물이 쏟아지는 그 이유를 나는 통 알 수가 없다.

"여진아. 너 그렇게 자꾸 울면 울보라고 사람들이 놀린다."

"할머니. 울보란 말은 나쁜 말은 아니잖아요. 좀 울면 어때요."

와, 정여진 정말 웃다가 자빠지겠다. 울보가 나쁜 말 아니란 걸 염두에 두고 우는 것은 아닐 것이고 왜 할머니 아침마다 마음 아프게 자꾸 우는지 도통 모르겠구나. 눈물은 자신의 자제력과 의지로도 통제가 안 된다는 것

을 알고 있지만 너의 이유 없는 눈물의 의미를 알기 위해 눈물의 철학이라도 이 늙은 할미가 알아봐야 하겠니?

일주일 쯤 지난 오늘 아침.

"할머니. 내가 오늘 아침에는 안 울고 갈게요. 우는 것도 지겨워졌어요."

오후에 집에 돌아온 여진이

"할머니. 내가 오늘 아침에는 안 울고 가서 할머니 기분 좋았어요?"

와, 정말 못 말리는 여진아. 제발 그 이유 없는 눈물은 그만 흘려라. 부탁한다.

"여진아. 씽크빅 선생님이 다음 주부터 오시게 되었다."

"할머니. 설거지 선생님이 오신다구요?"

"하하하… 씽크빅은 설거지 선생이래요."

씽크빅이란 말을 설거지하는 씽크대로 잘못 알아듣고 여섯 살 여진이가 웃기는 소리를 한다. 씽크빅 교습지 김재경 선생님도 이 말을 듣고 한바탕 웃었다.

"할머니. 바보란 말은 나쁜 말 아니에요. 바다에 보물이란 말이에요."

"할머니. 천재란 말은 천하에 재수 없는 놈이란 말이에요."

아이들은 단어를 익혀 가면서 지혜의 폭을 넓혀 가는 것 같다.

어느 날 "여진아. 저건 폭포라고 하는 거야."라고 TV 속에 나온 폭포를 보고 재빠르게 일러 주었더니 "아이스크림이네."하고 네 살 난 여진이가 재빠르게 대답했다. 의진이는 그맘때 폭포를 보고 "물이 미끄럼을 타네."라고 말했었다.

며칠 전에는 그림책에 나온 우산을 보고 '물'이라고 여진이는 말했다. 우산은 물을 받치는 것이니까 맞는 말일 수도 있다. 또 여진이는 식탁 위에 떨어진 지저분한 '촛농'을 보더니 "불 찌찌야" 한다. 그리고 고춧가루를 볼 때마다 '아야'라고 여진이는 표현한다. 빨간 고추가 모두 피 같이 보이나 보다. 피는 아픈 것으로 표현한다.

아이들이 사물이나 단어를 익히며 배우는 것은 어쩌면 예술을 익혀가는 첫 단계이며 사고력을 키워가는 첫 과정이라고 생각한다. 바르고 정확하게 배우고 익혀서, 웃다가 자빠지는 일 없이 정말 훌륭하고 멋진 사람으로 성장하기를 이 할머니는 열심히 응원하겠다. 의진, 여진 파이팅!

바보는 항상 결심만 한다.
그러나 뚜벅뚜벅 천천히 걷는 바보의 발걸음은
결코 삶에 있어 나쁠 것만은 아니다.

"할머니. 내가 커서 무엇을 했으면 좋겠어요?"
"영어 선생님이 되었음 좋겠다."
"엄마는 간호사가 되었음 좋겠대요."
"아냐. 간호사는 너무 힘들어. 여진이는 영어를 많이 좋아하니까 즐겁고 기쁘게 살 수 있도록 영어 선생님이 더 좋을 것 같다."

요즘 여진이는 수학문제집 푸는 것을 매우 힘들어 한다. 문제집 빈칸에 온통 낙서와 만화 그리는 것으로 가득 채운다.

"여진아. 너 그렇게 공부하는 데 집중력이 없어서 큰일이다."

"그럼 영어선생이 못 되는 거지 뭐⋯⋯."

1초의 망설임도 없이 영어선생이 못된다고 대답하는 여진이가 참으로 어이없다. 연극을 하듯이 마룻바닥에 쓰러지며 My life is gone을 중얼 거린다. 일곱 살 나이에 내 인생이 사라진단 영어문장을 구사하는 여진이가 대단히 대견하다고 해야 할까? 아니면 웃기고 자빠졌네 하고 웃어버려야 할까? 나는 잠시 멍해졌다.

"할머니. 내가 아주 예쁘고 착하게 크면 어떤 남자가 '결혼해 주세요' 하고 나에게 결혼 신청을 하겠지? 그때 나는 'NO! 나는 당신과 결혼하지 않겠어요'라고 내가 딱지를 놓으면 그 남자는 흑흑흑 하고 울겠지요?"

와, 하하하. 요즘 여진이가 만화 보는 것에 푹 빠져 있더니 별의별 상상을 다 하는구나. 역시 너는 못 말리는 예쁜 사람으로 자라겠구나.

조심해야지,
눈물 없는 슬픔이…

"할머니. 비행기 탈 거예요? 안 돼. 위험해요. 조심해야 돼요."

캐나다에 살고 있는 딸. 화영이와 비행기 티켓 이야기를 옆에서 듣고 있던 여진이가 비행기 타면 위험하다고 조심하란다.

"할머니 배고프세요? 그럼 기다리세요. 쿠키 만들어 줄게요. 뜨거워요. 조심하세요. 식으면 먹어요."

소꿉놀이하며 뜨거운 것을 조심하라고 여진이는 눈을 동그랗게 뜨고 말한다.

"함머니 이거 아이시미야(아이스크림이란 말), 이거 먹으면 안 돼. 찌찌야. 함머니한테 혼나."

작은 컵에 야구공을 얹혀 가지고 와서 내게 보이며 이게 아이스크림인데 가짜이니까 진짜로 먹으면 안 된다고 소꿉놀이하며 어린 꼬마 여진이가 진지하게 내게 설명한다.

"할머니. 나 태권도장 갈 때 동전지갑 가지고 갈래요."

"왜?"

"태권도장 옆에 있는 새싹문방구에 살 게 있어서요."

"뭘 살 건데?"

"친구가 거기서 100원 짜리 과자를 사먹는데 나도 사먹고 싶어요."

"안 돼. 그건 불량식품이야. 그런 것 사먹으면 병 생겨. 내일이 의진이 생일이니까 엄마가 맛있는 것 많이 사줄 거야."

"할머니. 그럼 나도 내 생일 축하로 문방구 과자 사먹어 볼래요."

"절대 안 돼. 할머니가 동전지갑 숨긴다."

"그럼 오늘은 안 가져가도 할머니 없을 때 가져갈 거예요."

웃어야 할지 화를 내야 할지 일곱 살 너에게 불량식품의 결과를 어떻게 설명해야 할지. 막막하구나.

의진이와 여진이가 함께 뛰어 놀다 여진이가 마룻바닥에 얼굴을 부딪히며 넘어졌다. 얼마나 아픈지 펄펄 뛰며 자지러지게 운다. 나는 여진이를 끌어안고 마룻바닥을 치며 "마룻바닥 맴매" 했더니 여진이는 오빠 때문에 넘어 졌다며 오빠를 '땟지' 하란다. 그래서 "오빠 땟지" 했더니 억울한 의진이가 한마디 한다.

"할머니. 그냥 한번 해보는 소리지요?"

오늘 또다시 마룻바닥에 넘어진 여진이는 무릎을 조금 다쳤다. 조금 아파서 인지 울상지으며 "조심하지" 하고 내가 늘 하는 말투로 흉내낸다.

여진이는 아직도 입에 그 무엇이든 넣고 빨기를 좋아 한다. 나는 "안 돼!"하고 큰 소리로 야단치면 여진이는 깜짝 놀라 재빨리 입속에 든 것을 뱉어 내동댕이치며 화난 얼굴을 하고 아무거나 손에 잡히는 대로 모두 집 어 던진다. 그리고 야단칠 때 오빠가 옆에 있으면 오빠를 끌어안고 엉엉 운다. 나는 나쁜 환경호르몬과 전자파와 먼지, 곰팡이, 진드기 이런 것에 지나칠 정도로 민감하다. 그래서 아이들 손이 먼지 있는 곳에 닿거나 장난 감 등이 입에 닿으면 질겁하고 큰 소리로 찌찌 찌찌 하고 소리를 지른다. 하도 찌찌 찌찌 하고 고함을 쳐대니까 오늘은 의진이가 묻는다.

"할머니. 찌찌가 뭐예요?"

"그것은 더럽고 나쁜 것이야."

나는 이렇게 대답할 수밖에 없었다. 살인적인 오염 물질이 우리 아이들을 상하게 할까봐 노심초사 내 마음은 늘 불안하다.

아이들이 아주 어렸을 때 길가에 종이 쪽 하나라도 함부로 버리면 온 세 상이 더럽고 지저분해지니까 절대로 길에 쓰레기를 버리면 안 된다고 아 주 진지하게 말해준 적이 있다. 그래서였는지 의진이와 여진이는 아직까 지 껌 종이 하나라도 길가에 버리지 않고 집에 가져와 휴지통에 넣는다. 요즘 여진이는 집에 돌아오는 유치원 차에서 내리는 순간 사탕 껍질이나 껌 종이를 손에 땀이 나도록 꼭 쥐고 와서 내게 먼저 준다.

"할머니. 누가 길에 저런 걸 다 버렸네요. 그러면 안 되는데."

길가에 버려진 담배꽁초를 보고 여진이는 낯을 찡그리며 말한다. 아직 도 자동차 타고 가며 담배꽁초를 차창 밖으로 아무렇지도 않게 던져버리 는 사람을 종종 볼 수 있다. 우리나라가 선진국으로 가는 길은 아직도 요 원한 것 같다.

그리고 폐암 사망률이 세계 1위라는 통계가 내 마음을 늘 우울하게 한다. 중국에서 불어오는 황사 때문에 우리나라 공기의 오염도가 높아진 탓도 있을 것이다. 호흡기 질환으로 고통 받는 사람이 점점 더 많아지고 감기에 자주 걸려 콜록거리는 우리 아이들을 볼 때마다 가슴이 아프다.

캐나다에서 사는 큰딸 화영이는 "엄마 길 건널 때 차 조심하세요."라고 전화 걸어 올 때마다 자주 말한다.

늙으면 애 된다는 말이 맞는 말인가 보다. 그렇지. 애나 어른이나 늘 차 조심 해야지. 그런데 화영아, 전화기도 조심해야 한다고 뉴스에서 종종 말하는구나. '보이스피싱'이래나 뭐래나? 전화로 돈을 빼가는 사기꾼이 판을 치는 세상이란다. 너희들도 사기 당하지 않도록 각별히 조심하고 살아라. 이 세상은 조심해야 할 것이 너무 많구나.

여진이가 공부하고 있는 한글 카드에 영어 단어도 함께 수록되어 있어서 초등 1학년인 의진이에게 영어단어를 암기시켜 보기로 했다. 의진이는 놀랍게도 40여 개의 영어단어를 몇 분 안에 금방 익힌다.

나는 하도 신통해서 기쁜 마음으로 돈 1천 원을 주었더니 의진이는 바람처럼 날아가 제가 좋아하는 유희왕 카드를 사 가지고 왔다.

그 다음 날 나는 영어단어 스펠링까지 외우면 1천 원을 또 주겠다고 했더니 10여 분만에 20개의 단어를 거뜬히 받아쓴다. 그리고 또 1천 원을 주었더니 이번에도 유희왕 카드를 사가지고 왔다.

나는 후회했다. 별로 필요도 없이 온 집안 구석구석 널려 있는 카드를 무심코 사버릇하는 의진이에게 돈을 주어 본 것을 후회했다. 돈으로 상금을 주면서 영어단어 익히기를 시작한 내가 크게 잘못되었음을 깨달았다.

어제는 의진이 학교에서 단체영화도 관람하고 올림픽공원에서 놀기도

하며 자율학습을 했다. 어제 오후 학교 마치고 집에 돌아 온 의진이의 손에 색다른 카드가 있었다. 웬 카드냐고 물었더니

"할머니. 이 카드는 한 장에 천 원씩 하는 비싼 카드인데 반 친구가 주었어요. 그리고 오늘 공원에서 놀 때 신발차기를 해서 내가 제일 멀리 차서 선생님이 상금으로 1천 원을 주셨어요."

"그래. 그 천 원 어디 있니? 어디 좀 보자."

"친구에게 카드 값으로 주었어요. 내일 그 친구에게 1천 원을 더 주어야 돼요."

나는 어이가 없었다. 처음에는 친구가 카드를 그냥 주었다고 하더니 그게 아니고 천 원짜리 카드를 친구에게서 2천 원에 산 셈이다. 나는 당장 내일 그 친구에게 카드를 돌려주라고 야단쳤지만 어느새 의진이가 친구와 돈 거래를 했다는 사실이 내게는 너무나 놀라운 충격이었다. 그날 밤 친구 사이에는 돈을 주고 사고파는 것은 결코 좋은 일이 아니란 것을 열심히 설명해 주었지만 여덟 살 의진이가 무엇을 알아들었을지는 잘 모르겠다. 앞으로 아이들에게 얼마나 많은 변화들이 일어날지 두렵기까지 하다. 나는 아이들에게 되도록 돈을 주지 않기로 단단히 마음먹었다.

"할머니. 오늘 유치원에서 운동시간에 친구가 실수로 내 눈을 쳤어요. 주먹으로. 난 너무 아파서 울었어요. 그런데 눈물이 잘 안 나왔어요. 눈물 없는 슬픔이었어요."

"여진아. 항상 조심, 또 조심 해야지."

사랑으로

나는 아이들과 자주 송편이나 만두를 만든다.

"할머니는 최고의 요리사야. 할머니가 만들어 주는 것은 다 맛있어요."

네 살난 꼬마 여진이의 예쁜 찬사에 오늘도 나는 고단한 삶의 여정을 행복한 시간으로 바꾼다.

"할머니가 제일 좋아. 행복해서 이러는 거야."

내 볼에 제 볼을 부벼대며 종알거리는 손녀의 사랑스러운 몸짓에 짝사랑의 서운함을 까맣게 잊고 나는 죽지 말고 이 아이들 곁에 영원히 머무르고 싶은 욕심을 부려 본다.

오늘은 등뼈 디스크가 또 요동을 치며 심술을 부리는지 허리가 많이 아팠다. 나는 그래도 참고 만두를 만들었다.

"할머니, 내가 도와줄게요."

하며 여느 때처럼 여진이가 다가온다 다리가 아파서 식탁에 앉아 도마에 만두피를 썰어 밀려 하는데 싱크대 위에 있는 쟁반이 필요했다. 나는 의

자에서 일어서기가 좀 힘이 들어서 속으로 여진이에게 '쟁반 좀 가져오라고 부탁할까?' 하는 찰나에 여진이는 쟁반을 집어와 식탁 위에 놓으며

"할머니. 이거 여기 놔요?"

한다. 이심전심. 여진아 정말 고마워.

"할머니 허리 아파서 어떡해요."

진통제를 먹는 내 곁에서 여진이는 근심스러운 표정으로 걱정을 한다.

"할머니. 이제 허리 안 아파요? 약 먹어서 기분이 좀 좋아졌어요?"

"할머니 아파서 병원 가야 돼. 이모 안 오면 할머니 혼자 병원에 가야 돼."

때마침 캐나다에서 전화 걸어 온 이모한테 여진이는 걱정스럽게 말한다. 큰딸 화영이가 무슨 말인지 알아들었을지 모르겠다.

여진이는 말도 제대로 못하는 아기 때부터 나를 엄마라고 부르고 "추워" 소리를 "후워 후워"하며 유난히 늘 발이 시려 고생하는 나에게 제가 가지고 놀던 수건을 내 발등에 덮어 놓곤 했다. 어느 날 갑자기 몸살감기가 와서 웅크리고 쇼파에 누워 있는 나에게 안방에 있는 담요를 낑낑대며 끌고 와 덮어 주려고 애를 쓴다. 또 어느 날에는 위층에 사는 오빠 친구 수진이가 놀러와 TV보다 깜박 잠이 들었을 때 그 무거운 이불을 끌고와 덮어주려고 애를 썼다.

"할머니. 비타민C가 한 알 밖에 안 남았네. 내일은 이걸 누가 먹지요?"

"오빠가 먹어버리기 전에 여진이가 먼저 먹어라."

"그러면 안 되지요. 할머니 비타민 둘로 쪼갤 수 있어요? 오빠랑 반씩 먹으면 되잖아요."

우리 여진이는 얼굴도 예쁘고 마음씨는 더 예쁘다.

오빠가 감기에 걸려 콜록콜록 기침을 심하게 할 때면 여진이는 안쓰러운 표정으로 오빠의 등을 토닥거려준다.

오늘은 여진이 아빠가 현관에서 구두를 신으려고 하자 여진이는 재빠르게 아빠 신발을 앞으로 끌어당겨 신기 편하게 돌려놓는다. 아빠는 감동해서 "여진아. 고마워" 한다. 남달리 남을 배려하는 고운 심성으로 태어난 우리 여진이는 분명 예쁜 사람으로 성장할 수 있을 거라고 나는 확신한다. 이 세상 어두운 곳까지 따뜻한 사랑의 손길을 펼 수 있는 아름다운 사람이 되기를 간절히 바란다.

어제부터 두루마리를 만들어 1억까지 숫자를 써보겠다며 일곱 살 의진이가 얼마나 열심인지 내 보기에 하도 딱해서 종이도 잘라주고 풀로 붙이고 줄 그어주고 두루마리 만드는 것을 한참 도와주었더니
"할머니, 많이 힘드셨으니 이제 좀 쉬세요."
라고 의진이가 말한다.
와! 참으로 신통한 인사말을 나는 의진이로부터 처음 들었다. 감동이었다. 천 냥 빚도 말 한마디로, 역시 진실은 통하는 법. 이 세상에 진실이 없다면 어떻게 희망을 가질 수 있겠는가. 과거를 잃어버리면 어떻게 미래에 대한 희망을 가질 수 있겠는가?

"할머니. 고마워요. 할머니가 손을 꼭 잡아주니까 손이 따뜻해졌어요."
오늘은 날씨가 찬바람이 불고 갑자기 추워졌다. 집에서 나올 때 여진이 장갑을 깜박 잊고 나와서 나는 코트 소맷자락에 여진이 손을 밀어 넣고 꼭

여며가며 미술학원에 가는 길이었다.

여진이는 갑자기 가던 길을 멈춰서더니,

"할머니. 고마워요. 할머니가 손을 꼭 잡아 주니까 손이 따뜻해졌어요."

하며 환하게 웃음 짓는다.

여진아. 너의 일생동안 자비로운 따뜻한 신의 손길이 늘 함께 해 주시기를 빈다.

"의진아. 손 씻었으면 어서 와 요구르트랑 간식 먹어라."

의진이가 방에서 나와 식탁 위에 차려 놓은 간식거리들을 보더니 마룻바닥에 열십자로 벌렁 누워버린다.

"의진아, 뭐하는 거야? 왜 누워 있어?"

"할머니. 나 기절했어요."

"왜, 기절해."

"요구르트가 너무 많잖아요. 어제보다 더 많잖아요."

"어서 먹어. 그래도 다 먹을 수 있어."

버섯 튀김을 제일 싫어하는 의진이는 오늘은 그래도 버섯이 없어 다행이라며 생선튀김과 고구마와 요구르트를 모두 잘 먹었다.

"할머니. 돈까스는 정말 맛있어요."

태권도장에서 돌아온 의진이는 배고플 시간이라서 생선튀김을 끝도 없이 먹으며 행복해 한다. 맛없는 토마토 주스도 낯 찡그리지 않고 잘도 먹는다.

"아빠, 도시락 싸왔어요."

"고맙구나."

“뭘요.”

여진이는 오늘도 작은 철가방 장난감 통을 가방에 넣어 짊어지고 뛰어다니더니 아빠에게 도시락 싸가지고 왔다며 혼자서 연극하듯 중얼거리며 논다. 학교 급식이 없었을 때 아이 셋을 키우며 새벽같이 일어나 도시락을 준비했던 먼 옛날이 오늘따라 아련한 추억으로 떠오른다. 사랑의 도시락은 모두를 행복하게 만든다. 아름다운 그리움을 만든다.

“할머니. 왜 엄마가 지금 뚱뚱한지 알겠어요. 엄마 어렸을 때 할머니가 너무 많이 먹여서 그렇지요.”

5월 15일은 스승의 날이고 그 다음 16일은 의진이 생일날이다. 이번 스승의 날에는 의진이 담임 선생님께 고마운 마음도 전하고 의진이 생일도 축하할 겸 나는 현미 찹쌀과 참깨로 강정을 만들어 의진이 반 친구들과 선생님께 선물을 하기로 마음먹고 미리미리 준비를 했다. 15일 아침, 부지런히 예쁘게 포장한 선물 꾸러미를 들고 학교에 가서 선생님께 전하고 돌아오는 내 발걸음이 매우 즐겁고 흐뭇했다. 그리고 18일 월요일에 의진이 하굣길에 만난 담임선생님으로부터 강정이 너무 맛이 있었다는 칭찬과 고맙다는 인사말을 들었다.

그리고 의진이와 한 반인 한동이 할머니에게도 뜻밖의 이야기를 들었다. 한동이는 그 조금밖에 안 되는 강정을 다른 아이들처럼 홀랑 먹어버리지 않고 아빠에게 드린다고 집에 가지고 왔었단다. 그런데 한동이가 잠깐 밖에 나간 사이 한동이 어린 동생이 그 강정을 다 먹어버려서 한동이는 펄펄 뛰며 엉엉 울었단다. 한동이 할머니는 백화점에 가서 더 맛있는 강정을 사주겠다며 달래 보았지만 “그건 의진이 할머니가 직접 만든 것이라서 백화점에서도 살 수 없는 것."이라며 한동이는 계속 울었단다. 어린 한동이의 아빠 사랑하는 마음이 카네이션 꽃보다 더 예쁘다. 나는 그날 밤 한동이에게 따로 강정 한 봉지를 선물해야겠다고 마음먹었다.

"의진아. 너는 학교에서 강정 먹을 때 아빠 생각해 보았니?"

"아니요. 아빠는 할머니가 만든 강정 많이 먹었는데 뭣하러 그런 생각을 해요."

"그렇겠다. 네 말이 맞는 말이다."

내 건강이 허락한다면 내년에도 그 다음 해에도 맛있는 강정을 만들며 계속 작은 행복을 만들어 가야겠다고 마음먹었다.

"엄마가 회사 가고 없으면 할머니가 제일 좋고, 엄마가 집에 오면 엄마가 제일 좋아요."

"할머니가 항상 제일 좋으면 안 될까?"

"아냐. 난 엄마가 더 좋아요."

"그럼 할머니 여진이하고 안 놀아 줄 거야."

"엉엉엉… 할머니, 엄마 두 개 다 좋단 말이야."

오늘 나는 공연한 말을 해서 어린 여진이를 울렸다. 할머니는 엄마 없을 때, 어디까지나 대리모란 당연한 사실을 내가 또 잠깐 깜박하고 장난기가 발동했었나 보다. 여진아, 대리모라 해도 할머니는 행복하단다.

오늘은 지영이가 감기 몸살로 일찍 퇴근을 했고 여진이 아빠도 일찍 퇴근을 해서 다 함께 집에 있었다.

나는 부지런히 김밥을 만들어 저녁을 챙겨 주었다. 여진이 아빠가

"어머니, 이제 그만 먹을래요. 너무 배불러요."

라고 말하니까 여진이가 아빠 곁에서

"쉬었다 천천히 먹어요."

한다. 우리는 또 한바탕 웃었다. 여진이는 이제 겨우 생후 27개월이다.

세탁기에서 세탁된 옷을 한바구니 가득 꺼내 들고 거실에 들어서자 여진이가 재빨리 베란다로 달려가 낑낑대며 건조대를 끌고 와서 쉽게 빨래를 널 수 있도록 펼쳐 놓는다.

"할머니. 내가 도와줄게요."

하며 작은 양말들을 건조대 맨 밑에 나란히 나란히 걸쳐 놓는다. 다음날 다 마른 빨래를 정리할 때도 어김없이 여진이는 내 곁에서

"할머니. 세수수건은 길게 한번 접고 그 다음 세 번 접어야지요."

하며 그 작은 손으로 행복을 만들어 간다.

오늘 여진이가 유치원에서 노래를 잘 불러서 상으로 타 왔다는 병원놀이 장난감을 손에 들고 집에 들어서자마자 작은 피아노 방문에 〈콩깍지소아과 병원〉이란 간판을 종이로 써서 붙여 놓고 나를 보고 환자로 진찰 받으려 노크하고 들어오라고 한다 나는 웃음을 참고 똑!똑! 하고 노크를 했더니

"My hospital come in."

이라고 말하면서 여진이는 수줍고 재미있어 어찌할 줄 몰라 절절 맨다.

"김광희님 앉으세요. 어디가 아픈가요. 배 좀 보여 주세요."

하며 청진기로 내 배를 눌러보고 벽에 오려 붙여 놓은 시력검사표로 시력도 검사 한다.

"어때요. 의사선생님 괜찮겠어요?"

"내일 다시 한 번 더 오셔야겠어요."

하하하 호호호… 여진이와 나는 마주 보며 즐겁게 한참을 웃었다.

"할머니. 오늘 유치원에서 친구 민제가 나 보고 'I LOVE YOU' 그랬어요."

"그래서 기분이 어땠어?"

"조금 좋았어요."

여진이가 즐거운 표정으로 내게 자랑하는 걸 보니 정말 기분이 꽤나 좋았나 보다. 어느새 남자 친구의 친절한 말이 여진이 마음속에 들어오다니 할머니가 이 세상에서 제일 좋다던 말은 이제 나와는 자꾸 멀어지려나 보다. 여진이에게 남자 친구가 생겼다는 것이 기쁘면서도 왜 내 마음은 싱숭생숭할까?

"할머니. 한번 시작했으면 끝까지 해야지요. 그만 두면 어떡해요."

"종이접기는 천재적인 두뇌로 발전시킨다." 어느 다큐 프로그램에서 들은 말이다. 나는 아이들과 함께 다시 종이접기를 시작하기로 마음먹고 남대문시장에 가서 색종이와 종이접기 책도 함께 한 보따리 사가지고 왔다.

어제는 종이접기 책에 있는 백조상자를 접어 보기로 하는데 영 잘 안 된다. 책에 그려진 접기 방법을 잘 알아보기 힘들었다. 그래서 "아이! 할머니 못하겠다."며 종이를 구겨버렸더니 옆에서 지켜보고 있던 여진이가 한번 시작했으면 끝까지 해야 한다고 어른다운 말투로 내게 충고한다. 부끄러운 생각이 들었다. 그날 밤 나는 다시 도전해서 백조상자를 완성했다.

요즘 여섯 살 나이로는 꽤 어려운 학 접기를 여진이는 하루에도 몇 번씩 접어보며 종이 접기에 푹 빠졌다.

"할머니. 나도 할머니처럼 구겨지지 않은 깨끗한 학을 접을 수 있겠지요?"

하며 오늘도 TV 보면서 쉬지 않고 여진이는 학을 접는다.

"할머니. 지금 접고 있는 학 누구 줄 거예요?"

"캐나다에 있는 화영이 이모 줄 거야. 이모가 바라는 소원이 이루어지도록."

"할머니, 그럼 우리 엄마한테는 학 안 접어 줄 거예요?"

"그래, 네 엄마에게도 접어 줘야지."

올해 안으로 내 맘속에 세 가지 소원을 정하며 최소한 3천 마리 학을 접어야 되겠구나 생각하고 틈만 나면 요즘 나는 학을 접는다. 하지만 나이가 많아서인지 눈도 금방 침침해지고 장시간 앉아 있으면 허리도 아프고 엉덩이와 다리 신경이 저려와 온 몸이 뒤틀린다. 그래도 마음먹었던 것이니 어떻게든 해보자 싶어 열심인데 오늘은 의진이가 제 엄마 것도 챙긴다. 효자 아들을 둔 지영이가 부럽다. 의진이의 효심이 영원히 변치 않기를 학을 접으며 기원해야겠다.

신에게 쉬지 않고 꾸준히 기도드리는 것은 참으로 어려운 일이다.

오늘도 만두를 만드는 내 곁에서 여진이가 종알거린다.

"할머니 내가 도와주면 할머니가 좀 더 빨리 쉽게 만두를 만들 수 있지요?"

어디서 왔을까? 예쁜 우리 여진이는.

"여진아, 지금도 캐나다 이모 좋아하니?"

"그럼요, 좋아해요. 그런데 왜 그걸 물어보는데요?"

"응. 이모가 오늘 전화로 너에게 물어봐 달래서."

"할머니는 왜 쓸데없는 걸 물어보고 그래요."

"아아… 할머니가 바보인가 봐. 다시는 안 물어볼게."

JUST REPEAT ONCE MORE

"할머니. 나는 영어 사람이 좋아요."

"할머니. 미국에 사는 사람은 다 영어 사람이지요?"

"할머니. 나도 미국에서 살고 싶어요. 영어 사람 되고 싶어요."

요즘 피켜 스케이팅 선수 김연아에게 쏟아지는 시선이 대단하다. 오늘도 TV뉴스에 김연아가 나오니까 다섯 살 여진이도

"할머니. 김연아 좀 보게 비켜 봐요."

하며 손을 머리에 올리고 열심히 핑그르르 돌며 TV에서 눈을 못 뗀다. 다른 외국선수가 나올 때는

"저건 김연아가 아니야. 영어 김연아야."

라고 말한다. 아직 외국선수란 말을 몰라서 외국선수를 영어 김연아라고 여진이는 말한다.

초등학교 1학년인 오빠 의진이가 영어 단어 익히는 시간에 다섯 살 여

진이가 어깨 너머로 호기심 가득한 눈빛으로 쳐다보며 영어 단어를 따라 말한다. 나는 하도 대견해서 여진이에게 맞는 영어 단어 카드를 사다가 본격적으로 암기시켰다. 몇 개월도 채 안 걸려 300여 개의 단어들을 거뜬히 암기한다. 하루에도 몇 번씩 단어 카드를 가지고 놀며 외우는 것을 반복하며 아주 재미있어 한다.

"할머니, 나는 영어로 I(아이)야, 눈도 eye(아이)야. 아이가 두 개 똑같네."

"할머니. 가방도 bag(백)이고, 등도 back(백)이네. 이것도 둘 다 똑같네."

하며 여진이는 영어 단어 익히는데 신나나 있다. 어느 날 의진이가

"할머니. 지금 산으로 운동가시는 거예요?"

하고 말하니까 옆에 있던 여진이는

"할머니, mountain에 가는 거예요? 할머니는 마운틴 워킹 가네."

하며 여진이가 익힌 영어 단어를 적절한 순간에 쉽게 잘 쓴다.

"할머니. 우리 TV watch하자"

"할머니. 아기가 잠자는 것은 baby와 sleep를 함께 말하면 되지요?"

"grandfather, grandmother, I, three, together!"

할아버지와 할머니와 나와 셋이 식탁에 함께 앉아 있다고 배운 영어 단어들을 열심히 나열하는 여진이가 정말 대견하다.

올해로 일곱 살이 된 여진이를 그 비싼 영어유치원에 보냈다. 나는 그 옛날에 내 아이 셋을 어려서부터 많은 돈 들여가며 영어 공부를 시키지는 못했지만 한국은 너무 좁으니까 되도록 드넓은 세상 밖으로 나가야 된다는 나의 선진의식에 요행히 아이들 셋이 모두 외국에 유학했으며 지금 아들은 미국에서 큰 딸은 캐나다에서 훌륭한 자기 일을 갖고 열심히 잘 살아

가고 있다. 왜 어려서부터 영어 공부를 시켜야 하는지는 내가 굳이 설명하지 않아도 많은 사람들이 잘 알고 있다.

하지만 이번 여진이 영어 유치원 등록 후 오리엔테이션에 며칠 다니며 많은 회의와 염려와 불안한 마음이 커졌다. 버스 길 바로 옆 낡은 건물에 있는 영어 유치원은 학부형들 신발 둘 곳도 없는 협소한 공간에 다닥다닥 칸칸이 나누어진 학습교실에 세면장, 화장실, 사무실 같은 프론트, 그 좁은 공간에 와글와글대는 시끄러운 소음까지. 와, 이건 너무하지 않은가! 놀이터도 지하실이고. 한 달에 백여만 원 가까이 드는 유치원 시설이 이렇다니 너무 어이없다는 생각이 들었다.

그리고 꼭 버스를 타고 다녀야 되고 이렇게 기를 쓰고 어린 나이 때부터 영어공부를 해야 한다는 사실에 아이들도 딱하고 학부모들도 힘들고 정말 '꼭 이렇게까지 해야만 되나?' 하는 우울한 생각이 내 머릿속을 스쳐간다.

영어유치원에 다닌 지 10일도 채 안 된 여진이가 어제는 유치원에서 가급적 우리말을 쓰지 않는 것에 불편함을 느꼈는지

"할머니, 집에 와서 우리말을 마음대로 하니까 마음이 편하네요."

라고 말을 한다.

"여진아. 어쩌면 좋겠니. 불편하고 힘들어도 잘 참고 외국어를 배워야 된다는 게 지금 너희들이 살고 있는 세상의 상황인 것을. 사교육, 조기 교육, 이제 돈 없으면 공부도 제대로 할 수 없는 것을. 태초부터 언어와 글이 온 세상 모두 똑같았으면 얼마나 좋았겠니."

"할머니. 유치원에서 공부 시간에 susan teacher가 실수로 바닥에 물건

을 떨어뜨려서 내가 'Good job' 그랬어요."

"여진, 선생님의 실수를 '잘 했군'이라고 말하면 안 되지."

어제는 또 유치원에서 점심 식사 후 화장실에서 가글을 하는 도중 여진이가 실수로 가글액을 엎질렀단다. teacher가 clean up 이라고 해서 여진이가 "I am tired"라고 말했단다. 선생님이 기가 막혔겠다.

"할머니. 오늘 우리 반 친구 연이가 귓속말로 Korean Talking을 했어요. 그런데 다른 친구가 연이 보고 'You are bad'라고 해서 연이가 울었어요. 그리고 어떤 친구가 '잠깐만' 이라고 Korean Talking을 해서 모두 놀랐어요."

영어 유치원에서 우리말 쓰지 않고 영어로만 대화하며 벌어지는 에피소드가 꽤 많은가 보다.

여진이가 내가 새로 입은 T셔츠에 그려져 있는 알 수 없는 영어 글자를 보더니 말한다.

"할머니. 이 영어글자는 캐나다 사람은 다 알 수 있겠지요?"

"글쎄다."

또 다른 티셔츠에 커다란 B자를 보더니

"할머니는 지하 1층이네요."

여진이는 이렇게 영어 글자만 보면 호기심이 발동한다.

"할머니 비행기가 높이 날아다니면 추울 거예요. 비행기도 코트를 입어야 돼요. 그럼 에어플레인 코트가 되겠네요."

"할머니. 왜 하나님은 우리 눈에 안 보일까요?"

"할머니. 거짓말을 몇 번 하면 지옥에 가나요?"

"글쎄요. 할머니도 잘 모르겠네요."

　오늘은 날씨가 포근해져서 오랜만에 여진이가 자전거를 타고 나와 같이 동네 길에 산책을 나갔다. 한 참을 달려가던 여진이가 갑자기 자전거를 멈춰 서더니 표정도 정지된 상태로 우뚝 서 있다.

　"아니. 여진아 왜 그러고 서 있는 거야?"

　내가 다가가 말을 걸어도 여전히 눈도 깜박 않고 부동자세를 취하고 서 있다.

　"하하하… 할머니, 나 조각 같지 않아요? 아주 단단한 조각 같지요?"

　와, 못 말리는 여진아 어느새 네가 조각의 뜻을 알고 있는 거니?

　요즘 여진이는 끝말잇기를 매우 좋아한다. 앉으나 서나 누우나 온 종일 틈만 있으면 하자고 조른다.

　"할머니. 우리 끝말잇기 해요. 내가 먼저 할게요."

　여러 번 반복되는 단어들이지만 여진이는 끈질기게 끝말잇기를 조른다. 며칠 전에는 '풍차' 단어가 나오길래

　"여진아 너 풍차가 무엇인지 알아?"

　하고 물었더니,

　"아니. 잘 모르겠는데요. 아, 그거 생각났어요. 네덜란드에 있는 것이지요."

　"맞아."

　여진이는 100여 개국 나라 국기를 작년 다섯 살 때 다 외웠었다. 그런데 갑자기 며칠 전에 유치원 국기 외우기 대회에서 트로피를 받아 왔다. 여진

이 말로는 89개국 나라 국기를 대답했다고 한다. 일 년 전에 외웠던 것을 아직도 많이 기억하고 있는 걸 보니 여진이는 암기력이 좋은 편인 것 같다.

"할머니. 지금 뭘 보고 있어요?"

"응. 스리랑카를 여행하는 다큐를 보고 있어."

"아시아에 있는 스리랑카요?"

"그래. 인도 밑에 있는 '인도의 눈물'이라는 스리랑카야. 그런데 어떻게 스리랑카가 아시아에 있는 걸 알고 있니? 그럼 스리랑카 국기도 기억하고 있니?"

"그럼요. 사자가 칼을 들고 있는 그림이 스리랑카 국기에 그려져 있어요."

"와. 우리 의진이 대단하다. 어제 TV에서 '걸어서 세계 속으로' 다큐 스리랑카를 보며 일곱 살 의진이와 나눈 이야기다.

나는 집에 돌아와 지도책에서 스리랑카 국기를 찾아보며 의진이가 남자 아이라서 칼을 든 사자의 모습을 잊지 않고 기억하고 있나 생각했다.

"할머니. 수고비가 뭐에요."

"그것은 남의 일을 도와주고 받는 돈이야."

"그럼 비가 돈이에요?"

"그렇지."

"할머니. 지구력이 뭐예요."

"의진이가 국어사전에서 한 번 찾아보렴."

"'오래 견디어 참아 내는 힘' 와, 정말 사전에 있네."

"할머니. 원숭이가 변해서 사람이 되었을까요?"

"할머니. 포경이 뭐예요."

의진이는 알고 싶은 것도 많고 궁금한 것도 많다. 요즘은 한자 공부도

하겠다며 쇠금(金), 물수(水), 불화(火)하며 그림 그리듯 한자를 써보고 있다. 불 화자가 제일 마음에 든다며 불화! 불화! 하니까 세 살도 안 된 여진이도 오빠 따라 불화! 불화! 하며 외우고 다닌다. 여진이는 오빠가 보는 책도 저도 보겠다며 떼를 쓰고 연필, 지우개도 똑같이 가지려고 한다. 오늘은 지우개 하나를 가지고 둘이서 어찌나 울고불고 싸우던지 나는 벌떡 일어나 지우개를 가위로 둘로 쪼개어 해결을 보았다. 이제는 무엇이든 두 개를 마련해야겠다. 끝까지 실력을 위한 시샘이 되었음 좋겠다.

늘 피아노가 흔들릴 만큼 쾅. 쾅. 박력 있게 피아노를 치던 여진이가 요즘은 갑자기 소리가 안 들릴 만큼 줄였다가 귀가 아프도록 소리를 키웠다가를 반복하며 피아노를 친다. 이제 겨우 어린이 바이엘을 치는 여섯 살 여진이가 일류피아니스트 흉내를 내는 게 우습기만 하다.

어제 라디오에서 바다르체프스카의 '소녀의 기도' 곡이 나오니까 금세 알아듣고는 "저건 할머니가 치는 곡인데." 한다.

음악을 좋아하는 것은 평안과 행복을 많이 누릴 수 있는 징조다. 어렵고 힘든 피아니스트는 아니 되어도 좋으니 음악을 사랑하여 즐길 수 있는 멋진 사람이 되어라. 의진아, 여진아.

일곱 살 여진이가 만화책을 읽기 시작하면서부터 질문이 많아졌다. "할머니 미개인이 뭐예요?" 나는 미개인을 설명하기 곤란해서 국어사전을 펼쳐 봤다. '문화가 발달되지 못한 인종, 야만인' 등의 설명이다. 여진이에게 역시 설명하기 힘든 대답이다. (구체적, 변형생물, 연막, 차원, 행성, 트리플연막탄, 생성, 봉인, 레벨업, 익스플로권, 판도라… 등등.)

나도 잘 모르는 단어들을 물어올 때는 전전긍긍 대답하느라 애먹는다.

"할머니. 나 제물이란 말은 알아요. 왕 같은 사람에게 무엇을 바친다는 것이지요."

"와… 신통도 하지."

"동화책을 한글로 읽으면 쉬운데 그래도 영어로 읽는 것도 재미있어요."

요즘 영문으로 된 이솝 동화책을 사다가 의진이와 여진이에게 읽히고 있다. 어느 날 TV에서 영문 동화책을 책이 너덜너덜 해질 때까지 읽히면 영어공부에 많은 도움이 된다는 어느 영어선생님의 이야기를 들었기 때문이다. 다행히 이솝동화책을 의진이와 여진이는 매일매일 매우 즐겁게 외우듯이 곧잘 읽는다. 문장 쓰는 것도 시도해 보고 있다.

"Just repeat once more."

많은 아이들이 의진이와 여진이보다 더 열심히 영어공부를 하고 있을 것이다. 우리도 더욱 열심히 해 보자.

요즘 여진이는 두발 자전거 타는 재미에 푹 빠져 있다. 처음에는 영 균형을 못 잡아 쉽게 탈 수 없을 것 같았는데 3~4일 동안 열심히 하더니 이제는 제법 잘 탄다. 여진이 두 다리는 수십 번 넘어져 부딪힌 멍 자국이 온통 먹칠해 놓은 것 같다. 타고난 지구력이 역시 대단하다. 여진이는 3살 때부터 퍼즐 맞추는 것도 되풀이, 되풀이 그렇게 지겹도록 열심히 하고 5살부터 영어단어 외우는 것도 꾸준히 잘하고 6살부터 시작한 피아노 연습도 정말 열심히 잘 한다. 지금은 스와니강, 노을, 엘리제를 위하여 등의 소곡집도 매우 잘 치고 동요곡집을 매우 좋아 한다.

오늘은 자전거를 너무 열심히 타다가 그만 팬티에 오줌을 싸 버렸다.

"할머니. 오줌이 급해서 그냥 나와 버렸어요. 호호 하하…"

제 자신도 오줌 싸게 된 것이 우습다는 듯이 당당하게 웃으며 어기적거리며 들어오는 모습이 가관이다. 그 다음 날

"할머니. 아무한테나 나 어제 오줌 싼 것 이야기하면 안 돼요."

"캐나다 이모한테 벌써 이야기해 버렸는데…"

"이야기하지 말지."

팔과 다리도 없이 머리와 몸통으로만 태어난 사람이 죽어버리고 싶은 좌절을 견뎌내고 열심히 살아서 자신이 넘어졌을 때 몸뚱이 하나만으로도 어떻게 일어나는지를 많은 군중 앞에서 시범을 보여 주며 아무리 힘든 처지에서도 우리들은 살아가는 의미를 찾아야 한다고 말한다. 우리들은 오뚜기처럼 살아가야 한다고 말한다.

"할머니. 톨스토이가 누구에요? 가수에요?"

"하하하… 아냐 톨스토이는 러시아의 대문호야."

"할머니. 톨스토이 책은 너무 어려워서 못 읽겠어요."

"할머니. 축구 황제 펠레를 다시 한 번 더 읽고 독후감을 써 볼래요."

"그렇게 하자."

지난겨울 방학부터 책을 읽고 독후감 쓰는 법을 익혀주자 싶어 위인전집을 시작으로 의진이는 책 읽기를 시작했다. 어제는 내가 골라준 톨스토이 책을 펼치는 순간 〈대지를 노래한 러시아의 문학가 톨스토이〉라는 제목을 보고 '대지를 노래한' 이 문구에 톨스토이가 가수냐고 내게 물어 본 것이다.

겨울 방학 때 첫 번째로 읽은 위인전은 셰익스피어였다. 짧게 꾸민 어린이용 동화 같은 책을 10분도 채 안 걸려 읽어 버리고 독후감을 써보라는 내 말에 의진이는 쓸 말이 없다며 난감해 한다. 그래서 나는 읽은 글 속에 아직도 내 마음에 남아 있는 이야기를 써 보라고 했다.

윌리엄은 책을 읽다 깊은 생각에 빠졌어요. 그러자 윌리엄은 열여덟 살 때 런던에 가서 공부하고 싶었어요. 윌리엄은 런던에 가서 연극배우가 되어 연극을 발표하다 세상을 떠남.

이렇게 써 놓은 독후감을 보고 있자니 어이가 없어서 먼저 셰익스피어가 어느 나라 사람이며 언제 태어났는지부터 쓰고 그가 어떻게 노력해서 훌륭한 극작가가 되었는지 어떤 작품을 써서 유명해졌는지를 써보라고 했다. 그랬더니 이번에는 이렇게 써놓았다.

윌리엄 셰익스피어는 1564년 영국 스트렛퍼드어폰에이번에서 태어남. 1616년에 세상을 떠남. 연극작가로서 한여름 밤의 꿈, 베니스 상인, 맥베스 등 유명한 작품을 썼다. 그중에서도 로미오와 줄리엣이 제일 유명하다.

그래서 나는 아이들이 집에 가고 없는 그날 밤에 셰익스피어 책을 읽어 보고 나름대로 의진이가 쓸 수 있는 독후감 정도를 써 보았다. 매우 힘이 들었다.

셰익스피어는 1564년에 영국에서 태어났다. 윌리엄은 어려서부터 책 읽기를 매우 좋아하고 또한 연극도 매우 좋아했다. 윌리엄은 가난 속에서도 꾸준히 책을 읽으며 미래에 대한 꿈을 키워나갔다. 윌리엄은 청년이 되어 결혼도 하고 아이도 낳아 한 가정의 가장이 되었지만 영국의 수도 런던에 가서 공부를 계속했다. 꾸준히 책을 읽으며 연극배우가 되기 위해 어떤 어려움도 참아냈다. 연극을 시작하고 얼마 지나지 않아 글도 쓰기 시작했다. 드디어 희극《잘못된 희극》을 완성했고 사람들에게 인기가 높아졌다. 그리고 사극《헨리 6세》가 무대에 올려지게 되고 셰익스피어의 이름으로 된 '글러브' 극장도 만들어 졌다. 극장 글러브에서는 셰익스피어의 많은 작품이 공연되었다.

"인도를 준다 해도 셰익스피어와는 바꾸지 않을 것이다."

영국의 한 작가가 이렇게 말했다. 드디어 셰익스피어는 세계적인 극작가로 성공했다. 나는 이 글을 읽으며 훌륭한 사람이 되려면 항상 좋은 책을 많이 읽고 열심히 노력하며 어떤 어려움이 닥쳐도 참고 견딜 수 있는 힘을 길러야 되겠다고 생각했다.

이렇게 내가 본보기로 써 놓은 글을 그 다음날 의진이에게 노트에 잘 써 보라고 했더니 의진이가 한마디 한다.

"작가들이나 이렇게 길게 쓰는 것이지요."

그 후 피카소, 베토벤, 콜럼버스, 링컨, 모차르트, 헬렌 켈러… 등등. 많은 글을 읽고 나는 또 밤에 독후감 본보기를 만들어 의진이는 다시 베껴 쓰고 그랬더니 요즘은 내 도움 없이도 내 글을 흉내 내며 그럴 듯하게 독후감을 잘 써가고 있다.

"할머니. 내가 작가가 된 것 같아요."

"그래. 너에게도 그 누구에게도 대 문호가 될 잠재력은 있지, 열심히 노력하면 안 될 게 없지."

계획 없는 목표는 바람일 뿐이다.
실력으로 너 자신을 보여라.   - 생텍쥐페리 -

무엇인가 해 보려는 노력이 없다면
우리의 젊음은 도대체 무슨 의미가 있는 것일까.   - 고흐 -

어제 의진이가 학교에서 가는 임원수련회에 갔다. 어느새 1학년이 끝나 2학년이 되었고 반 회장선거에 당당히 선출되어 즐겁고 기쁜 마음으로 수련회에 갔을 것이다. 이제는 선생님께 손바닥 맞는 일도 없었음 좋겠다. 의젓하고 야무진 모습으로 변해 갔으면 좋겠다.

오늘 삶은 달걀을 먹으며 여진이가 말한다.

"할머니. 지금 우리가 병아리를 먹고 있는 것이지요. 병아리가 불쌍해요. 할머니, 달걀을 왜 먹어야 되나요?"

정여진. 일곱 살 너에게 인간의 생존의 법칙이나 약육강식의 의미를 어찌 설명해야 할지 막막하구나.

백설공주

"할머니. 나 오늘 유치원에서 백설공주 뮤지컬에 백설공주로 뽑혔어요."

"정말? 와! 잘했네. 선생님도 우리 여진이가 제일 예쁘다는 걸 아셨구나."

저녁 때 지영이가 퇴근해서 들어온다.

"애, 여진이가 백설 공주로 뽑혔단다."

"정말이야? 어떻게 뽑혔는지 여진, 말해봐"

"심지를 뽑았는데 글쎄 내가 백설공주로 뽑힌 거예요."

"그럼 그렇지, 선생님이 뽑은 것은 아닐 거야."

몇 주 가 지나고 유치원 졸업식이 가까이 다가오고 있을 때 여진이는 매일같이 흥얼거린다.

"What's the matter? She is died. What's the matter? She is died."

나는 처음엔 그게 무슨 뜻인지 잘 알아듣지 못했다. 여러 번 듣다 보니 '무슨 일로 그녀가 죽었을까?'의 내용 같았다.

졸업식은 시민문화회관에서 뮤지컬을 시작으로 막이 올랐다. 과연 여진이가 백설공주 역할을 어떻게 해내는지 우리 식구 모두는 궁금함과 기대감으로 아침부터 들떠 있었다.

진행상의 어려움과 아이들의 실수도 연달아 있었지만 그래도 꼬맹이들의 영어뮤지컬은 기대 이상이었다. 모두들 열심히 잘 꾸며가고 있었다. 그리고 마지막 장에서 백설공주로 분장한 여진이가 등장했다. 마녀로 변장한 왕비의 독이든 사과를 먹고 쓰러지고 유리관을 대신한 비닐막 관에 들어 있을 때 그때서야 "What's the matter? She is died."

합창이 끝난 뒤 드디어 왕자님이 나타나 백설공주는 다시 살아나고 감격의 웨딩축하 노래와 함께 왕자님과 백설공주의 결혼으로 뮤지컬은 막을 내렸다. 어느 사이 내 눈시울은 젖어 있었다. 와! 우리 여진이는 정말로 백설공주에 어울리는 귀여운 아가씨라는 흐뭇한 생각에 벅찬 감동의 눈물이다.

그러나 우리 등 뒤에서 함께 관람하고 있었던 여진이 같은 반 엄마들의 불평이 들려왔다.

"여진이는 백설공주라도 했지 우리 아인 뭐야, 백설공주에 웬 동물들이 나오느냐고."

주역을 맡지 못한 아이 엄마들의 실망과 속상함은 당연한 것이다. 나도 여진이가 엑스트라 정도의 역을 맡았다면 아예 뮤지컬을 보고 싶지 않았을 것이다. 유치원 원장과 선생님들은 얼마나 많은 시간과 수고와 비용도 많이 소비해가며 모든 힘을 다해 준비한 졸업식 이벤트였을 텐데……. 안타깝게도 내 생각으로는 실패작 같았다. 나의 좁은 소견일지 모르지만 다음 졸업식에서는 특정 인물이 부각되는 뮤지컬이나 연극보다는 개개인이 장기자랑을 하는 순서를 마련해보면 어떨까 생각해 보았다.

요즘 아이들은 거의 모두가 피아노, 발레, 바이올린, 드럼, 태권도… 등 다양한 분야를 전문 학원을 통해 교습 받고 있다. 한 사람당 2~3분 정도 할애해서 자기가 가장 잘할 수 있는 것을 무대에 나와 많은 사람들 앞에 뽐내볼 수 있는 기회를 주는 것도 좋을 듯싶고, 경연대회가 아니니까 실수도 즐거운 추억이 될 수도 있고 너덧 편의 뮤지컬을 보는 지루한 장시간을 줄일 수도 있을 것 같다. 연습이나 의상도 각자 학부모들이 담당한다면 유치원 재정에 도움이 될 것도 같고 굳이 발표하기 싫은 가정에서는 불만을 품을 일도 아니고 또 굳이 영어유치원의 영어 실력을 졸업식에서 과시하지 않아도 이미 많은 사람들은 다 알고 있으니.

하지만 모든 것에는 언제나 큰 어려움이 뒤따른다. 유치원 원장님의 계획과 운영방식을 내가 알 수 없는 일이니 괜한 내 생각일 뿐이다.

여진이 영어유치원 입학 후 7개월이 지날 쯤에 공개수업이 있었다. 나는 평소에 여진이 영어 실력이 같은 또래 아이들과 비교할 때 어느 정도인지 꽤나 궁금했던 차라 부지런히 시간 맞추어 유치원에 갔었다. 역시 우리말은 한마디도 없이 진행되는 모든 과정을 모두들 잘 따라 하는 것만도 신통했고 원어민 Teacher의 학습 시간에도 목소리는 너무 작았지만 그래도 선생님의 질문에 모두 척척 대답 잘하는 아이들의 모습이 대견스러웠다. 돈들인 보람이 있구나 하는 생각도 들었다. 그리고 내가 상상한 대로 여진이보다 목소리도 크고 똑똑하고 대답 잘하는 아이들이 꽤나 많은 것도 알게 되었다. 여진이는 모든 행동이 너무 소극적이고 목소리도 너무 작고 야무지지 못한 것이 그대로 나타났다. 억척스럽고 대담하고 의젓한 아이들이 더욱 많아진 요즘 세상인데 거기에 비해 의진이와 여진이는 걸핏하면 눈물부터 앞서는 여리고 약한 모습인 것이 늘 내 마음에 걸려 있다.

모든 프로그램을 끝내고 원장과 학부모들과의 대담시간에 원장은 열심히 충고한다. 아이들을 운동이나 취미교습에 너무 힘을 빼지 말고, 지금 책벌레를 만들지 못하면 후회될 거라고. 이미 나도 절실히 느끼고 있었던 것을 원장은 학부모들에게 더욱 부탁 강조한다.

이 험난한 세상을 살아가려면 책벌레도 중요하고 담대하고 끈기 있는 지구력과 인내력도 필요하고 도전정신 강한 의지력도 꼭 필요하다는 것을 모든 부모님들은 너무나 잘 알고 있다.

그러나 어떻게 내 아이들의 생각과 몸과 마음에 그것들을 자연스럽고 올바르게 습득시킬 수 있을지는 너무나 어려운 과제인 것이다. 극도의 경쟁시대에서 어떻게 살아남을 수 있을지가 늘 부모들의 가슴속에 심히 크나큰 고민 덩어리가 되어 있는 것이다.

그날 밤 잠못 이루며 착잡한 심정 속에서, "행복은 성적순이 아니다", "공부는 인생의 다가 아니다", "책을 배우는 것보다 오히려 사람을 배우는 것이 중요하다"란 말들을 생각했다. 그러나 "교육은 국력이고 기술이고 과학이고 예술이다"란 말도 되새기며 교육은 미래의 꿈과 소망을 이루는데 없어서는 아니될 중요한 요소임을 다시 한번 깨닫는다.

사법 연수생과 로스쿨 졸업생도 취업률이 50%도 안 된다는 어두운 소식들, 취업난으로 대학졸업식장이 텅텅 비어 있다는 슬픈 소식들……

그래도 얘들아! 아는 것이 힘, 배워야 산다.
이 말을 가슴 깊이 새겨두자.
의진 왕자님! 여진 공주님! 파이팅!
내일을 위하여 바르고, 씩씩하고, 아름답게…

시간

바람이 세게 불어 구름이 지나가는 것이 눈에 띄게 보이는 날, 창밖을 보며……

"함머니! 구름이 어디로 가는 거야?"

"음… 친구 바람과 함께 멀리 놀러가는 거야."

"응… 그렇구나."

바람이 없어 구름이 가만히 서 있는 것 같은 날엔,

"함머니! 구름이 왜 가만히 서 있어?"

"음… 친구 바람이 어디 가고 없어서야."

"그러면 친구 바람이 오면 다시 갈 거야?"

"그렇지. 친구가 오면 다시 출발할 거야."

"함머니, 그럼 파란 불이 켜지면 구름이 출발하겠네."

"그럼, 파란 불이 켜지면 구름이 바람과 함께 막 달려갈 거야."

두 돌이 지나도록 말을 잘하지 못해서 말이 참 더디구나, 생각했었는데 다음 달에 세 돌이 되는 손자 의진이는 요즘 말을 너무 잘하고 질문이 어찌나 많은지 대답하기 귀찮을 정도다.

어제는 TV요리시간을 보며 의진이에게 말을 건넸다.

'할머니가 의진이 맛있는 것 해 주려고 TV 보며 배우고 있는 거야."

"그럼, 함머니 텔레비전 속에 들어갔다 왔어?"

어이없고, 신통하고.

엊그제는 김치부침에 피자치즈를 넣어 피자라고 만들어 주었더니,

"함머니, 맛없어. 빵으로 피자 만들어 주세요."

한다. 입 맛이 여간 까다로운 게 아니다. 그래도 돌 지나면서부터 토마토즙을 내어 조금씩 먹였더니, 지금은 하루에 한 컵씩, 그 맛없는 토마토 주스를 거르지 않고 곧잘 먹는다. 아토피가 목 주위에 조금 있어서 열심으로 해 먹인다.

며칠 전에는 아침 잠에서 깨어나 내게 와서 안기며,

"함머니! 입이 키가 많이 컸어. 아푸다……."

한다. 처음에는 입이 컸다는 말을 잘 알아듣지 못했는데 알고보니 의진이 아랫입술이 많이 부어 있었고, 입 속을 들여다보니 감기 후유증인지 하얗게 곱이 끼어 있었다. 입술이 부은 것을 입이 키가 많이 컸다고 표현하는 남다른 의진이다.

어느 날, 아직 숫자 6과 9를 잘 구분하지 못하면서도 7을 거꾸로 하면 영어 L(엘)이라고 해서 내심 놀랐다. 내가 L을 가르쳐준 기억이 없어서이다. 아마, 알파벳 영어 비디오 테이프를 제 엄마가 자주 켜 놓아서인 것 같다.

그리고 음악과 춤이 함께 어우러진 어린이용 Dancing Party 비디오를

무척 좋아하고, TV에서 자기가 흥이 나는 멜로디가 나오면 곧잘 춤도 잘 춘다. 제 아빠가 가르쳐 준 막춤이나 개다리 춤의 흉내도 잘 내고, 제 나름대로 멜로디에 맞게 박자 맞추며 다양한 춤동작을 빠르게 만들어 낸다.

또 어느 때는 장난감 기타를 둘러메고 뒹굴며 가수들 흉내도 곧잘 내며, 특히 음악이 끝나는 끝 소절에서는 놓치지 않고 지휘자가 마무리하는 동작을 손가락으로 절도 있게 아주 잘한다.

어느 때는 소리 없이 잘 놀다가 불현듯 생각이라도 난 것처럼 부리나케 장난감 전화기를 들고 현관 앞이나 구석진 곳으로 달려가 전화 받는 시늉을 아주 리얼하게 잘한다.

"응. 희찬이냐? 난데, 지금 어디야? 응, 그래. 승환이도 온다고 했어. 용상이도 오고 있고…… 빨리 와, 기다릴게. 끊어."

제 아빠 흉내를 어찌나 잘 내는지.

"함머니! 의진이 좋아해?"

"그럼, 좋아하지."

"그럼, 함머니, 내 방에 가서 나랑 놀자. 눈 감지 말고 의진이만 봐야 돼."

집안일도, 책 보는 것도, 잠자는 것도, TV 보는 것도, 모두 하지 말고, 저하고 눈 맞추며 놀자고 한다. 컴퓨터 앞에 앉아서는

"함머니! 뭐 보여줄까? 노래할까? 게임할까? 함머니! 이게 여기 가면 나오는 거야."

컴퓨터 마우스를 이리저리 움직이며, 컴퓨터를 할 줄 모르는 나를 가르치려 든다. 빨리빨리가 그리 좋은 것만은 아님을 알면서도 빠르게 언어를 구사하고 사물을 빠르게 익혀 가는 내 손자가 대견하기만 하다.

어느 날, TV에 폭포가 나오길래 재빨리 의진이에게 일러주었다.

"저것은 폭포라고 하는 거야."

"함머니, 물이 미끄럼을 타네. 와! 멋지다!"

얼마나 영특하고 사랑스러운 아이인지 기쁨의 탄성이 내 가슴 속에 파도처럼 출렁인다. 올해로 5살인 의진이는 유치원에 가면서부터 한글도 많이 터득한 것 같다. 요즘 유치원 프로그램으로 세계 각국의 나라 이름과 국기를 익히는데 아주 열심이다. 제 엄마가 사다 준 95개국 국기카드를 가지고 놀며 씨름하더니, 그 어려운 나라 이름도 빼놓지 않고 모두 암기한다.

"할머니가 맞혀 보세요."

라며 어느 날 국기카드를 치켜들었을 때, 나는 10개국도 맞추기 힘들었다.

"할머니는 왜 모르는 나라가 많아."

나는 속으로 얼마나 황당하고 부끄럽던지.

"할머니, 그냥 싸우는 것과 대결하는 것은 다른 것이죠?"

라고 며칠 전 의진이가 내게 물었을 때, '아, 나의 손자는 언어의 뜻 과 단어의 뜻에 유난히 관심이 많고 세심한 분별력이 뛰어난 아이구나.' 생각했다.

"할머니, 진화가 뭐야?"

"그건 동물이나 식물이 발전해서 변화되는 것이지."

"그럼 '변신'이네."

어제 TV를 보다 갑자기 진화가 뭐냐고 물어봤을 때, 나는 순간 당황했다. 머지않아 나는 손자의 물음에 답을 몰라 절절맬 시간이 곧 다가올 것임을 느꼈다.

언젠가 시계초침이 왜 자꾸 움직이느냐고 묻는 의진이에게 나는 쉽고 정확한 대답을 해주지 못했다. 이제 의진이가 어서 자라서 시간의 개념을 터득하고 한번 지나간 초침은 영원히 되돌릴 수 없음을 깨달아 소중한 시간을 아끼고 헛되이 보내지 않는 지혜로운 사람이 되기를 이 할머니는 간절히 바란다.

시간은 혼이며, 생명이고,
시간은 모든 것을 가져오며 시간은 재산이다.
시간은 멈추지 않으며 기다려 주지 않는다. 시간은 지나간다.
시간은 위로하는 자요, 시간은 진통제다.
시간은 진실을 발견한다.

"할머니! 사람이 죽으면 어떻게 돼?"

"불 속으로 들어가거나 땅 속으로 들어가지."

"나는 불 속은 싫어. 너무 뜨거워. 땅 속으로 들어갈래. 할머니! 그런데 땅 속으로 들어가면 어떻게 돼?"

"썩어서 흙이 되지."

"안 돼! 할머니가 흙이 되면 안 돼. 엉엉엉……."

내 목을 끌어안고 눈물을 펑펑 쏟으며 우는 의진이를 달래며,

"의진아! 네가 죽음이 무엇인지나 아니? 나도 아직 잘 모르겠는데. 단지, 너와 내가 헤어져야할 시간이라는 것. 그것밖에 모르겠구나."

어쩜 사내 녀석이 눈물이 그리도 많은지. 정작 이 할미가 죽은 다음에도 지금처럼 목 놓아 울 수 있을지 모르겠구나. 너는 겨우 여섯 살이니까. 해가 갈수록 너의 눈물은 잦아들겠지? 울고 싶을 때에도 눈물이 없어 울 수 없을지도 몰라. 죽음은 눈물로도 어쩔 수 없지 않겠니? 너와 나와의 이별의 시간이 죽음인 것을…….

의진아! 일류대학 최고의 지식도 필요하겠지만, 그보다 더 중요한 것은 부모, 형제를 진심으로 사랑하고 많은 사람들에게 신뢰받고 아끼고 사랑받는 사람이 되어라.

내일 이 지구가 멸망한다 해도 오늘 심을 사과나무가 되어라.

한 그루 아름다운 사랑의 나무가 되어라!

사랑은 오래 참고 사랑은 온유하며
투기하는 자가 되지 아니하며
사랑은 자랑하지 아니하며
교만하지 아니하며
무례히 행치 아니하며
자기의 유익을 구치 아니하며
성내지 아니하며
악한 것을 생각지 아니하며
불의를 기뻐하지 아니하며
진리와 함께 기뻐하고
모든 것을 참으며
모든 것을 믿으며
모든 것을 바라며
모든 것을 견디느니라.

- 고린도전서 13:4-7 -

밤 깊도록 조용히 뜨개질을 하는 시간에는
왜 내가 태어났는지, 왜 내가 살고 있는지 생각도 해보며
내 삶의 세월을 한 올 한 올 엮어서 참으로 많이도 짰다.

지금이나 예전이나 손이 아무것도 하지 않고 빈손으로 있으면
나는 너무 외롭고 서글퍼진다.

2. 흘러가는 강물처럼

나의 책상

화영아! 며칠 전 주문한 책상과 책장이 오늘 배달되었구나.

칠십이 다 된 이 나이에 새 책장과 책상을 들여 놓고, 마음이 이렇게 흐뭇하고 기쁠 줄은 정말 몰랐다. 책도 없는 책꽂이에 아직은 얼마 되지 않은 영화 DVD와 음악 CD를 정리해 놓고, 처음으로 책상에 앉아 너에게 이 글을 쓴다. 얼마나 깨끗하고 좋은지 당장 너에게 보여주고 싶구나.

지영이가 새로 사준 새 스탠드의 불빛이 너무 환하고 눈이 부시다.

7형제 틈에 자란 엄마는 내 방과 내 책상이 그 옛날에 얼마나 갖고 싶었는지, 대청마루 한 구석에 다 찌그러진 헌 앉은뱅이책상! 아직도 눈에 선하다. 고등학교 1학년 때 예고도 없이, 어느 날 수녀님 두 분이 가정 방문을 오셔서, 내 책상 서랍을 열어 보고 점검을 하셨지.

낡은 책상도 부끄럽고, 뒤죽박죽인 서랍 안도 너무 창피하고, 쥐구멍도 못 찾고 쩔쩔맸던 가슴 아픈 기억. 엄마가 청결과 정리정돈에 신경과민이 된 것은 그때의 부끄러운 상처 때문이 아닐지. 오래 전에 하늘나라에 가셨을 남 수녀님과 박 수녀님이 깨끗하고 정갈한 지금의 엄마의 책상을 보고 계셨으면 좋겠구나.

화영아! 엄마가 죽을 때까지 이 책상에서 그 아무것도 하지 않고, 아까운 돈만 낭비했다 해도 후회하지 않겠다. 내 책상이 있다는 이것만으로도 엄마는 지금 너무 행복하구나.

요즘은 웬만한 중요한 일이 아니면 하던 일도 미루고, TV 드라마와 영화를 본다. TV도 디지털 42인치 벽걸이형으로 바꾸고 DVD 플레이어도 새로 샀다. 그리고 주말이면 영화 DVD와 음악 CD를 사려고 시내 종로 쪽에 자주 간다.

아직은 어떤 영화들이 좋은지 잘 몰라서, 네가 소개해 주는 DVD와 옛날에 보았던 내가 기억하는 영화들만 눈에 띄는 대로 사온다. 영문을 빨리 읽지 못하기 때문에 DVD 고르기가 그리 쉽지 않더구나.

골동품을 모으는 사람들, 좋은 책과 그림을 수집하는 사람들, 우표. 액세서리를 모으는 사람, 신문을 한 달에 수십만 원 씩 들여 모으는 사람, 토끼인형·개구리인형, 가지각색 자기가 좋아하는 것들을 모으며 행복해하는 사람들이 이 세상에는 그 얼마나 많은가. 엄마도 가끔은 무엇인가를 모으고 싶다는 생각을 했었지만, 이 나이에 영화 DVD 모으는 일에 푹 빠질 줄이야 어찌 짐작이나 했겠니?

새로운 영화나 지난날에 보았던 명화와 드라마를 나만의 방에서 나홀로 감동하며 가슴 설레며 즐길 수 있는 이 행운! 이 기쁨! 아름다운 영상 속에, 늙어 버린 외로움을 얼마쯤은 잠재울 수 있단다.

이제는 냉장고에 음식거리를 채워 두는 기쁨보다 내 책장에 좋은 필름 채우는 일에 미쳐 가고 있구나. 신문, TV광고에 나오는 영화들도 눈여겨

보고, 영화 잡지도 가끔씩 사서 본다.

지난 주말에는 사려고 벼르던 세계문화유산 DVD를 사왔다. 열두 편 한 집으로 이십육만 사천 원. 조금 비싸다고 생각하며 샀는데, 집에 와서 켜 보니 '와! 잘 만들었다.'

KBS미디어가 독일과 국제 공동 제작한 명품이구나. 엄마 마음에 꼭 든 다. 많은 돈 들여가며 여행으로 구경한들 그렇게 잘 보고 잘 알 수 있겠니? 세계문화유산으로 지정된 의미와 역사적 배경과 사실들을 소상히 내레이터 가 설명도 해 주고, 육안으로 보기 힘든 곳까지 보여주어 너무 좋구나. DVD 화면이 주는 선명함과 색상의 아름다움은 음악과 함께 하나의 훌륭한 예술 품이다.

유서 깊고 시대를 초월한 역동적인, 유구한 역사를 자랑하는 멋진 나라 들. 이국적이고 고색창연 한 도시에 각 나라 고유의 문화가 한데 섞여 형 성된 놀라운 유적의 도시들. 각 나라의 독특한 건축물과 서로 다른 시대적 문화가 녹아 있는 놀라운 건축 양식들은 신구가 공존하는 공간과 광활한 오지, 그리고 자연과도 완벽한 조화를 이룬다.

이 모두는 역사의 생생한 중심지들로 우아함과 빛과 색깔 이 환상적으 로 어우러진, 인류의 예술이다. 하늘에서 찍은 유적지의 파노라마는 나의 탄성을 끝없이 불러일으킨다.

■ 지상에서의 행복이 덧없음의 고통을 예술의 영혼 속으로 승화시키려 했 다는, 영원한 사랑의 기념비! 인도의 타지마할!

■ 이보다 더 큰 궁성은 존재한 적이 없다고 한 9,900칸의 방과 800채의

건물이 있는 중국의 자금성! 그리고 인간에 의해 만들어진 것 중 우주에서 육안으로 볼 수 있는 유일한 만리장성!

■ 천 개의 부처가 있는 곳, 인도네시아 보로부두르! "세상을 체념한 자는 안다. 길과 목적지와 이유를 바라보며 속세를 떠난 자만이 깨달음을 얻을 수 있는 것을…. 기쁨은 고통의 시작이며 사랑은 고통의 원천이고 부유함은 고통의 근원이며 쾌락은 고통의 어머니이기 때문이다."

화영아! 엄마는 세계문화유산 DVD를 보면서 철학자가 된 듯 싶다. 이밖에도 놀라운 곳들이 셀 수 없이 얼마나 많은지.

■ 세계에서 가장 규모가 큰 불교의 유적이며, 너무나 웅장하고 아름다워 고대 그리스의 신전이나 로마의 콜로세움을 능가한다고 하는 캄보디아의 앙코르 와트!

■ 대영제국의 역사의 무대, 웨스트민스터와 선사시대의 수수께끼, 스톤헨지가 있는 영국!

■ 하늘에 떠 있는 성처럼 보이는 몽생미셸과 왕실의 아름다운 도시 퐁텐블로가 있는 프랑스!

■ 독일의 걱정이 없는 곳, 상수시 궁전과 세계적인 예술가 건축가 조각가들이 장식한 아름다움이 잘 보전되어 있는 뷔르츠부르크의 주교관! 그리고 한자의 중심지 뤼베크는, 세계 문학의 현 주소이며, 자유의 힘이 낳은 기적이라고 한다.

■ 러시아의 북쪽 베네치아 성 페테르부르크는, 세계에서 뛰어난 미술품 270만 점을 소장하고 있는 세계적인 미술관이 있으며, 사고르스크 삼위

일체 수도원은 러시아 정교회 신자들의 신앙이 살아 있는 성지다.

■ 또한 지금까지도 세상의 오래된 중심부로 남아 있는 로마의 구도심은, 나에게 다시 한 번 역사 사전을 들추어 보게 한다. 원로원 궁전, 카피톨 박물관, 쏘룸 로마눔, 사크라거리, 산로렌초 성당, 막센티우스, 바실리카의 아치 등, 많은 유적지와 가장 유명한 콜로세움이 있는 이탈리아에는 로마가 있다.

■ 현대 올림픽의 기원! 올림피아의 고고유적의 나라 그리스에는, 죽음을 준비하기 위하여 살 뿐인 수도사들이 있는 곳, 메테오라의 암벽 수도원이 있으며, 아테네의 아크로폴리스, 파르테논 신전, 아폴론 신이 태어난 섬 델로스가 있다.

■ 제일 유명한 시계탑이 있는 베론의 구도심과 다윗의 빛나는 업적이 수도원과 함께 남아 있는 스위스의 성 갈렌 수도원.

■ '들어와서 정의를 구하기를 주저하지 말라. 너는 정의를 얻을 것이다' 황금방에 새겨진 이 문구가 있는 알함브라 무어인들의 궁전과 가우디가 만든 귀엘 공원이 있는 에스파니아!

■ 독일 군대가 철수한 후 바르샤바의 84%가 파괴되었다. 그러나 바르샤바의 운명이 다른 도시와 다를 바 없지만, 폐허로부터 새로이 이루어진 결과는 다른 도시와 비교가 되지 않는다. 나에게 기적을 믿게 해 주는 폴란드의 바르샤바!

■ 팔렌케는 망루와 대궁전 등의 석고 장식과 테라코타, 상형문자, 비문 등 마야 문명의 보고이다. 고고학적 신비를 간직한 멕시코의 마야 문명과 400여년 동 안 이끼로 덮인 채 버려져 있었던, 잉카 문명의 최후의 유적, 페루의 마추픽추!

■ 세네갈! 고레 섬의 과거는 노예무역으로 특징지어진다. 이곳이 바로 인

간상품을 매매하던 가장 중요한 장소 중 하나였다. 인권이 박탈당한 노예들은 고레 섬으로 옮겨져 낙인이 찍히고 배에 태워져 운반되었다. 17세기 초 500~1,000명까지 노예가 수출되었다. 노예들의 집에는 어두운 동굴에 사는 동물들처럼 노예들이 모여 있었다. 돌아올 수 없는 문을 통해 배에 실렸으며, 노예들의 상당수는 항해 중에 죽었다. 또 일부는 갑판 위에서의 생활이 너무 힘들어 물속에 몸을 던지곤 했다. 당시 바닷속엔 상어들이 득실거렸다.

내레이터의 음성이 슬픔에 차 있는 것 같다. 하나님께서 무슨 연유로 흑인도 만드셨고 그들에게 노예의 비통함과 괴로움을 주셨는지 ······. 화영아, 답답하게도 엄마는 알 수가 없구나.

그리고 아프리카 전체의 비극을 상징하는 고레 섬이, 세계문화유산이 된 까닭이 어디에 있으며, 인류 학대의 어두운 역사의 하나의 장이 된 고레 섬은, 과연 우리들에게 무엇을 일깨울지.

엄마는 생각하기가 너무 어렵고, 인간이 인간을 물건이나 짐승처럼 사고팔아 노예로 부릴 줄 알았던 무서운 인간들이 너무 싫구나. 자메이카의 노예해방기념동상에 새겨진 '노예로 사느니 단두대에 이슬로 사라지겠다.'며 목숨 걸고 자유를 외쳤던, 흑인들의 애통함이 아직도 그 곳, 하늘 높이 서려 있을 것 같구나. 콜럼버스가 아메리카 대륙 을 발견한 건 대단한 사건일지 모르지만, 그로 인해 300여 년 동안 1,500만 명에 이르는 노예들이, 아메리카 대륙과 서인도제도로 끌려갔다는 역사적 사실은 인류가 해서는 안 될 너무나 큰 잘못을 저지른 것이다.

화영아! 어려운 것 또 하나, 자신의 위대함과 이집트의 번영을 알리기 위해, 영원한 신전 아부심벨을 건축한 람세스2세 파라오의 말이다.

내레이터의 음성이 높이 격앙되어 가는 것 같다. 예술은 노동자의 고통과 피의 대가일까? 예술을 표현하는데 노동력은 무슨 상관일까? 세계에서 제일 긴 무덤이라고 하는, 중국의 만리장성을 쌓는 데도 100만 명이 넘는 노동자들이 목숨을 잃었다니, 예술과 고고유적과 목숨은 같은 뜻이 될까?

전쟁과 예술은 어떤 상관일까? 종교와 예술은 정말 하나일까? 그리고 선악을 권계하고 인류의 행복을 추구하는 종교가 왜 참혹한 전쟁의 불씨가 되었는지? 한심하게도 엄마의 머릿속은 왜 이리 꽉 막히는 때가 많은지 모르겠구나. 과거 없이는 현재도 미래도 없다고 세계문화유산은 말해주고 있다.

화영아! 온 세상 곳곳을 마음대로 날아다닐 수 있는 너의 자유! 젊음!

부지런히 과거의 현장을 돌아보며 더욱 아름다운 삶을 기약하는 멋진 사람이 되어라.

삶

〈LOST〉, 비행기 추락사고로 남태평양의 외딴 섬에 고립된 생존자 48명! 이들은 서로 협력하며 살아남을 방법을 강구해 보지만, 구조될 가능성은 점점 희박해지고, 섬에서는 불가사의한 일들이 벌어지기 시 작한다. 정체를 알 수 없는 생명체에 의해 생명의 위협을 받고, 저마 다 공포에 짓눌려 불안하고 초조하게, 목숨을 지탱하며 삶을 이어가고 있다.

- 찢어진 자기 옆구리를 바느질 바늘과 실로 꿰매며, 용감히 눈앞에 닥친 참혹 한 참상들을 수습하려 최선을 다하는 주인공, 외과의사 잭! 그는 신체의 일부분을 잘라내고서라도, 죽음에서 생명을 건져내고자, 온 몸의 힘과 우정과 지혜 와, 담대함으로 운명과 맞선다.

- 평소 살면서 좋았던 일보다, 가슴 아프게 가족들과 주고받았던 악몽 같 은 과거 의 상처들을 극한 역경 속에서 상기하며 통곡하며 후회하며, 온 힘을 다해 불운을 이 겨 내는 사람들!

- 살아 있음이 너무 견디기 힘들 때, 죽어 세상을 떠나는 사람이 부럽고, 사랑하는 사람의 죽음을 눈앞에서 확인하였을 때, 차라리 안도감을 느끼며 불안에서 자유로워지고…….

- 도와주세요! 비명소리에 번개처럼 튀어 오르는 순발력! 용기! 우정과 의리는 평범한 삶에서는 결코 쉽게 맛볼 수 없는 기쁨! 감동! 감격!

- 그 절박한 참상에서도 새로운 생명은 다시 태어나고, 사랑은 새롭게 시작되고…

내가 지금 DVD로 보고 있는, 외국 드라마 〈LOST〉 속의 지옥 같은 현실에서도 목숨을 지탱하며 삶의 끈을 놓지 않으려 완강히 버티는 눈물겹고 안타까운 장면들은, 생명의 존엄성과 피보다 진한 '인간애' 를 뜨겁게 가슴 절절히 느낄 수 있는 휴먼 드라마다.

내가 오래 전에 본 영화 〈쇼생크 탈출〉 이후 다시 보게 된 감동이며, 고통과의 참혹한 전쟁에서 매번 인간이 승리하는 영상의 블록버스터다.

전쟁 속에서, 천재지변 속에서, 무서운 테러 속에서 흉악범들의 무자비한 횡포 속에, 속수무책으로 힘없이 스러져 가는 것이 인간의 목숨이다. 그러나 그러함 속에서도 끈질기게 이어갈 수 있는 것이 또한 위대한 인간의 생명력이 아니겠는가. 생명의 불꽃이 꺼지지 않는 한 삶은 인간의 숙명이며 의무가 아니겠는가.

이 드라마를 보면서 내가 얼마나 행복하고 다행한 삶을 살고 있는지를 가슴 깊이 느꼈다. 미움, 갈등, 슬픔, 고통……. 내가 살면서 겪었던 그것들은 극히 작은 것에 불과하다는 것도 알았다. 지극히 단순하고 작은, 풀

잎의 아침 이슬처럼, 소리 없이 살다가 조용히, 나의 남은 삶이 끝나주기를 나는 간절히 소망한다.

삶이 그대를 속일지라도
슬퍼 하거 나 노여워하지 말아라
설움의 날을 참고 견디면
기쁨의 날이 오고야말리니

마음은 미래에 살고 현재는 언제나 슬픈 것
모든 것은 순식간에 지나가고
지나간 것은 또다시 그리움이 되는 것

- 푸쉬킨 -

　나는 언제나 수도꼭지를 틀 때 확하고 세게 틀지 않는다. 수도계량기가 더 빨리 돌아갈 것 같아 불안해서다. 어느 때는 자동차 세차장의 그 무서운 세찬 물줄기를 볼 때면, 또한 불안해지며 척박한 사막에 사는 유목민과 가뭄으로 더욱 흐려진 흙탕물을 먹고 사는 메마른 지역의 딱한 사람들을 생각하게 된다. 그리고 어느 영화에서 예수님이 십자가를 지고 온 몸의 물과 피를 쏟으며 쓰러질 때, 물 한 그릇을 건네주던 그 어떤 사람과 그 물을 발길로 차서 쏟아버리던 로마 병정을 생각하는 때도 있다. '물은 생명이다' 라고 캠페인을 벌이는 요즘, 물 부족의 심각함을 인지하고 그 안타까움에서만, 내가 수돗물을 아끼는 것은 아니다. 단지 내 수도세 고지서에 숫자를 줄여 보자는 목적이 전부일 것이다.

어느 날 세제로 행주를 삶아 빠는데, 수십 번을 헹구어도 세제거품이 가시지 않았다. 얼마나 물도 많이 들고 힘이 들던지. 그 후부터는 기름진 그릇은 휴지로 깨끗이 닦아 씻고, 행주도 종이 타월로 바꾸었다. 많은 설거지 외에는 면 행주를 쓰지 않고, 저절로 그릇이 건조되도록 노력한다. 과일, 야채 씻을 때 마지막 식초물에 담가 썼던 식초물로 도마, 수세미, 행주, 칼 등을 소독하는 것도 잊지 않는다.

나는 락스 애호가다. 하지만 지금은 락스는 물론, 샴푸나 세제, 비닐봉지도 아껴 쓰려고 많이 노력한다. 아토피에 맑은 물이 큰 도움이 된다는 이야기를 듣고부터다. 그러나 마구 버린 공장 폐수로 그 엄청난 검붉게 썩은 끝없는 거품을 TV에서 보았을 때, 나는 절망을 느꼈다. 또 어느 날에는 럭셔리 라이프라는 TV프로그램에서 우리 거실보다 훨씬 넓은 호화로운 욕실에 설치된 소나기 샤워기와 세계적인 갑부집 안에 그 넓은 풀장의 넘치는 맑은 물을 보며 내가 너무 작고 한없이 초라하다는 생각을 했다.

수돗물 하면 생각나는 분이 있다. 아주 경제적으로 알뜰하게 사시는 그 분은 수도꼭지를 물 한 방울씩만 똑똑 떨어지게 24시간 놔두면, 계량기는 거의 안 돌아가고 혼자 쓸 만큼의 물을 받아둘 수 있었다고 한다. 계량 검침원이 다녀가며,

"아주머니! 조금 맘 놓고 틀어 써도 기본요금 밖에 나오지 않아요."

그 친절한 말에도 죽는 날까지 그 분은 그렇게 사셨을 것이다. 그 분은 가난한 분이 아니셨다.

며칠 전, 버스를 타고 단말기에 버스 카드를 찍으려는 순간, 가방을 딸아이 집에 두고 온 걸 알았다. 버스는 이미 출발했고 다시 내릴 수도 없고 난감해서 더듬거리며 버스 기사님께 가방을 잊고 왔다고 말했더니, 기사

님은 환한 미소로 나의 당황함과 무안함을 무마시켜 주었다. 그리고 돌아서 자리에 앉으려고 몸을 움직이는 순간, 바로 앞에 앉아 있던 어느 젊은 여인이 버스값을 지갑에서 꺼내 나에게 소리 없이 내미는 것이다. 그만 놀란 나는 고맙다는 말을 못하고, "아, 됐습니다." 하고 뒷좌석으로 오고 말았다.

인색과 절약을 혼동하지 말 것이며, 순발력 있는 작은 친절이 남을 기쁘게 하는 요소임을 집에 오는 동안 버스 속에서 내내 생각했다. 검소하고 알뜰하게 사는 것을 습관처럼 익히는 것도 중요하고, 어려운 처지에 남을 배려하는, 작지만 따뜻한 마음으로 살아가는 것은 더욱 행복한 삶을 사는 지혜로운 방법이라고 내내 생각했다.

캐나다 토론토에는 디스카운트 1달러 숍이 붐비는 거리마다 있다. 모든 생활용품이 다 모여 있는 만물상이다. 나는 잠시 그곳에 있었을 때 그 숍에 자주 들러 구경도 하고 필요한 물건도 구입했다. 내가 즐겨 사는 것은 주로 주방용품이다. 나무로 만든 그릇들, 대나무 바구니, 수세미, 행주…… 소꿉놀이 같은 물건들을 구경하며 고르는 것은 또 다른 작은 행복이다. 요즘은 우리의 대형마트나 시장에 천냥하우스가 등장했다. 나는 마트에 갈 때마다 빼놓지 않고 그 코너를 돌아보며 꼭 필요하지도 않은데, 싸고 예쁘다는 이유로 자주 그 무엇들을 산다. 물 한 방울 아끼는 내 모습과는 상관이 없다. 아무리 싸도 필요 없는 물건을 사는 것은 바보짓임을 잘 알면서도 나는 그곳에 자주 간다. 천 원의 작은 행복을 얻으며 나는 천 원짜리 인생인지도 모른다는 우스운 생각을 한다. 수도계량기는 까맣게 잊고 때로는 바보가 되어 보는 것도 즐거운 삶의 요소인 것처럼.

작년부터인지 천연 소재의 천과 색상으로 구성된 형형색색의 피그먼트

이불이 나왔다. 항상 파스텔 톤의 침구를 쓰는 것이 고정관념 같이 된 내가 어제는 샛노랑과 짙푸른 연둣빛으로 매트와 이불 베갯잇까지 모두 피그먼트로 바꾸었다. 노랑과 연두 빛 속에 누워 요한스트라우스의 봄의 왈츠라도 듣게 되면 나는 틀림없는 봄의 요정이 되지 않겠는가. 멀쩡한 이불 커버를 쉽게 버려 버리는 또 다른 나와도 상관이 없다. 다섯 살 된 손자가 제일 좋아하는 파랑색으로 이불과 매트 베갯잇까지 한 아름 사 놓았고, 멀리 영국에 있는 큰딸아이가 오면 주려고 핑크빛 이불도 준비했다. 나는 천연빛의 요술에 눈이 먼 작은 행복의 주인공이다.

처음으로 붉은 기와로 이은 불란서식 뾰족지붕의 작은 집을 사고서, 하얀 레이스 커튼을 온 집안 한가득 걸어 놓고, 창 너머 높이 떠가는 흰 구름 속에 내 작은 행복을 미소로 날려 보내던, 옛 기억이 피그먼트 빛 고운 그 속에 아련히 떠오른다. 밝은 햇살이 명주 이불처럼 포근한 오후, 깜박 잊고 수도꼭지 틀어 놓고 라디오에서 흘러나오는 감미로운 선율에 취해 꿈속을 헤맨다. 온 세상을 물바다로 만드는 천둥 같은 나이아가라 폭포! 그 속에 하늘만큼 땅만큼 끝없이 요동치는 새하얀 포말은 모두 내 것이 된다. 물안갯속 물보라 위에 걸려 있는 일곱 빛 고운 무지개도 모두 내 것이 된다.

종로 5가와 6가 사이는 언제부터인지 모르지만 꽃을 파는 꽃길이 되었다. 봄과 여름, 가을에는 더 많은 나무와 꽃 화분들이 항상 길가에 가득 놓여 있다.

요즘 집들이 선물로 많이 애용되는 산세베리아의 기린 목처럼 기다란 본새가 내 맘에 들었다. 아주 작은 한 뼘만 한 산세베리아를 내가 지금 살고 있는 아파트에 이사 오자마자, 잔뜩 사다가 천 원짜리 한 아름 되는 커다란 플라스틱 휴지통에 구멍을 내고, 또 하나는 엎어 놓고 그 위에 정성 들여 심은 십여 개나 되는 산세베리아 화분을 각각 올려놓으니, 흡사 장구통 같은 모습으로 생각지도 못했던 멋진 화분 인테리어가 되었다. 또한 내 엄지손가락보다도 더 작은 다육식물과 가시 없는 선인장 아기들을 50여 개 사다가 작은 화분에 올망졸망 심어 놓으니, 나의 베란다 꽃밭은 아주 멋진 미니어처 식물원 같다. 일 년이 지난 지금 나의 화분의 식물들은 얼마나 많이 자랐는지. 산세베리아는 1m도 더 높이 자라나 커튼이 없는 나의 창가를 초록빛 병풍으로 둘러놓은 듯 그윽한 정취를 내게 선물하고 있다. 얼마나 아름다운지! 모두에게 자랑하고 싶다.

내가 아는 어떤 사람은 내 몸 하나도 귀찮아 죽겠는데, 무슨 꽃 화분이냐며 시큰둥했다. 글쎄다, 손가락 하나 까딱 안 하고 싶을 때, 세상만사 모두 귀찮아 그대로 땅속으로 가라앉고 싶을 때가 내게도 종종 있다.

그래도 내가 심어 놓은 화초가 목말라 시들시들해지면 나는 누워 있을 수 없다. 몸을 억지로라도 일으켜 나의 꽃들에게 물세례를 퍼 붓는다. 꽃과 나무들이 얼마나 기뻐하는지.

늘어진 육신을 어떻게든 움직여 볼 때 새로운 힘은 다시 솟아오른다. 삶에 지쳐 온 몸이 만신창이가 되었을 때, 마음이 외롭고 삭막해질 때, 굳이 근사한 스카이랜드를 찾아가지 않아도 나의 화분들은 내 마음에 봄비처럼 생기를 되찾아주고, 평온한 마음으로 다시 일상으로 돌아가게 해 준다.

어제, 내 작은 선인장 화분에서 봉숭아꽃이 피었다. 동굴 속에서 자라는 석순처럼 생긴 선인장 아기를 내 주먹보다 더 작은 화분에 심어 놓았는데, 그런데 어느 날 그 좁은 가장자리에서 떡잎이 봉숭아 같이 보이는 새싹이

올라왔다. 혹시나 하고 뽑지 않고 두고 보았더니, 엊그제 바깥 베란다에 내 놓았던 그 화분에서 10cm가량 자란 봉숭아가 선홍의 붉은 꽃을 피운 것이다. 얼마나 놀랍고 기쁘던지. 오늘 아침에는 한 송이 더 피워 꽃의 요정처럼 내 책상 위에서 나의 시선을 사로잡는다.

아무리 비좁은 곳이라도 얼마든지 아름답게 살 수 있다고, 봉숭아는 말하는 것 같다. 작은 행복 속에, 큰 기쁨도 함께한다고, 내게 속삭이는 것 같다.

아무것도 바라지 않을 때가 최고의 행복이다.
극히 작은 것밖에 바라지 않을 때가 그 다음가는 행복이다.
— 소크라테스 —

짧은 뜬 세상이지만
착하고, 아름답게, 생활하기에는 충분한 시간이 있다.
— 키케로 —

머리가 몹시 아프고 침을 삼키기 힘들게 목이 아프다. 뼈 마디마디가 무너져 내릴 듯이 쑤시고 아프다. 요 며칠간 집을 바꾸느라 비가 오는데도 돌아 다녔더니 기어코 감기 몸살이 왔다.

저녁 무렵, 신촌 딸네 집에서 나와 수유리 집으로 오려고 버스를 기 다리는 동안 다리가 후들거리며 현기증이 일면서 땅바닥에 주저앉고 싶었다. 택시를 타야겠구나 생각했다. 같은 서울인데 택시 값이 나오면 얼마나 나오겠는가. '그래, 이런 때는 택시를 타는 거야.' 하며 지나가는 택시에 손을 들려는 찰나 내가 타고 가야 할 버스가 온다. 순간 손이 내려지고 허겁지겁 버스에 몸을 싣고 말았다. 집에 다 와 후들거리는 다리로 간신히 내 방까지 들어와 쓰러지며 눈물이 왈칵 쏟아지려 했다. 꼭 택시 탈 돈을 아껴서만이 아니라 택시를 쉽게 타는 데 길들여지지 않은 내 생활 습관 때문에 가끔은 이렇게 고생을 사서 하는 내 꼴이 너무 한심하다.

젊어서도 아무리 힘든 집안 일이 산더미 같아도, 도우미 한 번 쓰지 못했다. 나 말고 다른 사람이 내 살림에 손대는 것이 싫고, 내가 할 일을 남에게 시켜보지 못한 어색함 같은 것일 게다. 한꺼번에 대여섯 채의 이불을 빨고 몸살이 나 누워 버릴망정, 힘들 때 도우미를 청하지 못하는 미련하고 바보 같은 내 삶의 방식을 아직은 그 누구도 어쩌지 못한다.

내 수족을 아예 쓸 수 없을 그때나 어쩔 수 없이 다른 사람에게 구원을 요청할 수 있을지? 아니면 지저분한 그대로 꾹 참고 견디다 소리 없이 이 세상을 떠날 수 있을지. 나도 나를 모른다.

지난 주 목요일에 지영이가 둘째 아이를 낳았다. 아침 6시 경에 진통이 오는 것 같다는 전화를 받고 서둘러 지영이한테 갔었고, 내가 도착하자 사위 영교가 지영이 데리고 병원으로 가고 나는 손자 의진이와 집에 남았다. 이제 새 아기가 곧 집에 올 테니 청소가 제일 먼저다. 이불 시트도, 모두 빨아가며 침대 밑 집안 구석구석 대청소를 했다. 나이 탓인지 예전 같지 않고 힘에 겹고 금세 몸이 지친다. 지영이는 아침 8시경에 병원에 도착해서 낮 11시 50분에 아기를 순산했다는 영교의 전화를 받고 무사히 쉽게 아기를 잘 낳아서 안도의 한숨이 절로 나왔다. 육신의 고단함도 잠시 잊을 수 있었다. 저녁 무렵 의진이와 아기 보러 병원에 갔다. 갓 태어난 아기가 이렇게 예쁜 줄 예전엔 전혀 몰랐던 것처럼 아기에게서 눈을 뗄 수 없을 만큼 아기가 예쁘다. 이 고생스러운 세상에 태어나는 걸 퍽이나 걱정하며 나는 아이를 더 이상 낳지 않기를 바랐는데, 아기는 아무것도 모르고 예쁘게 또 태어난 것이다. 건강히, 아주 건강히 잘 자라기만을 빈다.

지영이가 토요일에 예정보다 좀 빠르게 퇴원하여 모두 집에 왔다. 부지런히 미역국 끓이고 밥을 해서 먹고 서로 모두 쉴 겸 나는 집에 오는 버스를 탔다. 그리고 버스 속에서 아무도 모르게 나 홀로 사고를 당했다.

내가 탄 버스가 그 시간 따라 텅 비어 있었다. 두세 사람밖에 없었다. 좌석에 앉을 때 내가 메고 있었던 가방이 잘못되어 동전 몇 개가 쏟아졌다. 사람이 많았다면 그만 두었을 텐데, 사람은 없고 버스 바닥에 동전은 보이고 나는 그만 동전을 주우려 버스 바닥에 엎드렸다가 버스가 덜컹거리는 바람에 버스 의자 난간에 옆구리를 쾅하고 부딪쳤다.

그 찰나 눈앞이 번쩍이며 입이 딱 벌어지게 아픈 통증이 일었다. 뱃속에 있는 것이 다 넘어올 듯이 메스꺼움이 일었다. 순간 나는 갈비뼈가 부러졌든지, 창자가 터졌든지 숨이 멎어 버릴 것 같은 아픔에 정신이 혼미해졌다. 옆구리를 움켜쥐고 어떻게 집에까지 와 내 방에 들어왔는지 모른다. 방에 들어서자마다 비틀거리며 팔, 다리 아플 때 먹는 약을 집어 삼키고 쓰러졌다. 이대로 죽든지, 병신이 되든지 내 몸은 이제 끝이라는 절망감에 정신을 잃었다.

시간이 얼마나 지났을까? 화장실에 가려고 몸을 일으키려 할 때 산고보다 더한 고통이 왔다. 누워서도 몸을 움직이기 너무 힘들었다. 얼마나 아픈지 기침이 나올 때는 옆구리를 움켜쥐고 벌벌 떨었다. 죽었다가 다시 깨어난 듯 정신이 들고 보니 어제 삼킨 그 약 덕분인지 몸이 한결 진정된 것 같았다. 그래서 그 약을 다시 먹고 죽은 듯이 누워 이틀 동안을 견디다, 그 약을 산 약국에 기다시피 간신히 가서 버스에서 다쳤다며 어떤 약이 없겠느냐고 물었더니, 병원에 가보는 것이 좋을 거라며 내가 먹었던 그 약을 준다. 그 약이 신경진통제라고 했다. 나는 그 약을 많이 사 가지고 와서 통증이 심해질 때마다 약을 먹어가며 병원에는 가지 않았다.

거의 일주일이 되어가는 오늘도 돌아눕기 힘들고 기침을 하면 울려서 아직도 옆구리를 움켜쥐고 절절매면서도 나는 병원에 가 볼 마음이 없다. 그 누구에게 알리고도 싶지 않다.

내가 바보 천치이거나 아직 죽을 만큼은 아프지 않아서 그럴 것이다. 아니면, 정말 죽을 때의 아픔을 홀로 견디어 보았는지도 모른다. 그래도 시간이 지나갈수록 통증이 조금씩 감소해 가는 걸 보니, 나는 다시 멀쩡해질 수 있을 것 같다.

쓸쓸함이 밀물처럼 밀려온다. 서러운 눈물이 내 가슴을 적신다.

남들이 많이 선호하는 김치냉장고를 지영이는 이제야 샀다. 그것도 내가 서둘러서. 내가 지영이처럼 젊었다면 김치냉장고를 맨 처음 나왔을 때 샀을 것이다. 지난 두 주말 동안 김치를 담갔다. 12포기씩 두 번을 했는데도 김치 냉장고에 반밖에 차지 않는다. 반을 또 채우려면 이번만큼 수고를 또 해야 한다는 생각을 하니 이제는 조금 걱정스럽다. 나이 탓인지 팔도 많이 아프고 밤이면 온 몸이 저려 온다. 정말 늙었나 보다.

김치를 자주 담고 음식 만드는 일이 별로 어렵지 않고 즐거웠던 지난 날 들이 몹시 그립다. 화영이가 중학교 때 엄마는 김치하러 이 세상에 나왔느냐고 말한 적도 있었다. 아이들이 아주 어릴 적에는 불량식품 먹이지 않겠다고 모든 간식거리를 항상 만들어 먹였다. 김밥, 만두, 찐빵, 도넛, 설기떡, 찹쌀떡, 호박부침, 김치부침, 깨강정, 콩강정 ……

　많이 힘든 줄 모르고 기쁨으로 음식을 만들었던 그 시절이 나에게 는 더없이 잊지 못할 행복한 세월이었나 보다. 물김치만 새로 해도 이웃에게 한 그릇씩 퍼 주고, 김밥 도시락 싸는 날에는 반 아이들이 모두 집어 먹는다고 도시락을 두 개씩 싸 주고. '너네 엄마 김밥장수니?' 화준이 반 아이들의 놀림 말이기도 했다.

　지난 연말에 화영이가 휴가차 다녀갈 때 짐스러울 만큼 밑반찬들을 싸 주었다. 더덕, 무말랭이, 수박고추장아찌, 도라지, 멸치, 오징어무침……

"엄마 음식은 환상이야! 예술이야!"

　멀리 캐나다에서 걸려온 전화 속 화영이의 목소리가 맑고 환하다.

　지금처럼 학교 급식이 없었던 그 옛날에는 아이들 도시락 반찬 준비하는 일은 꽤 힘든 일이었다. 늘 새벽 5시 전에 일어나 만들어야 했다. 유독 식성이 제일 까다로운 화영이는 아침마다 "오늘도 또 이거야?" 불만이 많았다. 구운 갈치를 많이 좋아했던 화영이가 그 흔한 장아찌에 감격하는 걸 보니 화영이도 이제 나이가 들어가나 보다.

　지영이가 지난 가을에 큰 집으로 옮기고 직장 동료들, 친한 친구들, 여러 번의 잔치를 벌였다. 팔, 다리, 허리가 너무 아파서 약 먹어가며 누워 쉬어가며 음식을 만들었다. 몸은 많이 힘들었지만 아직은 음식을 만들어 남을 대접하는 기쁨이 남아 있어 좋은 마음으로 일을 잘 끝냈다.

몇 해 전까지만 해도 내 어머니가 그리하셨듯이 목사님, 교우들, 친구들 초대하는 일은 내 삶에 있어 큰 즐거움이었는데, 그러나 내 육신의 힘은 이제 더는 손님을 초대하기 힘들지 싶어 쓸쓸한 마음이 들었다. 어느 한 때는 교회 행사 잔치를 도맡아 수백 명의 음식을 교회에서는 처음 뷔페상으로 차려 칭찬도 많이 들었고, 오십견으로 팔 하나를 아예 쓸 수 없었을 때는 어깨에 팔을 걸어 매고 입으로 지휘하며 그 많은 행사들을 소리 없이 감당했던 그때 그 정열은 나에게는 다시없을 옛 추억이 되어 버렸다.

 하지만 젊었던 한때는 밥도 하기 싫어서 내가 늙으면 이 지긋지긋한 밥하는 일 그만두리라 날마다 자장면을 사 먹든지, 라면만 먹든지, 나는 손가락 하나 까딱 안 하고 살아야지, 온종일 잠만 자야지. 그런 생각에 빠져 있기도 했었는데…….

 몇 해 전 허리 등뼈 디스크 돌출로 대형 수술을 하고 몇 달간 꼼짝 없이 누워 지내며, 내가 일어나 예전처럼 다시 움직일 수만 있다면, 맨 먼저 김치를 담가야지, 집안 청소도 더 깔끔히 하고, 정리정돈도 미루지 않고, 매일같이 머리 감고…….

 사람이 일할 수 없을 정도로 몸이 아픈 것은 이 세상에서 가장 큰 고통이며 가장 큰 불행이었다. 내 육신에 일할 수 있는 힘이 있는 것은, 몸과 마음의 건강을 위한, 그리고 삶의 귀한 보람을 얻을 수 있는 천우신조인 것이다. 결코! 힘이 있는 그 시간을 헛되이 보내서는 안 된다.

 언젠가 TV 속에서 나는 보았다. 온 몸을 움직일 수 없는 1급 장애 소년이 누워서 입으로 종이접기를 하고, 종이학을 사랑하는 이들에게 선물하고. 두 팔이 없는 젊은이가 발가락으로 컴퓨터를 성한 사람보다 더 능숙하게 잘도 하고, 수리까지 하고. 손가락 4개로 5년여 동안 쇼팽의 즉흥환상곡을 연습하고, 기쁨과 감사의 눈물로 연주하던 그 아름다운 소녀! 이 얼마나 고귀하고 경이로운 일인가.

배고픈 사람들을 위하여 매일같이 정성과 사랑으로 밥을 짓는 행복한 사람들! 듣도 보지도 말하지도 못하는, 그러나 멀쩡한 사람보다 더욱 감사와 기쁨으로 훌륭한 삶을 산 헬렌 켈러를 이 세상에 보내신 하나님의 깊은 뜻을 이제사 나는 조금 알 것도 같다.

나이 들어 몸이 좀 아프다고 마냥 슬픔에 빠져 있거나, 지나친 엄살은 우스꽝스러운 노망의 몸짓에 불과하다는 것을 나는 다행히도 깨달아 알아가고 있다.

앞치마를 입으면 마음 한 모서리가 좀 더 다소곳하고 겸허해집니다.
누군가를 위해 기꺼이 봉사하고 싶은 순수한 열정이 솟아오른다고 할까?
앞치마를 입으면 내가 더욱 준비된 사람, 깨어 있는 사람으로 느껴져서
좋고 허드렛일도 마다 않는 수수한 생활인이 되라고 나를 초대하는 것
같아서 행복합니다.

흙 냄새, 비누 냄새, 반찬 냄새,
그대의 땀 냄새를 풍기며 앞치마는 속삭일 거예요.
그대의 삶을 있는 그대로 받아들이라고 조금 더 기쁘게 움직여 보라고
앞치마는 희망을 재촉하며 속삭일 거예요.

-이해인 수녀-

삶은 가르침의 연속이다.
우리는 나날의 경험을 통해 그것을 이해해야만 한다.
나는 캄캄한 세계 속에 살고 있다는 생각을 해 본 적이 없다.
그것은 내 마음 속에 언제나 태양이 떠 있기 때문이다.

-헬렌 켈러-

가을! 그 맑고 상쾌한 바람과 보석처럼 빛나는 햇살은 해마다 잊지 않고 나를 찾아 준다. 그리고 내 창가에 스며든 그 황금빛 햇살을 결코 그냥 보내지 않는다. 내 것으로 만든다. 가을의 문이 열리면 나는 맨 먼저 표고버섯을 말린다.

청량리와 제기동 사이에 있는 경동시장은 온갖 삶의 요소가 숨 쉬고 있다. 우리의 건강을 지키는 먹을거리와 약재들이 그 넓은 시장 안에 가득하다. 구경하는 것만으로도 즐겁고 흐뭇하다. 고기보다 표고버섯이 더 좋은 나는 표고버섯을 마음대로 맘껏 골라 살 수 있는 경동시장이 언제나 거기에 있어 참으로 고맙다.

내 주먹만큼이나 크고 싱싱한 고무처럼 탄력 있는 버섯을 사다가 속살이 하얗게 송송 썰어 햇빛에 널어놓으면 어느 새 가을 햇살은 바람과 함께 살며시 내 버섯 속에서 행복한 살림을 꾸민다. 버섯 꼭지는 따로 얇게 저며 말려 빻으면 천연조미료의 왕이 된다.

그리고 넉넉히 말린 버섯을 예쁜 바구니에 담아, 고마운 분께 선물로 포장을 하면, 가을 햇살은 요술쟁이가 된다.

❖ 버섯 요리

① 말린 버섯을 한 움큼만 물에 불려 꼭 짜서 밑간을 한 다음 찹쌀가루와 부침가루를 묻히고 달걀옷을 입힌 후 팬에 붙이면 쉽게 만들 수 있는 꼭 알맞은 한 접시 요리가 된다.

② 불린 버섯을 꼭 짜서 송송 썰고 새우살, 파, 당근도 다져 넣고 새우젓으로 간을 해서 달걀찜을 하면 모두 좋아한다. 달걀을 풀 때 망에 거르는 것도 잊지 않는다. 몸에 이롭지 않은 달걀 끈과 노른자막을 걸러 버리고 나면 마음이 편해진다.

③ 되도록 큰 것으로 골라 버섯을 충분히 불린다. 물기를 거두고 찹쌀가루와 튀김 가루를 섞어 마른 가루 입히고 튀김옷을 만들어 입혀 튀기면 아주 훌륭한 버섯 탕수육이 된다.

④ 온갖 해물(새우, 오징어, 해삼 불린 것, 낙지, 조갯살)을 데쳐서 고추씨기름, 마늘 다진 것, 굴 소스 등으로 볶아 둔다. 쇠고기나 돼지고기를 잡채용으로 썰어 마늘 다진 것을 넉넉히 넣고 굴 소스로 간을 해서 볶는다. 색색의 피망과 양파, 브로콜리도 살짝 볶는다. 캔에 든 죽순도 끓는 물에 데치고 버섯도 불려 볶아 둔다.

⑤ 모두를 식힌 다음 참기름, 깨소금으로 버무려 해물 잡채를 완성한다. 푸짐한 초대 음식도 되고 잡채밥도 만들 수 있다. 국, 찌개, 만두 속에도 넣고, 비빔밥 나물로도 훌륭하다. 표고버섯은 참나무에서만 자라는 참으로 유용한 식품이다.

가을 햇살은 이해인님의 앞치마처럼 누군가를 위해 기꺼이 봉사하고 싶은 순수한 열정을 솟아나게 한다.

무섭고 혐오스럽고 징그러운 뱀을 나는 무척 싫어한다.

> ■ 아버지는 병들고, 여동생은 결핵으로 사경을 헤매고, 두 아이를 키워야
> 하는 작가는 뱀띠 여인과의 사랑으로 가슴을 태워야 했다. 이 같은 현실
> 에 저항하기 위해 작가는 뱀이라는 소재를 택했고, 뱀이라도 안 그리면
> 죽을 것 같은 참혹한 심정으로 뱀 집을 찾아 꿈틀대는 뱀을 스케치했다.
> 따라서 구원의 수호자가 된 〈생태〉는, 작가가 아끼는 대표작이다. (…중
> 략…) 뱀은 삶의 저항이자 구원의 상징이다. 뱀은 그에게 대결해야 할 상
> 대이기도 했지만, 꽃뱀의 화사한 색깔과 춤 같은 꿈틀거림은 삶의 희망
> 이자 돌파구였다.
>
> 〈내 슬픈 전설의 22페이지〉는……. 한없이 고독해 섬뜩하기조차 한 눈망
> 울의 표정에 있다.
> ― 정중헌의 〈천경자의 환상여행〉에서 ―

이상하게도 천경자 화백의 그림 속 뱀을 보고 나서부터 뱀에 대한 나의
생각이 조금 누그러졌다고나 할까? 아무튼 내 마음에 변화가 생겼다. 천
경자 화백의 그림은 역시 대단한가 보다.

며칠 전 유치원에 다니는 다섯 살짜리 손자 녀석이 처음으로 한글을 익
히고, 처음으로 '엄마, 아빠 사랑해요.' 라는 편지를 유치원에서 써 가지고
집에 와 펼쳤을 때, 순간 나는 글자들이 뱀이 꿈틀대는 것처럼 느꼈다. 천
화백의 그림 속 뱀처럼 조금은 슬프고 정겨웠다.

어쩌면, 내 손자가 그린 글자는 피카소를 능가할지도 모른다는 엉뚱한
생각까지 했다. 어제는 손자 녀석이 동화책을 읽어 달라고 해서 나는 읽기

시작했다.

"곰이 기차를 타고 갑니다. 차창 밖으로 작은 집들이 나타났다가 사라집니다."

갑자기 이 대목에서,

"할머니! 집들이 사라지는 게 아니죠. 그냥 지나가는 거예요."

손자 녀석은 고함치듯 힘주어 말했다.

나는 속으로 깜짝 놀랐다. 이제 겨우 다섯 살짜리가, 사라지는 것과 지나가는 단어의 뜻을 알고나 하는 말이었을까?

요즘 나는, 새삼 우리말을 알고 우리글을 쓸 수 있는 내가 대견하다. 몇 년 전만 해도 아주 형편없는 나의 영어 실력이 무척 바보스럽고 한탄스럽기까지 했었다. 그러나 지금은 아니다. 이제, 다 늙어서 외국어를 잘해도 별 소용도 없는 일이 되기도 했지만, 우리말과 우리글은 내 목숨이 끊기는 순간까지 꼭 필요할 것 같아, 새삼 더욱 소중해진 것이다. 그리고 요즘 DVD로 영화를 보며 내 마음에 와 닿는 시나리오를 적어볼 수 있는 우리글이 있어 나는 너무 행복하다. 하얀 종이에 거침없이 이렇게 써갈 수 있는 나의 한글 실력이 대단하지 않은가. 우리 한글이 이렇게 멋질 수가 없다. 이 세상에서 제일 훌륭한 말과 글을 나는 알고 있는 것이다.

내가 존경하고 사랑하는 황성숙 목사님은 오래 전부터 잊지 않고 내게 편지를 보내 오셨다. 처음에는 예의로 답장을 썼던 내가 지금은 글을 쓰는 기쁨에 흠뻑 젖어 들었다. 그래서 내가 이렇게 가끔씩 글자를 그리는 일에 열중하는 모습으로 변한 것인지도 모른다. 목사님의 글자는 그 누구도 흉내낼 수 없는 당신만의 독특한 서체를 지니셨다. 달필이시다. 예일대학에서 히브리어를 전공하신 목사님이 우리글도 이렇게 잘 쓰시는 재원임이

나는 늘 놀랍고 자랑스럽다. 글 내용 또한 진솔한 신앙인의 믿음과 사랑과 소망의 빛이 항상 가득하다.

내 책상 서랍 안에는 목사님이 보내 온 많은 서신과 함께 2001년도에 보내 주신 이해인 수녀님의 엽서도 함께 있다. 수녀님의 말씀 따라 글자가 악필이다. 못난이 삼형제 인형들의 눈빛이다. 큰 개미들이 바삐 일하는 모양새다. 그러나 수녀님의 시는 순백의 눈의 나라에서 햇빛에 반짝이는 오색찬란한 무지갯빛이다. 수녀님의 시를 읽으면 글자와는 아무 상관이 없는 수녀님의 고운 모습만 생각된다.

나에게 한 분뿐인 나의 오라버니는 교직생활로 일생을 보내셨다. 글씨 모습이 인쇄된 교과서처럼 한 점 흐트러짐 없이 정갈하셨다. 너무 빈틈이 없었던 탓이었을까? 지금은 심한 우울증으로 힘겨워 사시는 모습을 보면 가슴을 에는 듯한 슬픔으로, 안타까움으로 목이 메인다.

내 아이들이 공부하고 대학 진학으로 말할 수 없는 고통의 세월을 보낼 때, 나는 어느 순간에 천 년이 하루같이 빨리 지나가서 어서 늙어버리면 좋겠다는 생각을 한 때가 있었다. 그러나 지금은 아니다. 하루가 천 년같이 끝없이 길었으면 좋겠다.

내가 글자를 이렇게 빨리 잘 그릴 수 있는, 눈빛과 손에 힘이 남아 있는 한 죽음을 만나고 싶지 않다. 멋있고 근사한 영화들을 더 오래도록 많이 보고 싶고, 내 마음을 감동시키는 그 아름다운 시나리오들을 끝없이 적어 보고 싶다. 내가 본 영화와 드라마들의 각기 다른 다양한 정체성 요소가 내 마음과 내 삶의 어느 부분과 일치할 때 나는 무한한 공감의 감격함을 누린다.

내가 상상도 못했던 이 세상, 최상의 아름다움을 영상에서 만났을 때,

그 경이로운 감동으로 나는 삶의 끝없는 희열을 얻는다.

　내가 이 세상을 떠나면 다시는 못 볼 그 신비한 영상들! 너무 아깝고 너무 아쉽다. 끝까지는 다 보지 못하고 끝이 날 그 많은 영상들을……. 그래도 나는 걸을 수 있는 힘이 있는 한 열심히 명화의 필름을 찾아 나설 것이다.

　사랑하는 나의 아이들을 위하여, 내 남은 삶의 환희를 위하여.

　2006년 12월 31일!

　이 시간까지 내 마음과 생각과 행동을 떠올려보며 어느 면이 너무 넘쳤고, 무엇이 더욱 부족했는지를 이 시간 조용히 뒤돌아본다.

슬픔

큰딸 화영이가 캐나다에 처음 갔었을 때, 우리나라 사람으로부터 캐나다에서는 제일 먼저 경계하고 조심해야 할 사람은 다른 사람이 아닌 우리 한국 사람이라는 말을 들었을 때 마음 아픈 슬픔을 느꼈다고 했다. 막내딸 지영이가 아이슬란드에 갔었을 때, 한국은 고아 수출 왕국이라는 말을 들었을 때 참담한 비애를 느꼈다고 했다.

지영이가 대학 졸업 후 입양 기관에서 일하게 됨으로써 나는 오래 전에 생각지도 않은 두 아이의 위탁모 노릇을 잠시 한 적이 있었다.

첫째 아이는 생후 2년 6개월 된 남자 아이로 미혼모가 키우다 끝내 못 키우고 입양기관에 맡겨온 아이였다. 그간 얼마나 힘들게 지냈는지, 그 어린 것이 사람들 눈치만 살피고, 시도 때도 없이 밥 달라며 먹을 것에 목숨 건 아이 같았다. 얼마나 딱하던지 저 달라는 대로 먹고 싶은 대로 하루 대여섯 번씩 한동안 먹였다. 얼마간 지나자 먹는 것도 정상으로 돌아왔고, 식구들과 모두 친숙해졌으며, 머리가 얼마나 잘 돌아가고 똑똑한지 우리 식구들은 모두 감탄을 금치 못했다.

하지만 문제가 있었다. 그 아이가 기분이 좋아지고 흥이 나면 펄펄 뛰며, 순간적으로 미친 듯이 곁에 있는 사람을 아무 데나 닥치는 대로 피가 나도록 물어뜯는 것이다. 우리 식구들은 모두 아연실색할 수밖에 없었다. 한번은 이웃집에 데리고 놀러갔다가 집에 돌아오려고,

"어서 그만 가자, 빨리 일어나, 안 갈래? 엄마, 너 떼어 놓고 간다."

무심코 한 말이었는데 그 아이는 두리번거리며 무엇을 찾더니만, 장난감 총을 어디에서 찾아들고 와 나를 겨냥하고, 무서운 눈빛으로 총을 쏘는 것이다. 이제 세 돌도 안된 것이. 그 어린 것이, 저를 떼어 놓고 간다는 말에 총을 겨누다니…….

그 후 양부모에게 가서도 한동안은 그 상처들을 그대로 행동으로 표출시켜 양어머니가 어찌할 줄 몰라 한다는 기막힌 소식을 듣고, 나는 우리글로나마 어설픈 위로의 말과 미안하다는 말만 몇 자 적어서 편지를 보낸 일도 있었고, 내 글이 위로가 되었다는 인사말 답장도 받았었다.

그러나 그 후 좋은 양부모 덕분에 아주 훌륭하게 자라고 있다는 소식을 지영이를 통해 전해 들었으며, 공부를 얼마나 잘하는지 양부모님이 그 비싼 사립학교에 입학시키고, 학교 가까이 집을 다 옮겼다는 감동적인 이야기를 들은 뒤로 그 아이를 멀리 타국으로 떠나보낼 때의 가슴 아팠던 슬픔을 조금은 씻어 낼 수 있었다.

둘째 아이는 태어난 지 16일 된 아기로, 병원에서 곧바로 데려온 아기였는데, 어느새 감기에 걸려 콧물을 줄줄 흘리며 고열로 보채고 있었다. 도대체 이렇게 예쁜 아기를 누가 이 세상에 내보내어 이런 고통을 겪게 하는지 참으로 모를 일이다. 아기는 엄마와 함께 있어야 병이 나도 안심할 텐데 말이다. 그 후 4개월이 지나 그 아기가 양부모 찾아 한국을 떠나던 날, 나는 내 생전에 그렇게 눈물이 끝없이 쏟아진 적이 없었다. 더욱이 그 어

린 것이 세월이 지나 지각이 생겨 자기가 입양된 사실을 알게 되어 겪을 분노와 비애를 그 어떻게 감당할 수 있을지.

열악한 고국에 남겨져 더 고단하게 자라는 것보다 좋은 양부모 만나 좀 더 따뜻하게 성장할 수 있다 해도 성인이 되어 조국과 부모에 대한 배신감에 몸부림칠 그 수많은 입양아들의 가슴마다 피멍 든 끝없는 슬픔을 그 누가 그 무엇으로 위로할 수 있을지. 해마다 생일 축하 속에 흐르는 그들의 뜨거운 눈물을 그 누가 닦아 줄 수 있을지.

요즘 우리나라는 출산 저조로 외국 입양을 점차적으로 줄여갈 것 이라는 뉴스를 들었다. 그렇다고 버려진 아이들이 모두 행복해진다고는 그 누구도 장담할 수 없는 일이다. 아기를 낳아 버릴 수 있는 사람들의 몰인정한 강심장이 멈추지 않는 한 이 비극은 계속될 것이다.

나는 가끔 월드컵 축구공이 골문을 통과할 때마다 시청 앞 광장과 광화문 네거리에 출렁이는 장엄한 붉은 물결을 보다 보면 이런 생각이 든다. 그 물결 속에 아기를 버린 자도, 강간 폭행 살인범도, 부모를 죽이는 패륜아도, 나라를 좀먹는 부정부패의 원흉인 공무원도, 가짜 음식물로 인간의 생명을 갉아먹는 드라큘라 같은 흉악범도 모두 함께 날뛰며, 진짜 붉은 악마가 된 자들의 함성이 뜨거운 지옥불 속에서 요동치는 요괴들처럼 보여지는, 내 엉뚱한 아이러니컬한 상상력을 그 누구도 눈치 채지 못할 것이다.

숨통이 막혀버릴 것 같이 답답한 우리나라를 나는 떠나 보고 싶었다. 죽기 전에 좀 더 시원한 곳을 찾아가 살아 보자 싶어 캐나다에 이민 신청을 했다. 그러나 이민 비자가 올 5월에 나왔다는 캐나다 대사관으로부터의 연락을 무시해 버리고 말았다. 이민을 포기한 이유는 그 누구에게도 말 못할 슬픔이 내 가슴 속에 따로 있지만, 하지만 우리나라보다 자연환경이나 사회복지가 조금 낫다는 이유만으로 이 나이에 이민은 무의미한 것으로 결론을 내렸다. 죽을 나이에는 고향을 찾는 게 인지상정이라 하는데 굳이 멀리 타국에 나가 죽느니 이대로가 조금 낫겠다는 생각이지만, 그러나 어디에 가서 죽는다 해도 외로운 죽음의 비애는 나 홀로 감당할 몫이 아니겠는가.

그리고 캐나다에는 귀고리, 코걸이를 하고 애완견까지 데리고 나와 길거리에서 구걸하는 걸인은 우리나라보다 더 많은 것 같고, 그 소문난 복지국가에 나라에서 감당할 수 없는 알콜 중독자들이 해마다 많아진다는 문제도 놀라운 일이다. 그렇지만 부럽게도 극악무도한 범죄는 우리나라보다 훨씬 적다고 한다. 땅이 넓고 아직은 자연의 풍요로움이 남아서 그런지. 아무튼 이민을 가도 안가도 이 세상에 널려 있는 비애는 피할 길 없는 것 같다.

내가 처음으로 외국에 나갔을 때 느꼈던 비애다.

영어회화를 한 마디도 제대로 못하는 내 주제에, 중간에 바꾸어 갈아타는 비행장에서 크게 당황한 때가 있었다. 내가 타고 온 비행기 연착으로 갈아탈 비행장 게이트를 찾아 숨이 차도록 달려갔는데, 내가 통과할 게이트가 닫혀 있는 것이다. 순간 아찔했다. 정신을 가다듬고 좀 순하고 여학생 같아 뵈는 여인에게 다가가 내 비행기표를 보여 주며 손짓 얼굴짓 바디랭귀지로 내 상황을 설명했다. 용케도 그녀는 나의 사정을 알아차리고 내 표를 갖고 안내에 가서 알아가지고 와 내 손목시계 바늘을 표시해 주며, 내가 타고 갈 비행기도 연발로 아직 시간이 남아 있다고 춤추듯 정말 친절히 나를 안심시켜 주었다. 눈물이 나도록 고마움을 느끼며, 나의 먹통인 외국어 실력의 비애를 처음으로 절감했었다. 돌아올 때는 LA에서 한국행 비행기로 갈아타게 되었는데, 거의 모두 한국 사람인 승객을 위해 기내 입구에 우리나라 신문을 종류별로 많이 비치해 놓았다.

그 얼마나 고국 소식이 궁금하고 그리워서 그런지 저마다 두서너 부의 신문을 집어 들고 탑승을 한다. 시간이 흘러간 뒤, 김포 공항에 착륙했다는 기내 안내방송을 듣고, 모두 부산스럽게 옷을 입고 짐을 챙기고. 나는 기내 안을 걸어 나오며 갑자기 흙탕물을 뒤집어 쓴 것처럼 구질구질한 슬픔을 느꼈다. 비행기 속 바닥이 온통 신문지로 뒤범벅되어 있었다. 신문지 길을 헤집고 걸어 나오며 우리의 선진국으로 가는 길은 아직도 요원함을 느꼈다.

또 한번은 큰아이가 미국 미시간대에서 공부하고 있었을 때, 깊은 가을에 그곳을 방문했었다. 도심인지 학교인지 구분이 안 가게 학교가 무척 넓었다. 학교 안에 강물도 흐르고 버스도 다니고, 강물 속에서 놀고 있는 오리에게 먹이를 주는 자연스럽고 평화로운 여유로움이 우리 대학 환경과는 많이 달랐다. 사과나무 아래 붉게 물든 사과들이 꽃잎처럼 흐드러지게 널려 있지만 그 아무도 줍지 않는다.

공원에 서식하는 동물들을 위해서라고 한다. 나는 그 무렵 수유리에 살고 있었다. 그림처럼 아름다운 북한산이 우리 집 바로 뒤에 있었기에 산에 자주 가게 되었다.

초가을! 아직 벼도 성글기 전, 산에 도토리도 노랗게 영글기에는 아직은 이른 시기다. 헌데 무엇이 그리도 성급한지 시퍼런 도토리 나뭇가지는 찢어 뜯기고, 나무 둥치는 돌로 얻어맞아 상처투성이다. 어느 약수터에는 도토리는 산짐승들의 겨울 양식이니 주워 가지 말라는 팻말이 늘 꽂혀 있었다. 도토리 못 먹어 굶어 죽을 시절은 아닌 것 같은데, 왜 그리 산을 오르던 내 심장이 무거운 짐에 짓눌린 것처럼 답답하던지…….

내 나이 육십을 넘어 눈에 백내장이 발생했다. 유명한 대학병원 안과 박사를 찾아, 더 많은 돈 들여가며 특진으로 백내장 수술을 했다. 그러나 얼마 안 가 눈이 다시 흐려져서, 그 병원에 다시 갔더니 오랜 진찰 끝에 수술한 수정체를 꿰맨 실 한 쪽이 풀려서 그렇다며 재수술을 했다. 참 억세게도 재수 없는 비애였다. 돌다리도 두드려 보며 걸어도 소용없는 운 나쁜 운수였다.

또 몇 해 전에는 등뼈 디스크 하나가 삐져나와 다리를 버리고 싶을 만큼의 고통을 겪다가 디스크 전문 병원을 찾아가 등 15cm, 옆구리 15cm, 아주 중병환자 같은 요란한 디스크 절개 수술을 했다. 그 후 4년쯤 지난 어느 날 갑자기 허리와 다리를 어떻게 움직여도 볼 수 없는 엄청난 통증이 일었다. 여러 병원을 거쳐 나온 진찰 결과는 4년 전 디스크 수술을 할 때 받침으로 넣어야 할 이물질을 한 쪽밖에 넣지 않아서, 등뼈가 주저앉는 현상에서 온 통증으로 최종 의사는 결론을 내렸다.

다시 수술하려면 등뼈에다 쇠막대를 대고 조이는 어마어마한 수술이기 때문에 내 나이에는 그냥 참고 견디는 것이 좋을 것이라고 우리나라에서 디스크 전문 최고 권위자이신 의사가 조언했다. 그리고 디스크 병으로는 그리 쉽게 죽는 것이 아니라고 그 의사는 아주 간단히 말했다.

4년 전 수술할 때 디스크에 대해서나 전문의에 대해 상세히 신중하게 알아보지 않고, 수술만 하면 즉각 다리가 낫는다는 말만 귀에 들어와 너무 성급하게 수술을 허락한 내 잘못이 더 큰 원인이지만 그래도 그때 나를 수술하도록 유도한 돌팔이 의사를 원망하며, 나의 재수 없는 불행의 비통함을 그 무엇으로도 달랠 길 없었다. 더구나 후에 의료 보험공단으로부터 디스크 수술할 때 너무 많은 돈을 병원 측에서 받았다며, 돈을 찾아가라는 통지를 받고 내 마음은 더욱 비참했다.

지금은 또 다른 등뼈 디스크가 삐져나와 또다시 수술 말고는 방법이 없다는 의사의 진단을 무시하고 아직은 진통제로 견딜 만큼 견디겠다며 날마다 진통제를 주워 삼키며 살고 있다.

삶은 슬픔과의 전쟁이라는 생각을 하며 산다. 나는 전쟁에서 승리 하고 싶은데 왜 자꾸 눈물이 앞을 가리는지 모르겠다. 지금은 그래도 진통제 덕에 이렇게 글도 쓸 수 있고 말도 할 수 있는데, 진통제마저 나를 몰라라 하면 그땐 어떻게 해야 할지 참으로 큰 걱정이다.

❖ 잊혀지지 않는 슬픔들

까마득한 여고 시절에 느꼈던 황당한 슬픔이라고나 할까. 내가 고교 2학년 때 어느 날 지방대학 강당에서 그 지역 합창경연대회가 열렸다. 합창 순서를 모두 마치고 심사 결과를 발표하는 시간이었다. 갑자기 그 지역에서 이름 있는 여고팀의 지휘자가 시상단에 올라 상장을 받아든 순간 고개는 폭 숙이고 상장과 손을 높이 쳐든 채 상장을 북 찢어 버리는 것이다. 순간 짐승들의 숨통을 끊어버릴 때 내는 괴괴한 불협화음으로, 대학 강당 안은 암초를 만나 파산된 배가 순식간에 침몰하듯 그 누구도 숨을 쉬는 것 같지 않았다.

그 아름다운 화음의 축제에 멋있고 음악 실력이 대단했던 그 선생님이 왜 먹물 같은 슬픔을 만들었는지, 그 아름다운 젊은 나이에 선생님은 어느새 노망이 나셨던 것일까? 지금쯤 그날의 일을 뼈저리게 후회하며 그 선생님은 하늘나라로 떠나셨을까? 이제까지 그 먼 옛날의 우중충한 슬픔을 잊지 않고 기억하는 걸 보니, 다행히도 나는 아직 노망에 걸리지는 않았나 보다.

또 언젠가는 서울에 있는 큰 교회당에서 예배에 참석하게 되었는데 마침 그 주일이 그 교회 장로를 피택하는 시간이었다. 교인들의 투표가 끝나고 결과를 발표하는 순간, 성가대 지휘자가 성가대원들을 모두 데리고 나가버리는 것이다. 아직 예배가 끝나지 않았는데.

그 지휘자는 우리나라에서 손꼽히는 유명한 음악가셨는데, 나는 그 후 그 선생님이 작곡한 노래를 들을 때마다 그때 퇴장했던 선생님의 딱한 뒷모습이 내 머릿속에 떠오른다.

어처구니없는 쓸쓸함을 성스러운 교회 안에서 맛보았던 것 같다. 그뿐 아니라, 교회를 하나님의 성스러운 성전이라고 일컫는 광신도들은 그곳 성전에서 설교하고 있는 성직자를 자기 마음에 안 든다고 멱살을 잡아 끌어내고, 장로들을 시무정지 시키고, 네 편 내 편하며 주먹질까지 하다 결국엔 성전 안에서 죽어 넘어지는 사람이 생기고, 어느 유능한 목회자는 헌금 광고를 약장수보다 더 잘하고, 교회 안에는 믿음과 소망과 사랑만이 있는 게 아니라, 잊혀지지 않는 슬픔도 있는 것이다.

❖ 끝이 없는 슬픔들

큰 아이가 초등학교에 입학하고, 마침 그때 이웃에 살았던 그 학교에 재직 중인 한 선생님이 친절하게도 내 아이가 반장이 될 수 있는 선생님을 소개시켜 주어 정말로 내 아이는 처음부터 반장이 되었다. 5월 스승의 날을 맞아, 나는 반장 어머니로 학부형들에게 선생님의 선물 준비할 돈을 걷게 되었다. 어머니들이 낸 돈의 액수를 노트에 기록하고 있는 나를 갑자기 선생님이 부르더니 누가 얼마나 냈는지는 노출시키면 안 된다고 주의를 주는 것이다. 그래도 내 딴에는 순수한 마음으로, 공개적으로 선생님의 선물을 준비하고자 마음먹었던 어리석고 얼간이 같은 내 모습이 참으로 우습다는 생각이 순간적으로 들었다. 그러나 그 다음은 더 기가 막혔다.

"어떤 선물을 사 드릴까요?"

"우리 집에 아직 장롱이 없는데."

나의 물음에 그 선생님은 이렇게 답했다. 병아리 눈물만한 돈을 모은 내 자신이 더 치사했던 슬픔. 그때 반장 엄마가 되지 말았어야 했다.

또 초등학교 4학년 때 어느 날 큰아이가 학교에서 돌아오자마자 내 귀에다 대고,

"엄마, 선생님이 일제고사에서 일등한 사람은 봉투를 가져오는 것이래요."

내 아이가 시험에서 매번 성적이 좋은 것은 기쁨만이 아니라, 슬픔도 함께했던 잊지 못할 비통함이다. 그 후 다시 한 번 분노 같은 슬픔을 겪었다.

큰아이가 커서 고3 때 진학상담으로 학교에 갔을 때다.

"그래, 어느 대학에 갈 수 있겠느냐?"

"서울대에 가도 되지 않을까요?"

담임의 물음에 내 아이는 서슴없이 이렇게 대답한 것 같다. 그때까지도 계속 공부를 꽤 잘했었으니까. 헌데,

"야, 인마! 내가 원서를 잘못 써주어도 네가 일류대에 갈 성싶으냐?"

웃지도 않고 농담도 아닌 야릇한 눈빛으로 대꾸하던 그때 담임의 표정을 여태껏 내 기억에서 지워버릴 수가 없다. 지워지지 않는다. 그때는 내신 성적이 그리 중요하던 때도 아니고, 원서를 쓰는데 그 무슨 심통을 부릴 수 있다는 것인지 참으로 망연자실할 일이었다.

촌지문제, 사교육비, 집단 왕따, 학교조직폭력, 학교 급식의 비리, 집단 발병……. 이런 뉴스를 들을 때면 내 어린 손자들의 이민을 생각하게 된다. 우리나라 출산 저조는 어쩌면 당연한 것인지도 모른다.

하고 싶은 것 다하며 풍요롭게 사는 부자들을 보면, 부러움과 동시에 나의 빡빡한 살림살이로 늘 궁상스럽고 초라한 내 모습에서 서글픈 슬픔을 뼈저리게 느낀다.

눈이 부시게 아름답고 멋진 사람을 보면, 내 못생긴 얼굴에서 열등감 같은 짜증스러운 슬픔을 느낀다. 더욱이 서양 사람들의 또렷한 이목구비와 호수처럼 맑고 커다란 눈망울을 볼 때 부러움에 앞서 신에게 항의하고 싶어진다. 못생긴 사람들의 슬픔을 미의 신은 짐작도 못하고 있는지 모른다.

두뇌가 투철하게 뛰어나 인류의 번영과 행복을 위하여 첨단과학으로 공헌하는 대단한 사람들을 보면, 경이로운 찬사와 더불어 나의 먹통 같은 두뇌에 끝없는 비애를 절절히 느낀다. 훌륭한 예술가들의 순결한 영혼이 깃든 그 위대한 작품을 대할 때마다, 그 명작들을 도무지 이해할 수 없을 때, 손에 쥐어 주어도 모르는 나의 짧은 지식의 한계와 우둔한 나의 예술적 감각에 답답함과 속이 까맣게 타는 안타까운 슬픔을 느낀다.

자신의 귀중한 재물과 건강한 육신의 아름다운 힘까지도 아낌없이 가난과 질병으로 고통 받는 많은 사람들을 위해 일생 동안 헌신봉사하며 인간의 쓰라린 괴로운 마음과 고독한 영혼까지 밝게 치료해 주는 의로운 사람들을 보면, 나는 인생을 헛살고 있다는 깊은 절망에 빠질 때도 있다.

그리고 지금까지 살아온 내 삶을 뒤돌아볼 때 온통 후회되는 일뿐이지만, 더욱 가슴을 피가 나도록 후벼 파는 후회가 두 가지 있다. 하나는, 내가 중학교에 입학하자마자 삼류 대중소설 읽는 데 빠져버린 것이다. 수업 시간에도 책상 밑에 책을 숨겨 두고 읽다가 선생님께 들켜 여러 번 교무실에 불려가 야단맞았고, 요즘 어떤 아이들처럼 컴퓨터 게임이나 성인 오락에 마약처럼 빠져들 듯이 공부는 전혀 안하고 밤새워 소설책만 읽으며 그 황금 같은 귀한 시간을 다 허비해버렸다.

또 하나는 내 아이들의 건강과 공부와 대학진학에 내 온몸의 힘을 다해 살아왔는데도, 내 아이들은 지금까지도 나를 무서운 엄마로 생각할 뿐이다. 샤일록이나 스크루지로 안다.

어리석게도 나는 내 아이들에게 돈도 안 드는 칭찬과 격려에 너무 인색했고, 아이들의 가슴이 이 세상 그 어려운 일에 시달리고 지치고 힘들었을 때 뜨거운 사랑으로 아이들을 안아 주고 함께 울어 주는 모션을 너무 못했던 것 같다.

나는 결혼한 것도 아이들을 낳은 것도 후회하는 때가 많다. 이제사 그 무엇이 크게 잘못되었음을 알았지만, 이제사 그 무엇을 정확하게 알 수 있다 해도 아무 소용없는 일이 되었다. 이제는 돌이킬 수 없는 그 일들이 어느 때는 나를 비탄에 빠지게 한다. 자폐증 같은 우울함에 빠져 자멸하고 싶을 때도 있다. 그러나 용기가 없어 또다시 주어진 삶에 매달린다.

결코 아름답고 고귀하게 태어난 사람만이 아름답고 고귀하게 사는 세상이 아닌 것은 분명한데, 나는 그 분명한 사실 앞에 늘 기가 죽어 있다. 왜 지금 내가 살고 있는지 도무지 알 수 없을 때 캄캄한 슬픔 속에 빠진다.

지금 내가 살고 있는 집에 90세가 다 된 시어머님이 와 계신다. 치매로 정신이 온전치 못하다. 어느 때는 나를 못 알아보고 "누구세요?" 하다가도 정신이 들면 "화준 애미는 그 손 아까워 어찌 죽을래." 뜻밖의 말도 한다. 무슨 말인지 알아들을 수 없는 말을 끝없이 중얼거린다.

엊그제 다섯 살 된 손자가 놀러 와서 시어머니를 보더니 "할머니! 상할머니는 귀신 같아요." 또 8개월 된 손녀는 시어머니와 얼굴을 마주칠 때마다 기겁하고 울어댄다. 아! 이 어찌 애통할 일이 아닌가. 살아 있음이 슬픔이 될 때, 난 이미 살아 있는 게 아닐 게다. 슬픔이여 안녕! 이 매력적인 말을 내가 언제쯤 외쳐 볼 수 있을지.

죽음! 이것밖에는 없다고 늘 생각하면서도, 지금까지 오래 살았는데도, 아직도 죽음은 나이와도 상관이 없고, 죽음은 내 것이 아닌 것처럼 여기는 내 마음이 아마 피할 수도 넘지도 못할 커다란 나의 슬픔일 것이다.

"의진아! 할머니 지금도 좋으니?"

"응! 할머니가 제일 좋아."

"정말이야? 엄마보다 할머니가 더 좋아?"

"응, 할머니가 제일 좋아. 그런데 엄마가 슬퍼하면 어떡하지?"

"왜, 엄마가 슬퍼하니?"

"할머니가 제일 좋으니까, 엄마가 두 번째이니까."

어제 유치원에서 집에 돌아오며, 손자 의진이와 나눈 이야기다. 이제 겨우 다섯 살인 의진이가 슬픔을 알고나 하는 말이었을까? 정말로 그 나이에 엄마의 슬픔을 짐작할 수 있다면 나의 손자는 틀림없이 대문호가 되지 않겠는가.

죽음의 그림자가 내게 서서히 닥쳐올 때, 내 모습이 서서히 귀신처럼 변해갈 때, 그때도 나의 사랑하는 손자 손녀들이 놀라지 않고 이 할미를 제일로 좋아해 준다면 슬픔을 잠시나마 잊을 수 있을 텐데.

미움과 욕심을 버릴 수 있다면, 무거운 마음의 짐 벗어버리고, 하늘 높이 떠있는 흰 구름처럼! 하늘 높이 떠있는 오색 풍선처럼! 내 마음 평화로운 자유의 여신이 되어 바람처럼 날아 아름다운 별나라에 닿을 수 있을 텐데…….

사랑

탈대로 다 타시오 타다 말진 부디 마소
타고 다시 타서 재 될 법은 하거니와
타다가 남은 동강은 쓸 곳이 없소이다.

반 타고 꺼질진대 아예 타지 마시오
차라리 아니 타고 생나무로 있으시오
탈진대 재 그것조차도 마저 함이 옳소이다.
                                    -이은상-

사랑은 죽음을 막는다. 사랑은 생명이다. -톨스토이-

내가 이 손을 등잔불 위에 놓고 있는 순간만이라도 좋으니
그녀를 만나게 해 주오.   -고흐-

함께 있되 거리를 두라,
하늘 바람이 너희 사이에 춤추게 하라,
서로 사랑하라, 하지만 사랑으로 구속하지 말라,
그보다 너희 혼과 혼의 두 언덕 사이에 출렁 이는 바다를 놓아두라.
                                        - 칼릴 지브란 -

아무리 큰 공간일지라도
설사 그것이 하늘과 땅 사이라 할지라도 사랑의 힘으로 메울 수 있다.
                                              - 괴테 -

우주를 단 하나의 인간으로 압축시키고 단 하나의 인간을 신으로까지
확대시키는 것 그것이 사랑이다.   - 유고 -

사랑은 우리를 행복하기 위해서 있는 것이 아니라 우리가 고통과 인내
에서 얼마나 강한가를 나타내기 위해서 있다.   - 헤르만 헤세 -

인생은 사랑을 찾아가는 긴 헤맴에 불과하다.   - 셰리 -

    내가 사 모은 DVD는 숫자적으로 몇 백 개가 넘는다. 그중에 사랑이야
기가 빠진 영화나 드라마는 별로 없다.

    성직자의 고뇌에 찬 애절한 사랑이야기! 〈가시나무 새〉, 20세기 최고의
호화 여객선 〈타이타닉〉호의 비극적인 첫 항해와 그 속에 함께하는 레오
나르도 디카프리오의 순결하고 아름다운 사랑이야기! 태어날 때부터 괴물
처럼 태어나 평생 어둠 속에서 사랑에 목이 마른 〈오페라의 유령과 노트르

담의 꼽추〉, 지나친 자식 사랑에 아들을 잃어버린 아버지의 비통한 사랑이야기! 〈샤인〉

영화감독의 거장 윌리암 와일러의 〈벤허〉는 신을 섬기는 고귀한 믿음과 가족을 내 몸처럼 사랑하는 예수님 닮은 사랑을 그렸고, 로봇 앤드류의 사랑이야기 〈바이센테니 얼 맨〉은 흔하지 않은 특별하고 아주 멋진 사랑이야기다. 우연히 여행길에서 만나 사랑을 나누며 9년 후 재회의 이야기를 매력적으로 그린 〈비포 선셋〉, 동화 같은 〈로마의 휴일〉은 오드리 햅번의 청순한 사랑이야기며, 〈사운드 오브 뮤직〉의 줄리 앤드류스의 사랑은 백합꽃 향기 같은 사랑이다.

그리고 천박하지 않은 창녀의 사랑이야기! 오페라 〈라 트라비아타〉의 비올레타와 〈애수〉의 비비안 리는 슬픈 운명의 주인공이며, 비록 창녀이지만 진실된 사랑으로 신데렐라가 된 줄리아 로버츠의 〈귀여운 여인〉은 사랑의 향기를 더욱 깊게 느끼게 한다.

또한 우리의 젊은이들이 엮은 눈처럼 하얀 사랑이야기 〈겨울연가〉는 가곡 같은 드라마다. 정말 사랑하고 좋아하는 것은 이유를 댈 수 없는 것, 웃고 싶을 때 나를 울게 하는 사랑, 많은 시간이 걸려도 다시 돌아오는 사랑, 같은 사람을 두 번씩이나 사랑한 운명적인 사랑! 일본 사람들이 왜 그리 겨울연가에 열광하는지 알 것도 같다. 진실한 사랑의 정서에 목이 마른 그들의 갈증이 아니겠는가.

내가 소녀시절에 읽어 본 일본소설 고미카와 준페이 작 〈인간의 조건〉은 일본 사람들은 피도 눈물도 없는 악마라고 몸서리치게 무서웠던 그때의 감정이 내게는 아직도 남아 있었다.

하지만. 내가 얼마 전에 본 일본영화 〈냉정과 열정 사이〉는 나의 고질적인 선입견과 고정관념을 무너뜨렸다. 약속을 운명처럼 믿고 다시 찾은 아름다운 사랑이야기 !

꿈결 같은 약속을 잊지 못하고 피렌체, 밀라노, 도쿄를 오가는 두 남녀의 만남과 이별의 시간들을 지켜보며, 과거는 모두 버리고 진실한 사랑이 있는 미래로 달려가는 준세이 역 '타케노 우치 유타카' 의 매력에 나는 흠뻑 빠질 수 있었다.

잊지 못할 아름다운 모습과 가슴에 와 닿는 멋진 대사들을 영상에 모두 담아 영원한 감동으로 우리의 마음 속 깊이 한 폭의 명화로 남겨 주는 고마운 분들! 외롭고 괴로운 인생길 가는데 POLARIS! 작가, 연기자, 연출자, 모든 스태프들, 너무 고맙다.

요즘 나는 극작가들의 펜 끝에서 펼쳐지는 인간들의 애달프고 가슴 벅찬 사랑이야기 속에 24시간 하루가 턱없이 짧다. 오래 전에 영상을 통해 보았던 감격스러운 장면들을, 이제 나이가 이렇게 많아졌는데도 새로운 설렘과 눈물의 감동으로 다시 볼 수 있는, 이 행운의 기회는 분명 신이 내게 주신 크나큰 선물임에 틀림없다.

이제는 관능적이고 선정적인 포르노그라피 같은 장면에서는 멀리 떨어져 애틋한 그리움과 순결한 아름다움으로 높여진 영상 속에, 아직도 내가 이 세상에 살아 있는 기쁨과 행복을 느낀다.

며칠 전에 케이블 TV에서 새로 시작한 김수현 작 〈불꽃〉을 다시 보게 되어 정말 반갑고 즐겁다. 김 작가님의 작품은 DVD로 아직 찾아볼 수 없었다. 더욱이 나는 주인공 이영애의 오랜 팬이며 작가님 또한 나의 무미건조한 삶의 여정에 드라마가 주는 오묘한 맛과 감동으로 함께 살아가는 나의 동반자다.

여행길에서 늦은 만남으로 불꽃처럼 뜨겁게 타오른 사랑이야기!

푸르고 찬데 깊고 화려한 여자의 사랑!

어긋난 만남으로 고민하고 아파하는 안타까운 젊은이들!

내가 아니면 안 된다는 오만과 엄청난 착오 속에 고통으로 몸부림 치면서도, 일과 사랑과 젊음의 열기가 화산처럼 폭발하는 그들이 한없이 부럽다, 아름답다. 이별도 또 다른 만남도 세월의 약으로 치유하며 젊음의 열정을 사랑으로 불태운다.

김수현 님의 극에도 언제나 사랑이 중심이다. 그리고 유난히 유별스럽고 독특한 시어머니의 인성을 잘 그리시는 것 같다. 지금 SBS에서 보고 있는 업그레이드된 〈사랑과 야망〉에서도 어머니의 지독한 아집과 집념, 그 너머에는 피보다 진한 자식에 대한 사랑이 깊이 담겨 있으며, 또한 푼수 같고 무엇이 빠진 것 같은 시어머니의, 뒤늦게 며느리에게 쏟아지는 사랑은 아무도 못 말린다. 매우 유쾌하다.

역시 사랑은 완벽하고 부족함이 없는 사람보다, 무언가 결여된 사람에게 격정을 누르지 못할 만큼 넘치게 솟아오르는 것 같다. 서로의 모자람을 채워 주는 것이 더욱 진실한 사랑이라고 생각이 된다. 내가 본 작가님의 극 중 〈내 사랑 누굴까〉는 작가님의 최고의 걸작이다.

주인공을 잘 선택함으로 극에 얻어지는 효과는 말할 것도 없이 크고, 주인공 또한 좋은 작품 만나 훌륭하게 성장하는 결과는 자명한 이치다. 그런 면에서 김 작가님의 주인공 선택은 언제나 신중하고 탁월하다. 십인십색 그 많은 극중 인물들의 섬세하고 딱 들어맞는 성격묘사는 가히 천재적이다. 작가님의 극이 계속 신화로 이어지는 원인과 결과이리라.

어느 때는 "김수현의 신화가 깨졌는가?" 라고 성급한 결론부터 점치는 사람들을 무안하게 만드는 작가님의 저력에 나는 마음속으로 쾌재를 부른다.

나는 김 작가님의 드라마를 볼 때마다 권투선수가 정확한 펀치로 송곳 찌르듯 상대방을 한 방에 날려 버리는 통쾌함과 피범벅이 되어 쓰러진 참담한 패자의 쓰라림도 함께 맛본다.

피겨스케이팅이 주는 스피드한 환상적인 맛과 오케스트라가 주는 화려하고 황홀한 가슴 벅찬 감동 속에 매번 빠진다. 사랑은 생명이며, 위대한 사랑은 곧 아름다운 삶인 것을 알게 된다.

각 사람마다의 인간속성과 본색의 특성을 말의 생명력으로 영상화하는 데 그 누구도 흉내 낼 수 없는 뛰어남을 사람들은 언어의 마술사라고 극찬하나 보다.

유선 TV에서 여러 번 다시 보여 주고 있는 임성한 극 〈보고 또 보고〉는 몇 번째인지도 모르게 다시 보아도 제목처럼 보고 또 보아도 다시 보고 싶은 드라마다.

어려운 여건을 지혜롭게 잘 넘고 넘어 끝내 사랑을 이루는 두 형제와 두 자매 간의 사랑이야기로 가족 간의 따뜻한 사랑과 우애를 통해 삶의 진실하고 아름다운 의미를 깊이 생각하게 한다. 마음에 꼭 들게 예쁜 사람도 눈살 찌푸리게 얄미운 사람도 모두 이해되고 사랑받고 사랑을 줄 수 있는 아름다운 사랑 이야기다.

이 극에서는 비극적인 요소가 그리 중요하지 않고 또한 마냥 웃음 지을 극도 아니지만 나는 이 드라마를 보다 보면 웃음이 절로 나고 종종 눈물이 나오는 때가 있다. 이제 늙어서 그런지 조금만 기뻐도 슬퍼도 또 감격스러워도 눈물부터 앞선다. 시어머니와 며느리의 감동적인 화해장면에서 눈물은 강이 되어 내 가슴속 깊이 넘쳐흐른다.

그리고 극중 가끔씩 삽입한 백 댄싱의 장면은 여러 번 나와도 지겹지 않다. 춤과 음악은 나에게 끝없는 즐거움과 활기를 되찾아 준다. 치고 패고 피를 보는 스릴보다 훨씬 좋다. 임성한 작가님은 지극히 평범한 일상생활 속에서의 자극적인 요소들을 적절히 무리없이 극을 전개시키는 아주 특별한 뛰어남을 갖춘 작가인 것 같다.

가끔 말이 안 될 것 같은 상황을 별 과장없이 믿음이 가도록 그려내는 솜씨가 남다른 것 같다. 그리고 지금, 막 시작한 KBS 드라마 최 현경 극 〈하늘만큼 땅만큼〉은 왠지 대작이 될 것 같다. 하도 드라마를 많이 봐 와서 그런지 처음 몇 회만 봐도 어떤 작품일지 대강 짐작이 간다. 우리의 드라마 작가님들은 내가 보기엔 세계 최고의 작가들이다.

나의 삶을 이렇게 기쁨과 감동 속에 젖어들게 해 주는 훌륭한 작가들이 있어 나는 이 세상을 사는 즐거움을 맘껏 누린다.

최근에 내가 본 외국드라마 〈Prison Break〉에는 흉악범을 가두어 두는 사망의 음침한 암흑 속에서도 진한 부성애와 형제의 뜨거운 우애는 아름다운 빛을 발한다. 살인을 저지른 사람들도 오직 가족 생각에 하나뿐인 목숨을 탈출에 건다. 긴장과 위험 속에서도 오직 가족 생각뿐이다. 역시 가족 간의 하늘만큼 땅만큼 한 사랑은 인간들의 간절한 소망이다. 아가페 사랑이나 에로스 사랑이나 사랑은 인생의 모토이고, 삶의 테마가 아니겠는가.

사랑하라! 인생에 있어서 좋은 것은 그것뿐이다.
- G. 상드 -

그대 있음에

김남조

그대의 근심 있는 곳에 나를 불러 손잡게 하라
큰 기쁨과 조용한 갈망이 그대 있음에
그대 있음에 내 맘에 자라거늘
오! 그리움이여, 그리움이여, 그리움이여
그대 있음에 내가 있네, 나를 불러 손잡게 해

그대의 사랑 문을 열 때 내가 있어 그 빛에 살게 해
사는 것에 외롭고 고단함 그대 있음에
그대 있음에 사랑의 뜻을 배우니
오! 그리움이여 그리움이여 그리움이여
그대 있음에 내가 있네 나를 불러 그 빛에 살게 해

2007년 2월 26일

  올해로 여섯 살이 된 나의 손자 의진이가 설거지를 하고 있는 내 등 뒤에서 나를 만지작거린다.

"할머니 ! 할머니 등에다 무엇을 붙여 놨게?"

"무엇일까?"

"할머니가 찾아봐요."

"어머나! 할머니도 사랑해! 사랑해 ! "

접착제가 붙은 분홍빛 작은 메모지,

'할머니 사랑해요'

꼬불꼬불! 꼬깃꼬깃! 사랑의 메시지!

와락! 껴안고 입 맞추며,

사랑해! 사랑해! 하늘만큼 땅만큼!

이 세상에서 최고의 Propose!

이 세상에서 최고의 신의 축복!

'그대 있음에 내가 있네 ! '

'그대 있음에 내가 사네 ! '

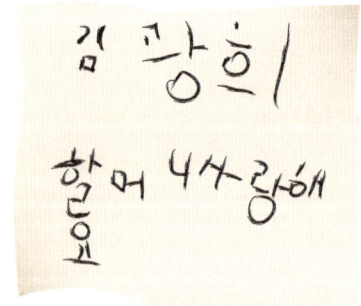

청바지 수의

청바지 입은 뒷모습이 잘 어울린다 생각했는데, 꽤 나이 드셨나봐요. 어떻게 그 나이에 청바지를 입으시죠? 언젠가 버스 정류장에서 만난 중년쯤 되어 보이는 어느 여인이 내게 건넨 말이다. 이제, 늙어버린 얼굴은 단발머리에 염색을 한 생머리와 청바지로는 가릴 수가 없나보다. 또 어느 때는 버스 속에서 자리를 내 주는 젊은이에게 순간적으로 깜짝 놀라는 때가 있다. 왜 내게 자리를 양보하는가 하고.

나는 세미 나팔 청바지 입기를 매우 좋아한다. 경쾌하고 간편하고 자유스러운 분위기가 청바지와 코르덴바지를 입으면 저절로 젊어지는 것 같아 기분이 매우 유쾌해진다.

요즘은 청바지 소재와 색상도 다양하여, 딱딱하고 무거웠던 옛날 바지와는 많이 다르다. 신축성도 매우 좋고 부드러운 것도 많다.

내 옷장 서랍에는 외출하는 청바지 따로, 집에서 일하며 입는 청바지 따로, 여러 벌의 청바지가 있다. 나는 청바지 마니아다. 그래도 아직 찢어진 청바지는 입어 보지 못했다. 내 나이를 아주 잊지 않아서일 게다.

남대문 시장, 삼익타운과 메사에는 내가 가는 청바지 단골집도 생겼다. 일 년에 서너 번씩 가서 새로 나온 청바지도 구경하고 사기도 한다. 요즘은 패션 청바지가 각양각색이고 색색의 면바지도 매우 다양하다.

언젠가는 라일락 꽃 무늬를 정교하게 잘 뚫어서 청바지에 하얀 꽃잎을 뿌려놓은 듯 아주 멋진 청바지를 발견하고 캐나다에 살고 있는 큰딸 화영이에게 사서 보내 주었더니, 크게 감격해 하며 지금까지도 그 청바지 정말 멋있다고 잊지 않고 말한다.

아직은 딸의 옷도 골라서 보내줄 안목과 부지런함이 내게 남아 있지만, 그러나 이 나이에 청바지만 입고 설치다가 어느 날 갑자기 청바지 입은 채로 죽으면, 나는 청바지 수의를 입고 이 세상을 떠날 것인가? 별 다른 수의가 필요 없을 것이다.

20여 년 전에 자동차 면허를 취득한 후, 내 옷장에서 스커트가 사라졌다. 긴 스타킹 신어야 되고 구두 신어야 되고, 겨울엔 너무 춥고, 스커트는 내 젊음의 열기와 함께 내게서 영영 사라졌다. 성가대석에 앉을 때는 치마를 꼭 입어야 한다는 늙으신 여장로님의 눈을 피해 다리가 보이지 않는 쪽에 앉곤 했다. 요행히 내 키가 조금 큰 편이라서 청바지가 그런대로 내 몸에 어울려준 것 같다.

또한 나는 뜨개질을 매우 좋아해서 내가 짠 뜨개 옷과 청바지를 조화시켜, 일주일이 멀다 하고 새로운 옷으로 바꾸어 입고 교회에 출석했던 한때도 있었다.

어느 날 베델 성서공부를 마치고 교회에서 나오는 길에 담임목사이신

기원형 목사님이 젊으신 부목사에게 이런 말씀을 하셨다.

"김 집사는 옷을 참 잘 입지? 색상도 잘 맞추어 입고."

교인들과 사담이나 웃는 이야기도 별로 하시지 않고, 설교하실 때에도 한 곳만 응시하며 교인들 지루하지 않게 세상사 이야기도 별로 하지 않으셨던 목사님, 오직 성경 말씀으로 엄숙하고 경건하게 설교를 하셨던 목사님. 예배시간에 헌금 광고 한 번도 들어보지 못한 내가 유일하게 존경했던 목사님! 그 목사님께 옷 잘 입는다는 칭찬을 들어서인지 아직도 그때 목사님의 모습과 음성을 잊지 않고 있다.

또 한 분, 내가 그 교회에 처음 나갔을 때 기억되는 분이 있다. 주재숙 장로님, 교회에 출석한 지 며칠 안 된 어느 날 장로님으로부터 뜻밖의 전화를 받았다.

"김 집사 어머님께는 내가 허락을 받았어. 이제부터 김 집사는 내 딸이야."

나를 만난 지 이제 겨우 잠깐인데 어찌 내 속도 모르시면서, 나이가 오십도 넘어 늙어가는 나를 왜 당신의 딸로 삼아 주셨는지 아직도 나는 그 영문을 모른다.

그 후 모녀의 정을 익히기도 전에 갑작스런 교통사고로 장로님은 돌아가셨고, 그 다음해 1989년 6월 25일에는 여행 중에 기원형 목사님도 병환으로 이 세상을 떠나가셨다. 겉모습만 보시고도 나를 예쁘게 보아주셨던 목사님! 장로님!

나는 겉과 속이 한결같은 멋진 사람이 되고 싶었다. 나는 죽어서도 아름다운 사람이고 싶다.

나는 어려서부터 뜨개질을 무척 좋아했다. 외할머니가 손수 목화솜에서 뽑아 만들어 주신 무명실로 많이 떴고, 그 옛날에는 아주 귀한 외제 털실을 어쩌다 어머니가 구해 주시면 나는 예술가가 된 듯 풀어서 다시 뜨고 다시 뜨고 최고의 것을 만들고자 어린 나이에 무던히 애썼다.

그 후 오랫동안 잊었던 뜨개질을 오십이 넘어서 다시 하게 되었다. 수유리 단독 주택에 살 때 이웃집에 살았던 옆집 엄마 덕분이다. 옆집 엄마도 뜨개질을 너무 좋아해서 틈만 나면 우리는 서로 새로운 뜨개방법을 알려 주며, 참으로 뜨개질을 많이도 했다.

밤 깊도록 조용히 뜨개질을 하는 시간에는 왜 내가 태어났는지, 왜 살고 있는지 생각도 해보며 내 삶의 세월을 한 올 한 올 엮어서 참으로 많이도 짰다.

"집사님! 뜨개 전시회 한번 하세요. 너무 멋있어요."

젊은 여성가대원들이 자주 내게 칭찬으로 하는 말이었다. 내 또래 교우들에게 더러 선물도 하고, 친구들에게 나누어도 주고, 여신도 행사로 겨울에 재소자에게 털실 양말을 떠 보낼 때는 많은 털실을 사서 제공하고, 교우들에게 양말 뜨는 법도 가르쳐 주고, 예정보다 훨씬 많은 양말을 죄수들에게 보내며 목사님께 칭찬도 많이 듣고.

뜨개질을 너무 많이 해서 지금 내 눈이 더 어두워졌다 해도 후회하지 않는다. 뜨개질은 내 삶의 세월에서 잊지 못할 아름다운 추억이다. 지금이나 예전이나 손이 아무것도 하지 않고 빈손으로 있으면, 나는 너무 외롭고 쓸쓸해진다.

나는 지금도 때때로 외할머니가 몹시 그리워지고 보고 싶어질 때가 있다. 아들 선호사상이 강했던 나의 어머니로 인해, 아들들에게 밀려난 둘째인 나와 넷째 여동생은 할머니 품에서 자랐다. 아직도 나의 애정결핍과 정서불안은 그때부터인 것 같고 바닥이 허옇게 드러나 있는 가뭄의 샘 속처럼 내 가슴은 늘 허허롭고 메말라 있다. 그 무엇으로도 채워지지 않는다.

외할머니는 내가 아기였을 때부터 식구가 많은 우리 집 살림살이를 도와주셨다. 할머니는 아주 부지런하시고 성실한 기독교 신자셨다. 목화솜에서 실을 뽑아 무명베도 손수 짜셨고, 새벽 기도회도 하루도 거르지 않고 나가셨다. 지금 생각하니 할머니는 무릎 관절로 고생을 많이 하셨던 것 같다. 늘 지팡이를 짚고 교인들 집을 신방하셨다.

신앙심이 깊으셨던 할머니는 목숨이 끊기는 순간까지 일할 수 있는 힘을 주시라고 늘 하나님께 기도하셨다고 나의 어머니는 말했었다. 그 할머니가 칠십이 넘도록 건강하게 사시다가, 어느 날 저녁 때 샘에서 빨래하시다 갑자기 말문이 막힌 채 방으로 기어 들어와서 그날 밤 9시 경에 한마디 말씀도 없이 뇌일혈로 세상을 떠나가셨다. 할머니가 기도하셨던 것처럼 끝까지 일하시다가 조용히.

그리고 그때, 장례 치르는 날이 하필이면 정월 초이튿날이라서 상여 메줄 사람이 없었다. 그러나 덕망 있고 너그럽게 사셨던 나의 아버지 인심으로, 동네 사람들이 의논해서 기꺼이 상여를 메어 주었다. 그 후 십 년쯤 되었을 때, 할머니의 묘를 이장해야 할 형편이 되었다. 이장하기 위해 할머니의 묘를 헤치고 할머니의 남은 뼈를 한지에 싸시는 어머니의 모습을 나는 말없이 지켜보았다.

할머니의 시신은 머리뼈와 다리뼈와 그리고 머리카락과 반쯤 녹아 버린 성경책만 남아 있었고 그 다른 모든 육신은 어느새 흙이 되어 있었다. 손수 만들어 놓았다 입으셨던 수의도 흔적 없이 사라졌다.

요즘 삼복더위로 몹시 무덥다. 머리 염색하는 것도 하도 귀찮아서 몇 달 간 염색을 하지 않았더니, 숱이 반도 더 빠진 내 머리 꼴이 말이 아니다. 거기에다 7부 청바지에 운동화 부츠에 귀에 이어폰 걸고 배낭 메고, 내가 보아도 정말 웃기는 돈키호테 같은 모양새다.

어느 날 사위 영교가 "어머님, 요즘 너무 젊어지시고 멋있어요" 한다. 농담 잘하는 영교의 joke에 "노망의 시작이 아니겠어?" 아직은 나만이 알 수 있는 대답이었다.

몇 해 전에 증명사진 찍고 사진 찾아보는 순간, 분명 내 얼굴 같은데 왜 그리 내 얼굴이 아니던지 나도 나를 몰라볼 뻔했다. 이제는 남의 칠순 잔치에 초대받아 축가를 불러 주던 나는 아니다. 내가 그 주인공이다.

죽음은 육신으로부터의 해방이고,
죽음은 세상의 모든 질병으로부터 육신을 해방시킨다.

한 줌 먼지로 사라질 육신을 마무리 짓는데, 청바지든 삼베 저고리든 그 무슨 상관이 있겠는가. 요즘 4천만 원이 넘는다는 호화찬란한 금실 넣어 짠 수의가 제아무리 인기 높다 해도 마지막 가는 날, 나의 육신은 평소처럼 내 낡은 청바지가 더 편안히 감싸줄 것이다.

꽃상여

나는 기독교 가정에서 태어났다. 나의 외할머니는 그 먼 옛날에 어떻게 예수님을 알게 되어 기독교인이 되셨는지는 잘은 모르지만, 나의 어머니를 전주에 있는 Mission School에 입학시키셨고, 어머니는 저절로 기독교인이 되신 것 같다.

나 또한 어머니 태중에서부터 교회 출입을 하여 이유 없이 교인이 되었고 유년시절 주일학교 때부터 나의 교회 생활은 본격적으로 시작된 셈이다.

내가 아주 어릴 때부터 다니던 시골 교회도 주일 학교 교사가 많이 부족했던 시절로, 나는 중학교 때부터 주일학교 교사가 되어 교회 학교의 프로그램을 모두 맡다시피 하여 열심히 교회 일을 도왔다. 오르간도 혼자서 익혀 예배시간에 찬송가 반주도 맡아 했고, 지역 어린이 성가 대회에도 연습시켜 참가하고, 성탄절 행사에서는 교회 장식부터 성극, 캐럴송, 모든 순서를 거의 혼자 진행한 적도 있었다. 인근 시골 교회에 소문이 나서, 어느 때는 여름 성경학교 강사로 초청되어 가기도 했다.

또한 하얀 종이로 꽃상여 꽃도 만들 줄 알아서, 교인들이 돌아가시면 나에게 먼저 급히 전갈이 오고, 전갈을 받은 나는 시간 있는 교우들을 소집하여 밤새워 꽃상여를 만들었다.

나이 드신 할머니들은 내가 어디로 시집가기 전에 죽어야 꽃상여타고 하늘나라에 갈 거라며, 당신들 돌아가실 때까지는 아무데도 가지 말라며 우스갯소리도 하셨다.

내가 자라난 시골집 바로 옆집에 공산주의 집안이 살았다. 6·25 전쟁 때 옆집 어머니는 내 어머니가 기독교인 것과 대한부인회 회장을 지낸 것을 당에 밀고하여, 어머니는 붙들려가 온몸이 시퍼렇게 멍이 들도록 매를 맞고 고문당하여 초주검이 되어 돌아오셨다. 그래도 다행히 집으로 돌아오신 것이다.

전세가 바뀌어 국군이 우리 동네를 행진하며 통과하던 날, 원한 맺힌 어느 군인들이 옆집 대문에 총알을 퍼부었다. 혼비백산한 그 집 어머니는 뒷문을 통해 우리집으로 도망왔고 내 어머니는 그 어머니를 며칠간 꼭꼭 숨겨 주었다. 그러나 그 후, 시간이 아무리 많이 흘러가도 옆집과 우리 집은 정답게 지내지 못했고 항상 그 집은 수상한 집이라는 시선을 피할 수 없었다.

내가 고등학교 때 옆집 아버지가 돌아가셨다. 인간성 좋으시고 마음씨 착하신 나의 아버지는 내게 그 집에 꽃상여를 만들어 주자고 하셨다. 학교도 결석하며 내가 만든 꽃구름처럼 하얀 꽃상여가 머나먼 황천길로 떠나던 날, 처녀가 못하는 게 없다며 온 동네 사람들의 의아한 눈총을 받았다.

초연이 쓸고 간 깊은 계곡 양지녘에
비바람 긴 세월로 홀로 선 이름 모를 비목이여!
홀로 선 적막감에 울어 지친 비목이여!

오늘은 이른 아침 버스를 타고 이어폰으로 우리 가곡 '비목'을 들으며,
시골길을 달리며, 불현듯 그 먼 옛날에 내 손으로 만들어 떠나보낸 꽃상여
들이 생각났다. 어느 새 꽃상여 탈 차례가 내게 다가왔다는 공허함과 허무
함이 가슴 속 깊이 한가득 밀려온다.

죽음은 어떤 것일까? 영원히 잠자는 것? 편안히 쉬는 것?

살아 있는 동안 열심히 일하고, 세상의 그 모든 고통과 싸우고 또 싸워
싸움이 너무 지겨워 질 때 편안한 안식이 그리울 때, 그때는 죽음이 참으
로 반가울까?

최선을 다한 후 하늘의 뜻을 기다림 - 盡人事待天命

언젠가 TV 속에서 신으로부터 저주를 받아 죽음을 허락받지 못한 한 사
나이가 있었다. 그는 남의 죽음이라도 빼앗아 죽으려 몸부림치는 〈X파일〉
의 불행한 한 사나이였다. 인간이 죽지 않고 오래 산다는 것은 참혹한 신
의 형벌이었다.

얼마 전에 배우 이은주가 자살했다며 매스컴에서 야단들이다. 25세의
젊고 예쁘고 유능한 그녀가 갑자기 왜 죽었을까? 우울증이었다고 사람들
은 말한다.

젊음, 아름다움, 기대되는 총명한 연예인, 남들이 부러워하는 것들을 미

련없이 버리고 가버린 그녀. 우울증이란 죽을 수 있는 용기를 불러 일으키는 마력의 힘이 정말로 있는 것일까? 아니면 몹쓸 병마의 힘일까?

이은주가 마지막 찍은 영화, 〈주홍글씨〉를 DVD로 사다가 보았다. 무섭고 섬뜩하다. 그녀는 그 영화를 촬영하면서 죽음을 예견했을까? 체험했을까? 드라마나 영화는 사람들을 웃고 울게 하고 죽고 살게 하는 대단한 힘이 있는 것 같다.

몇 해 전에 고향 친구가 내 집에 놀러오던 날, 그 친구 둘째 딸이 우울증으로 지하철에 뛰어들어 죽었다는 어이없는 소식을 그 친구가 내 집에서 돌아간 몇 시간 후에 전해 왔다. 친구의 남편도 딸을 구하려다가 아빠도 딸과 함께 저 세상으로 돌아갔다는 기막힌 소식이었다. 내 집에 그 친구가 있었을 때 어떻게 그런 일이 일어날 수 있었는지, 그 친구가 내 집에 온 것이 잘못이었는지, 세상사는 모두 예측불허다. 나도 어느 순간에 이 지구상에서 사라질 것이다. 우울증이 심하지 않아도 죽음은 항상 내 곁에 가까이 있음을 나는 순간순간 느낀다.

생명이 있는 것은 반드시 언젠가는 죽음이 있음 - 生者必滅
가장 훌륭한 죽음은 예기치 않았던 죽음이다. - 몽테뉴

몇 주 전서부터 오른 쪽 다리가 또 이상해졌다. 뒤쪽으로 종아리와 허벅지 부분이 땡기듯 쑤시고 아파온다.

견딜 수 없어 신경진통제를 다시 먹기 시작했고, 어제는 병원에가 CT촬영을 다시 했다. 오랜전에 수술한 등뼈 디스크 말고, 또 다른 등뼈 디스크가 삐져나와 다리 쪽 신경을 누르고 있어 다리가 그리 아픈거라며 의사는

수술 말고는 방법이 없단다.

또다시 그 끔찍한 고통을 겪어야 한다니……. 아! 그냥 진통제 먹어가며 사는 데까지 살다 말자. 아냐, 그래도 다시 한 번 죽었다 살아나자. 아니야, 이대로 살다 죽는 게 나아.

한 잎 낙엽이 되어버린 나의 육신. 내 인생의 지금의 시간은 깊은 가을인가 보다. 마지막 잎 새를 그려줄 O.헨리가 내 옆에 있을 리 없고. 마지막 잎새가 떨어지는 그 순간 모든 시름 벗어 버리고 영원히 깨어나지 않을 편안한 겨울잠을 자게 되려니.

죽음은 신이 주신 축복임을 잊지 말아야지, 그리고 남은 소중한 나의 시간들! 하루를 천 년 같이 천 년을 하루같이 살자. 그리고 나의 가을이 끝이 나는 날, 한 잎 소리 없이 지는 고운 낙엽이 되리라.

하루는 영원의 축소판이다. - 에머슨

135

우물가의 여인

주님을 따르리
이 세상 끝까지 따르리라
언제나 주님 곁에 있으리
아무도 막을 수 없네
주님은 나의 운명
주님을 따르리
주님이 가슴 속에 있으면
아무리 깊은 바다라도
아무리 높은 산이라도
헤쳐 나갈 수 있네
주님의 영원한 사랑으로

코미디 여왕 우피 골드버그의 수녀 연기가 일품인 〈시스터 액트〉는 다시 볼 때마다 언제나 경쾌한 즐거움을 준다. 정숙하고 조신한 몸가짐으로 항상 조용한 모습으로 연상되는 수녀님들의 이미지를 조금은 바꾸어 버린 'I will follow him' 의 복음 성가

종교 음악이 사람들에게 끼치는 영향은 대단한 것이라고 생각이 된다. 내가 어려서부터 교회에 출석했던 이유는 단지 예배시간에 성가를 부르기 위해서였다고 밖에는 더 할 말이 없다.

찬송가 가사에 감격하여 눈물을 글썽이고 성가의 성스러운 선율이 내 목소리인 양 착각도 하고, 믿음이나 구원 이런 것에는 상관도 없는 찬송가를 부르기 위해 교회에 출석했던 내 종교생활이었다고 밖에는 더 할 말이 없다. 그러나 성가를 부르는 어느 순간에는 예수님이 나의 구원자이심을 체험한다.

오래 전에 교회 출석을 그만두어 버린 지금의 내 음성은 꽉 막혀 버렸다. 그 어떤 노래도 다시 부를 수 없다. 내 목소리가 사라졌다.

우물가의 여인처럼 난 구했네
헛되고 헛된 것들을
그때 주님 하신 말씀
내 샘에 와 생수를 마셔라
오 오! 주님 채우소서 나의 잔을 높이 듭니다
하늘 양식 채워 주소서 넘 치도록 채 워 주소서

어느 주일 대예배 시간에 헌금 송으로 내가 홀로 부른 복음성가다. 그
누구도 의심하지 않을 예수님이 나의 구주되심이 확인되는 순간이기도 했
다. 예배 후 어느 교우가 내게 다가와 말했다. 하나님은 불공평하시다고,
왜 한 사람에게 많은 재능을 주셨느냐고.

그러나 지금도 생각하니 감당도 못할 섣부른 재능을 나에게 주신 하나
님은 잘못하신 것 같다. 나는 지금 교회에 나가지 않고 하나님을 찬양하
는 찬송가도 귀로 듣는 일밖에는 더는 할 일이 없다. 가끔 Malotte가 작곡
한 주기도문을 테너 박세원 씨의 목소리로 들으며 왜 내가 수녀가 못 되었
는가를 생각한다.

천방지축, 야생마 같은 나를 주의 엄하신 규율과 사랑의 쇠사슬로 단단
히 묶어 길들였다면 부모, 형제, 남편, 자식들에게 그 많은 상처는 주지 않
았어도 되는 것을.

우리들의 큰 죄 다 용서하옵시며
또 시험에 들게 마시고 죄에서 구원하소서
주여! 나를 평화의 도구로 써 주소서.

지금은 가슴 속으로만 성가를 부른다.

황성숙 목사님! 올해에도 어김없이 부활절이 다가오네요.

그래도 내가 조금은 덜 늙었을 때 목사님은 내게 부활의 참의미를 정성
다해 열심히 설명해 주셨는데, 아직도 나는 부활의 뜻을 깨우치지 못했습
니다. 아직도 나와는 상관이 없는, 아무 소용이 없는 단어일 뿐입니다.

며칠 전에 이 세상에서 제일 무서운 영화라고 하는 〈The Passion of the Christ〉를 DVD로 사서 보았습니다. 얼마나 무서운 영화인지 하도 궁금해서. 역시 나같이 나약한 사람이 볼 수 있는 영화는 아닌 것 같습니다.

예수님이 당한 그 처참한 고통을 애통해 하고 슬퍼하기보다는 그런 무서운 영화를 만든 사람들이 더 무섭다는 생각을 했지요. 나를 위해 그렇게 피 흘리며 십자가에 못 박히셨다는 애통한 마음을 불러 일으켜 돈을 많이 벌어 보자는 제작자의 의도가 혹시 숨어 있지 않을까 하는 엉뚱한 생각을 했습니다. 아무렴이나 그렇게 눈 뜨고는 도저히 바라 볼 수 없게 처참함을 당하셨을까요?

어떻게 그런 무서운 형상을 사람들은 그려낼 수 있을까요?

그렇지만, 어느 성직자는 그 영화를 보고서 그보다 더한 고초를 예수님은 겪으셨다고, 그것은 아무것도 아니었을 거라고 통곡을 하셨다고 합니다. 제작자도 예수님의 수난을 확실하게 보여주기 위해 만들어 낸 신앙심이 깊은 사람이라고 합니다.

목사님! 그래도 어느 때는 내 가슴 속에 희미하게나마 소녀시절에 읽어 본 어느 신부님의 시구가 생각납니다.

내 육신을 내가 보기 싫어 자꾸 외면하는 날
갈봐리아 산기슭에
기독의 손에 못 박는 항마 소리가 들린다
피 방울이 내게 튀어오는 것 같구나
오라! 얼마든지……얼마든지……

하지만 이 필름 목사님께 보내 드리겠습니다. 내가 소장할 영화는 아닌 것 같습니다.

아직도 내 허리를 난도질한 돌팔이 의사를 용서할 수 없고, 끔찍이 인간들을 괴롭히는 무서운 이 세상 모든 흉악범들을 저주하고 증오할 뿐입니다.

내가 언제나 잊지 못할 사랑하는 목사님!

당신은 어찌 이 험악한 세상에서 수녀원 같은 울타리도 없이 그래도 똑바로 한눈 한 번 팔지 않고 그렇게 예수님만 바라보고 한결같이 사십니까!

남들이 다 겪는 어려움, 괴로움, 외로움 어찌 없으시겠는지요. 그래도 엄살 같은 거 한 번도 비치지 않고 그렇게 의연히 늘 그 자리에 서 계십니다. 내가 언젠가 목사님이 제일 부럽다고 말한 적 있지요. 예수님은 당신을 너무 많이 사랑하십니다.

언제나 성녀 같으신 조성녀 어머님!

여전히 아름다운 그 모습 그대로 예수님 뵈올 그 시간 준비하고 계시겠지요. 내 마음 속 깊이 한결같이 정갈하시고 온화하신, 정겨운 모습 잊지 못합니다.

미비한 저를 위해 끊임없이 기도해 주시고 사랑 주시는 어머님! 목사님! 어머님과 목사님을, 만남의 은혜로운 시간을 내게 허락하신 하나님께 늘 감사합니다.

목사님! 예수님 이 부활하신 것은 외롭고 슬픈 나를 위해 예수님이 내 곁을 떠나지 않고, 영원히 나와 함께 해 주시는 사랑의 언약으로 알겠습니다. 내가 새 사람으로 거듭나지 못해도, 예수님은 나를 버리시지 않을 것입니다.

사랑의 언약은 영원할 것입니다.

여호와는 나의 목자시니
내가 부족함이 없으리로다
그가 나를 푸른 초장에 누이시며
쉴 만한 물가로 인도하시는도다
내 영혼을 소생시키고
자기 이름을 위하여 의의 길로 인도하시는도다
내가 사망의 음침한 골짜기로 다닐지라도
해를 두려워하지 않을 것은 주께서 나와 함께하심이라
주의 지팡이와 막대기가 나를 안위하시나이다.
주께서 내 원수의 목전에서 내게 상을 베푸시고
기름으로 내 머리에 바르셨으니 내 잔이 넘치나이다.
나의 평생에 선하심과 인자하심이 정녕 나를 따르리니
내가 여호와의 집에 영원히 거하리로다.

-시편 23편-

오페라 이야기

지난 연말에 각종 영화 시상식에서 유난히 돋보였던 〈너는 내 운명〉. 나는 어떤 영화인지 궁금해서 DVD로 사다가 보았다. 그리고 실망했다.

오페라 〈라 트라비아타〉와 〈너는 내 운명〉의 테마는 똑같은 죽을병에 걸린 창녀의 애처로운 사랑이야긴데 이렇게 격이 다를 수가 없다. 클래식하고 수준 높은 음악으로 극을 만들면, 창녀의 사랑도 사람들은 길이길이 기억하며 오페라 속의 아리아를 부르고 또 부른다. 우리 특유의 그 저질스러운 쌍소리를 양념삼아 만든 우리 영화와 오페라는 달라도 너무 다르다.

눈물겹고 애절한 사랑이야기를 그리는데, 왜 쌍소리가 그리 필요한지? 저질스러운 쌍소리도 때로는 문학적이고 예술적이 될 수 있다는 것인지? 나는 도무지 이해가 안 간다. 조금 저질스러운 공기를 마시고 살아도 어떻게 되는 것은 아니다. 하지만 감미롭고 신선하고 상쾌한 바람 같은 음악 속에 빠지면, 삶이 즐겁고 인생의 방식을 사랑과 예술로 만든다. 나는 그 음악이 너무 좋다.

공주는 잠 못 이루고…… 공주는 잠 못 이루고……
공주여! 차디찬 당신의 방에서
사랑과 희망으로 들뜬 별들을 바라보시오.
나의 비밀은 내 안에 있나니,
아무도 알 수 없는 나의 이름!
아니, 아니오, 아침의 서광이 밝아오면,
그대에게 내 이름을 말하리라,
침묵을 녹이는 나의 키스는, 당신은 나의 것이 될 것이오.
밤이여 사라져라, 별들이여 쇠하여라,
여명이 밝으면 승리하리, 승리하리 ……
세상의 빛은 사랑!

20여 년 전, 수유리에서 살았을 때 옆집 엄마 남편 되시는 분이 문화공보부에 재직하신 덕분으로 한국 최초로 공연되었던 푸치니의 오페라 〈투란도트〉표를 구해주어서 옆집 엄마와 딸, 동네 엄마 둘과 나 이렇게 다섯이서 관람하게 되었다. 그때 TV, 신문의 광고에 오페라 무대장치만 해도 비행기 250여 대 분량의 몇 백 톤이 되는 것이었고, 출연진도 사상최다 인원이라고 크게 선전했었다. 나는 TV에서만 잠깐씩 보았지, 오페라 실황 연주에는 난생 처음이라서 공연일 며칠 전서부터 기다리며 마음 설레었다.

드디어 공연 하는 날. 세종문화회관 공연장에 들어가기 직전, 어떤 낯선 남자가 우리 일행에게 다가와, 표를 30만 원씩 줄 테니 팔라고 했다. 나는 그렇게 비싼 표인 줄 정말 몰랐다. 이윽고 공연이 시작되고 우리 일행은 숨소리도 죽여 가며 열심히 보고 들었다. 그러나 음악을 막연히 좋아만 했지, 더욱이 오페라에 관해서는 잘 알지 못하는 나의 좁은 음악상식으로는 그저 화려하고 웅장한 무대 장치에 놀랍고 열심히 열창하는 출연진들의 커다란 소리만 들었을 뿐이다.

막이 내리고 우리 일행이 집에 돌아오는 동안, 오페라의 내용이라든가 어느 노래가 좋았다든가 누가 출연했었는지, 그 아무도 오페라에 관한 이야기는 한마디도 하지 못했다.

그 후 어느 날 라디오에서 '공주는 잠 못 이루고', 〈투란도트〉 오페라의 아리아가 소개되고, 선율이 흘러나올 때 아! 그때 야만적인 잔인함을 진실된 사랑의 힘으로 극복한다는 〈투란도트〉에 나왔던 그 유명한 아리아구나 짐작하게 되었다.

어제 나는 사려고 벼르던 〈투란도트〉 오페라 DVD를 사왔다. 꼼꼼히 줄거리를 읽어 보고 설레는 마음으로 디스크를 켰다. 화면과 자막도 선명하고, 딸 지영이가 오디오 Sound에 TV Sound를 연결해 놓아서 음향도 훌륭했다. 아무리 음악에 문외한이라 할지라도 지금처럼 마음으로 준비하고 오페라 내용 설명 안내 책자라도 그때 구해서 읽어 보았더라면 30만 원 아니라 그보다 더 좋은 값어치를 얻을 수 있었던 오페라 관람이 아니었겠는가. 그때는 정말 미련했다.

그래도 그때 수박 겉핥기로 오페라를 보았다 해도, 옆집 엄마 남편 덕분에 오페라에 관심을 갖게 되어서 지금까지도 고마운 마음 잊을 수 없다.

〈아이다〉〈라 트라비아타〉〈카르멘〉〈라보엠〉〈돈조반니〉〈피 가로의 결혼〉〈나비부인〉〈마술피리〉〈박쥐〉〈토스카〉〈세빌리아의 이발사〉〈나부코〉〈일트로바토레〉…… 내가 지금까지 자주 들어 본 오페라의 제목들.

나는 기회가 주어지는 대로 부지런히 오페라 DVD를 사서 보고 있다.

KBS 라디오 제 1FM, 93.1 주파수는 나의 고정 사이클이다. 나의 시계다. 라디오를 아무 때나 켜도 몇 시쯤인지 곧 알 수 있다.

오전 6시 새 아침의 클래식과 7시 FM대행진의 맑고 신선한 멜로디가 나의 하루 또 다른 시작을 반겨 준다. 오전 9시, 가정음악 시간과 오후 2시, 명연주 명음반 시간은 시간이 허락하면 나의 훌륭한 음악공부 시간이 된다. 무료의 최고의 특강이다.

오후 4시, 노래의 날개 위에 오랜 세월이 흘러가도 변함없이 꿈이 살아 나는 시간. 때로 나는 프리마돈나가 되기도 한다. 그리고 정세진 진행자의 곱고 정겨운 목소리가 기다려지는 시간이다. 밤 10시, 당신의 밤과 음악. 잠 못 이루는 밤에 감미로운 속삭임과 함께 꿈 속으로 나는 음악여행을 떠 난다.

KBS의 또 다른 영상의 아름답고 신비로운 시간, 클래식 오디세이! 작곡가나 연주자나 그 노래에 그 아무것도 모른다 해도 황홀하고 멋진 시간 이다.

나는 요즘 오디오에 멘델스존의 〈노래의 날개 위에〉와 슈베르트의 〈아베마리아〉 CD를 넣어 놓고 자주 듣는다. 바이올린 연주로 듣는 이 곡들 은 내가 일을 하다 몸이 너무 지칠 때 잠시 눈을 감고 누워 들으면, 나는 천상에 다다른 느낌을 받는다. 깊은 영혼의 평안함 속에서 더 없이 조용한 안식을 얻는다.

나의 영원한 친구, 음악! 나는 참으로 너를 사랑한다.

파라오가 될 수만 있다면

"엄마 휴대용 CD플레이어 샀다."

"엄마는 가지고 다니기 무겁게 왜 그걸 샀어요. 엄마와 내가 통했네. 며칠 전에 엄마에게 MP3플레이어를 하나 사드리면 어떨까 생각했는데……."

엊그제 캐나다에서 걸려온 화영이와의 전화 통화로 나눈 이야기다.

나는 MP3를 잘 모른다. TV에서나 어느 광고에서 들어만 보았지, 그게 무엇을 하는 기계인지 궁금했다. 컴퓨터 칩에 자기가 좋아하는 음악을 입력해서 작은 휴대폰처럼 들고 다니며 간편하게 이어폰으로 음악을 마음대로 들을 수 있는 아주 작은 오디오 같은 기계라고 화영이가 설명해 주었다.

그러고 보니 요즘 많은 사람들이 귀에 이어폰 걸고 버스 안에서나 길에서나 음악 듣는 걸 많이 보았다. 그게 바로 MP3플레이어였구나.

그래도 손자 의진이한테 오고 가느라고 지금처럼 버스를 많이 타는 시간에 휴대용 CD플레이어로 음악을 들으려 생각한 것은 매우 잘한 것이다.

눈이 침침해서, 음악 CD목록을 크게 써서 가지고 다니며 가끔씩 들여다보니, 음악 공부가 절로 된다. 내가 기억하고 들어 보았던 음악이 누구의 작곡인지를 이렇게 즐겁고 쉽게 익혀갈 수 있다는 사실이 대견하다. 비록 시대에 늦은 무거운 CD플레이어를 샀지만 후회하지 않는다. 머지않아 MP3플레이어도 사게 될 것이다.

이어폰으로 음악을 들으며 버스를 타고 가면 길이 막혀 시간이 많이 지연되어도 덜 지루하고 같은 버스에 탄 사람들의 시끄러운 잡담에도 신경 덜 쓰게 되고, 많은 사람들이 휴대폰으로 버스 안이 떠나가라 자기네 안방처럼 별의별 수다를 다 떠는, 듣기 싫은 말소리에도 신경을 덜 쓰게 된다. 모든 면에 부정적이고 못마땅하게 여기는, 그리고 참을성 없는 꼬챙이 같은 내 성미를 음악이 조금은 유하게 만들어 주는 것 같다.

'내가 죽어 이 세상에서 사라진다면 가장 슬픈 일은 모차르트 음악을 듣지 못하는 일이다'

누군가 한 이 말이 오래도록 내 가슴 속에서 잊히지 않는다. 사랑하는 가족들. 세상에서 행복했던 일들, 부귀영화, 권력 …… 이런 것들이 아쉬운 게 아니라 자기가 좋아하는 음악가의 음악을 들을 수 없는 슬픔이 제일 크다고 말할 수 있다니 대체 그 사람은 어떤 사람일까?

모차르트! 그는 얼마나 위대한 음악가이기에 시대를 초월하여 이 세상 그 많은 사람들의 마음을 그토록 사로잡는 것일까? 그 어떤 마력의 신비함을 지녔기에.

❖ 아마데우스
음악이 주연인 영화는 이 영화가 처음이다. 무슨 얘기인지는 상관이 없다. 감동과 사색을 줬고 웃기기도 했고 울리기도 했다.

이 영화는 바로 그런 것에 관한 거다. 시간이 지나도 사랑받는 시간을 초월한 영화! 많은 사람들과 젊은이들이 이 세상의 최고의 음악가를 알게 된 거다.

〈아마데우스〉의 영화 작가 '피터 세이퍼' 의 말이다. 주역을 뽑는데 1,400명 넘게 1년 여 동안 오디션을 했고, 감독 밀로스 포먼, 음악감독 네빌 미리너 경, 모차르트 역 톰 헐스, 살리에리 역 F.머레이 아브라함이 맡았다.

4살 때 협주곡을 작곡하고, 7살에 교향곡을, 12살에 오페라를 작곡한, 1756년 오스트리아 찰스부르크에서 태어나 1791년 35세의 젊은 나이에 이 세상을 떠난, 완벽한 절대음감을 타고난 천재 음악가를 그나마 〈아마데우스〉영화를 통해 조금은 가까이 알게 되어 너무 기쁘다. 모차르트의 천재성이 인류에게 준 기쁨과 행복은 끝이 없다.

- 교향곡 제40번 G단조 1악장

- 피아노 협주곡 제20번 D단조 2악장 로만체

- 피아노 협주곡 제21번 C장조 엘비라 마디간 2악장

- 이국적인 리듬과 멜로디의 피아노 소나타 11번 A장조 터키 행진곡

- 맑고 투명한 선율이 가슴에 와 닿는 걸작,
  피아노 소나타 15번 C장조 1악장

- '영원히 모든 자연의 법칙들을 파괴해 버려라' 맘을 삼켜버릴 것 같은 고음의 트릴에 반해 버린〈마술피리〉밤의 여왕의 아리아!

- ■ 빠르고 눈부신 성악 기교가 돋보이는 명곡 할렐루야!

- ■ 기독교에서 고귀한 신의 아들 예수 그리스도를 찬양한 성신찬가 아베베
  룸코르푸스!

- ■ 언제 들어도 감미롭고 평화로운 클라리넷 협주곡 A장조 2악장

- ■ 아마데우스 영화 속에서 비오는 날 초라하고 안쓰럽게 치러지던 모차르
  트의 장례식 장면을 잊을 수 없고 작곡 중 미완성으로 세상을 떠났다는,
  진혼미사곡— 슬픔의 그날, 라크리모사!

이상은 내가 어디에서나 들어도 곧 알아볼 수 있는 그의 곡들이다.

'모차르트의 음악은 작은 속삭임 속에서 아름다움을 찾아내려는 느낌을 받게 된다. 맑게 펼쳐진 가을하늘 같은 청명한 숨결이 담겨 있으며 시골 마을에 핀 아름다운 꽃과 같은 부드러움이 있다. 자연스럽고 매혹적이며 찬란한 이상이 담긴 이미지를 담고 있다'

모차르트 CD 음반 해설자의 말이다. 이렇듯 모차르트 음악을 사랑하는 사람들의 찬사가 끝이 없다. 모차르트의 음악은 처음과 끝이며, 미의 극치이고, 신의 음성이라고.

요즘 나는 모차르트의 오페라 DVD와 음악 CD를 사다가 자주 보고 듣는다. 〈피가로의 결혼〉, 〈돈지오 반니〉, 〈마술피리〉 …… 오페라 내용의 깊은 뜻은 잘 알 수 없지만, 음악의 경쾌함과 맑고 투명한 아름다운 음률에 밤 깊은 줄 모르고 그의 음악 속에 빠져든다.

피아노를 칠 줄 몰랐던 모차르트 역 톰 헐스의 놀라운 연기력과 많은 시간 피아노 연습으로 진짜 모차르트가 되어버린 톰 헐스. 나의 음악 수준은

형편없고 나이도 많이 늦었지만 나는 이 세상을 떠나기 전에 그의 음악을 많이 들어 두고 싶다.

음악이 큰 위로가 될 수 없는 '슬픔의 그날'이 올 때까지.

"화영아! 엄마 죽으면 관 속에 아마데우스 필름 넣어줄래?"

"그럴게요. 텔레비전과 건전지도 넣어 드릴까요?"

내가 만일 고대 이집트의 파라오가 될 수만 있다면 피라미드 속에 웅장하고 아주 멋진 영화관을 만들라 명령할 텐데. 내 육신이 한 줌 먼지로 사라질 때까지라도 그의 음악을 들을 수 있을 텐데······.

유치인 무치범

화영아! 어제는 4월 5일 식목휴일이었다.

〈투란도트〉 오페라 DVD를 살까 하고 교보문고에 갔다가, 매진이 되어 못 사고 빅토르 위고의 〈레 미제라블〉 영화 DVD와 〈세계역사사전〉을 사 가지고 왔다. 〈세계문화유산〉 DVD를 보다보니 역사 용어가 모르는 게 너무 많아 사전을 샀지.

이 나이에 엉뚱한 일에 순간순간 발동하는 못 말리는 엄마의 때늦은 열정은 너 보기에도 우습겠구나. 돋보기에 확대경까지 준비하고 침침한 눈을 잠깐씩 눈 감아 쉬어 가며 책을 본다.

어젯밤에는 자정이 넘도록 〈레 미제라블〉 영화를 보았다. 여러 번째 보는 이야기지만 역시 세계 명작은 볼 때마다 그 무엇을 느낀다. 오늘 아침에도 버스를 타고 의진이한테 가면서 어제 밤에 본 장발장 을 내내 생각했다.

빵 한 조각 훔친 죄로 19년을 감옥살이 하고 평생 범죄자의 굴레 속 에서 경찰서장 쟈베르의 추격을 받고……. 은촛대까지 자루에 넣어 주며 '난 은으로 자네 영혼을 샀네' 하며 죄인 장발장을 참회시킨 예수님 닮은 성직자!

장발장을 평생 쫓아다니던 쟈베르의 목숨을 구해 주는 장발장!

죄인을 체포한 쟈베르 경찰서장이 장발장은 자유로이 풀어 주고 범죄자를 체포하여 법을 준행하지 못한 스스로 불법자가 되어 장발장 대신 쇠고랑을 차고 강물 속으로 사라지는 쟈베르!

지금, 그렇게 끈질기고 집요한 쟈베르 같은 경찰관이 우리나라에도 있다면 우리 경찰이 찾지 못하여 오리무중인 일등급 공무원들의 꼭꼭 숨겨 둔 비자금을 속속들이 찾아낼 수 있지 않을까?

빵 한 조각 훔친 죄의 대가가 19년 형벌이라면 그 많은 비자금을 횡령한 죄의 형량은 얼마나 될지? 왜 사람들은 법을 만들었는가? 왜 국회에서는 새로운 법안을 통과시킬 때마다 아우성 다툼인가?

누구를 위한 법인가? 무엇을 위한 법인가?

화영아! 이번에는 또 엄마가 법학 사전을 사들이지 않을까 걱정스럽겠구나.

간음한 여인을 잡아온 서기관들과 바리새인들에게 예수님이 말씀하셨지.

'너희 중에 죄 없는 자가 먼저 이 여인을 돌로 치라.'

율법주의자들이 환영받지 못한 성서 이야기다.

배가 고파 빵을 훔치면 왜 죄가 되는지, 참회한 죄인을 체포할 수 없는 것도 불법이 되는지, 참회를 해도 용서할 수 없는 것이 법인지, 바늘 도둑이 소도둑 될까 보아…… 하나님의 엄하신 십계명이 필요한 건지.

- 법이 너무 많아서 한 가지라도 어기지 않고는 숨을 쉴 수가 없다.
  — 스타인 벨—

- 모든 법은 소용이 없다. 선한 사람은 법률이 필요하지 않고 악한 사람은 법률로 교정되지 않기 때문이다.   — 데오 낙스 —

- 법은 재산가에게는 도움이 되어도 무일푼인 자에게는 항상 괴로움이다.
  — 루소—

- 한 가지 변함없는 법칙이 있다.
  우리가 상처를 입었을 때 용서하지 않는 한은 어떤 치유도 없는 것이다.
  —알란 패턴—

- 용서하는 것은 좋은 일이다.
  잊는 것은 더욱 좋은 일이다.   — 로버트 브라우닝 —

- 선도 없고 악도 없다.
  이것들은 다 인간 의지의 변덕일 뿐이다.   —버턴—

- 악은 필요하다. 만일 악이 존재하지 않는다면 선도 또한 존재하지 않는다. 악 이야말로 선의 유일한 존재 이유인 것이다.   —A.프랑스—

- 서로의 자유를 침범하지 않는 범위 내에서 자기의 자유를 넓히는 것이 자유의 법칙이다.   —칸트—

화영아! 엄마가 죽었다가 다시 살아난다 해도 재판관은 될 수도 없을 테니, 차라리 법을 아예 모르고 사는 편이 훨씬 편하지 않겠니? 내가 큰 죄를 지어도 법이 나를 구속할 수 없도록 누구누구처럼 머리나 굴리며 사는 데까지 살 수밖에……. 엄마가 말도 안 되는 말을 또 쓰고 있구나.

법률의 힘은 위대하다. 그러나 필봉의 힘은 더욱 위대하다 -괴테-

화영아! 엄마가 글이라도 속 시원히 쓸 수 있었으면 얼마나 좋았겠니? 눈 더 어두워지기 전에 좋은 책도 많이 읽고, 육신 쇠약해지기 전에 여행도 많이 하고. 답답한 이대로 죽을 수밖에 없는 이 엄마가 참으로 딱하지 않니?

'엄마! 작가들은 더 괴롭고 더욱 답답한 거라우.'

네 목소리가 금방 이라도 들려올 것 같다. 하기사, 어느 작가는 글 한 줄을 150번이나 다시 고쳐 썼다고 했지.

끝없이 쓴다는 것이 끝없이 형편없는 거짓말만 꾸며 내고 있는 거라는 생각이 들기 시작한 건 벌써 오래 전부터이다. 서너 시간이면 깨끗이 읽어 치울 수 있는 별로 가치도 감동도 없는 책 한 권을 만들기 위해 내가 바치는 정신적, 육체적, 시간적 소모가 참으로 어리석다는 생각을 시작하기는 정직하게 얘기해서 어느 만 큼 경제적인 비축이 되고부터일 것이다.

나는 지금의 내가 나의 한계라는 것을 너무나 명백하게 알고 있고,
나의 한계에 대해 아무런 아쉬움도 불만도 항상 의지도 없다.
좋은 작품은 좋은 작품을 만들 수 있는 그릇으로
태어난 사람들이 쓰면 되니까.

-김수현, 눈꽃에서-

위대한 예술인들이 혼신의 힘을 다해 이룩한 그 귀한 작품들을 보고, 듣고, 읽고 감동을 느낄 수 있는 그것만으로도 엄마는 참으로 행복한 사람이구나.

그나마 엄마가 이 세상을 떠나가기 전에, 엄마의 자신과 주제를 조금은 알아가는 것 같아 천만 다행으로 안다.

화영아! 멀리 타향에서 교통법 하나라도 잘 지키고 험악하고 위험한 세상 항상 조심하고 잘 지내거라. 하나님의 공정하고 선하신 법이 너의 사는 끝날 까지 안전히 보호해 주시기를 빈다. '진리를 알지니 진리가 너희를 자유롭게 하리라' (예수님의 말씀). 진리의 참 뜻을 알고 싶은 날이구나, 사랑하는 딸아!

"가끔 사람들은 진리를 거부한단다.
진리가 두렵기 때문에 스스로 벽을 두르고 살지.
그러나 삶의 좌절과 난관들이 약이 된다는 것을 명심해라.
실수를 통해 교훈을 얻으면서 인격을 완성하는 것이야.
기억해라. 우린 항상 모든 일을 새롭게 시작할 내일이 있다는 걸."

"너무도 위안이 되네요, 선생님! 내일은 항상 흠이 없는 도화지죠."

"그래, 내가 알기로는 그렇다. 진리가 있는 한 상심하지 마라.
어느 누가 너를 비방하더라도 진리가 너를 자유롭게 할 것이다.
내일은 항상 새로운 거란다."

                                        - 빨강머리 앤 중에서 -

무소유의 기쁨

그림 그리는 재주를 타고난 꼬맹이 핀 벨은 어느 날 바닷가에서 그림을 그리다, 폭력 조직의 대부 진 발리엔테를 살해하고 탈옥한 죄수 러스티그를 만나게 된다. 쇠사슬을 끊을 연장과 먹을 것을 가져오라는 협박을 받고 다음 날 밤 연장과 먹을 것을 준비해 핀 벨은 러스티그를 찾아가 그를 도와준다. 해양 경비선을 만났으나 죄수 러스티그를 보지 못했다고 거짓말 하고 튜브도 몰래 던져 주어 그의 탈출을 도와 주었다.

그러나 다음날 밤 TV뉴스에서 그가 잡혔다는 소식을 듣게 된다. 그 아무에게도 이야기 못할 꼬맹이 핀 벨의 어린 시절 비밀이었다. 고아로 누나랑 누나 애인 조 밑에서 자라나는 핀은 에스텔라를 만나 사랑을 알게 되고 그림도 열정적으로 그렸으나 가난으로 결국 모든 걸 포기하고 고기잡는 어부로 평범한 청년으로 성장하게 된다. 어느 날 갑자기 제리래그노 변호사가 찾아와 의뢰인을 대신해서 자네 꿈을 이루어 주러 왔다며 뉴욕 가는 비행기 표와 천 달러를 놓고 간다. 핀은 다시 그림을 그렸다.

오랫동안 손을 놓고 지냈지만 내 재능은 녹슬지 않았다.

모두 실제 모습과 달랐다. 그림 속의 세상 말이다.

하지만 우리는 사실 그대로를 인식한다.

철저하게 보상받지 못하는 사랑 같은 것들,

누군가 개구리를 왕자로 바꾸려는 것 같았다.

내 의사와는 상관없이 난 다시 태어났다.

딘시 무어와 예술계가 날 불러들였고 난 그 기회 잡았다.

뉴욕이 내민 손을 난 감사히 잡아 쥐었다.

그 누구라도 그랬을 것이다.

화려하고 멋진 개인전이 끝나던 날, 그날 밤 내 모든 꿈은 실현됐다. 모든 해피엔딩이 그렇듯 그건 비극이었다. 성공을 위해 많은 걸 버려야 했다.

조를, 과거를, 그리고 가난을……

난 다시 태어났다. 잔인하게 그것들을 지웠다. 난 자유로웠다.

해냈어! 해냈다고! 대 성공이야! 내 그림을 모두 팔았어.

그리고 그 밤에 홀연히 어릴 적 바닷가에서 만났던 죄수 러스티그가 핀 앞에 나타났다.

"넌 충분히 그럴 자격 있어. 내가 기억하는 넌 아주 착한 아이였으니까. 꼬맹이 핀 나한테 잘해준 유일한 인간이었어. 축하해, 네 성공, 개인전 모두 다. 난 평생 나쁜 짓만 하고 살았어. 나쁜 짓만. 한 가지 잘한 게 있다면, 내가 가진 돈 모두를 … 돈은 무진장 벌었지 … 그 돈을 네게 줬다는 거야, 전부 말야. 그것밖에는……. 내가 꾸몄어. 너를 뉴욕으로 부른 것도 나고, 그림도 내가 샀어, 전부 다. 넌 훌륭한 예술가니까."

배신한 동료의 칼을 맞고 피 흘리며 핀의 가슴에 안겨 죽어 가며 러스티 그는 그렇게 말했다. 오래 전에 죽었어야 할 사람인지 모른다. 그 사람이 살아남아 날 후원했고, 선과 악을 동시에 보여줬다. 그 후 나는 파리로 진출했고, 내가 원했던 걸 모두 얻었다. (감독: 알폰소 쿠아론, 주연: 에단 호크, 기네스 펠트로)

한 폭의 수채화처럼 순수하고 아름다운 〈위대한 유산〉의 이야기!
목숨이 끊기는 순간까지 무슨 돈이라도 움켜쥐고 살아야겠다는 속된 나의 생각을 부끄럽게 하는 영화 같다.

언제인지 모르게 몇 해 전서부터 내가 쓰고 있는 살림살이, 가구, 옷 등 내 일상용품들을 내일 죽을 사람처럼 정리하는 버릇이 생겨났다.
다행하게도 내가 갑자기 어느 순간에 죽어 아무짝에도 쓸모없는 내 물건들을 버릴 수도, 어디에 둘 수도 없어 골치 아플 내 주변 사람들을 위한 배려에서다.
그리고 구질구질한 것 들을 왜 깔끔히 정리 못하고 너저분하게 끌어안고 살았는지 모르겠다며 내 아이들이 내 육신을 치울 때, 그때 투덜거릴까 봐 요즘은 꼭 새로 사야할 사소한 용품까지도 한 번 더 생각한다. 이제사, 나는 무소유의 기쁨을 알아가고 있나 보다.
나의 친정아버님은 사진사셨다. 사진사답게 그 옛날에는 아주 귀하고 멋진 대형 앨범에 7형제들의 성장 역사를 사진으로 잘 꾸며 놓으셨다.
우리 형제들이 모두 자라서, 각자 자기 갈 길 가면서 자신들에게 관련된 사진들만 뜯어가게 되어 그 육중하고 고고했던 앨범은 너덜너덜해지고 말았다. 사진첩의 시체가 어디에 있는지, 지금은 그 아무도 관심이 없다.

　10여 년 전에 처음으로 외국 여행을 갔었을 때 나만의 사진기를 준비하지 않았는데도 함께 간 일행들이 찍어 주어 찾게 된 사진이 200장도 넘었다. 그때부터 그 많은 사진들이 짐스럽게 느껴져 용품 정리를 시작한 것인지도 모른다.

　올해에 처음 가 본 유럽 여행에서는 단 한 장의 사진도 찍지 않았다. 가이드와 일행들이 "사진 찍어 드릴까요?" 할 때마다 가슴 속에 찍고 있다고 사양하는 일이 지겹기까지 했다. 남아있는 내 사진은 여권사진과 주민등록 사진뿐이다.

　내 아이들이 엄마처럼 살아야지. 그리고 오래오래 잊지 못할 그리운 엄마 얼굴을 아름다운 유산으로 남겨 주지 못할 것 같아 슬프고 외로울 뿐이다. 사는 내내 내 아이들과 손녀 손자들은 세계의 명작과 영화 명장면을 더 오래 기억할 것이며 훌륭한 연예인과 위대한 예술가들을 더욱 많이 좋아할 것이다.

　이 나이에 영화 보는 데 나도 미쳐 가고 있으니 말이다.

　위대한 유산은 위대한 사람만이 남길 수 있음을 이렇게 늦게라도 깨닫게 된 것이 불행인지 그나마 다행인지. 이제 마음을 비우는 비법도 익혀야 하리라, 너무 늦지 않도록.

2007년 8월에

　요즘 뉴스만 켜면 아프간에 선교활동으로 간 우리 젊은이들이 탈레반에게 피랍당한 소식으로 온 나라 안이 모두 신경을 곤두세우고 있다.

　탈레반의 정체? 아프가니스탄의 내전과 그들의 형편? 미국의 9·11테러와 아랍국들과의 관계? 이슬람교와 기독교의 싸움? 이스라엘과 팔레스타인? 잘 알 수 없는 세계정세에 나는 답답함을 느꼈다.

　이제 다 늙어서 세상이 어찌 돌아가건 나와 무슨 상관이 있겠는가? 이대로 조금 살다가 죽으면 모두 끝인 것을, 머리 아프게 알아서 무엇하겠는가 이런 생각이었는데 요즘 내 심경에 변화가 일었다.

　〈세계문화유산〉 DVD를 보다 보니, 세계정세까지도 궁금해지고 세계역사에 관해서도 많이 알고 싶어졌다. 또한 나와는 거리가 먼 이슬람의 세계에 대해 더욱 알고 싶어졌다. 많은 사람들이 이미 다 잘 알고 있었던 사실들을 나만이 어리석게 모르고 있었는지도 모른다는 생각이 들었다.

　어제 종로에 나갔다가 서점에 들러 《이슬람이 알고 싶다》의 김영훈 글,

김완기 그림으로 된 책을 발견하고 어렵고 복잡하지 않게 대충은 이슬람의 모든 것을 알 수 있을 것 같아 그 책을 사 가지고 왔다.

그림으로 보는 세계사 책도 함께 샀다. 집에 와서 단숨에 그 책을 속 독하며, 책을 참 잘 샀다는 생각을 했다. 내 궁금증이 어느 정도 해소되었기 때문이다.

미국의 9·11테러! 생각만 해도 아직도 가슴 떨리는 끔찍함이다. 그러나 눈에는 눈으로 꼭 복수만이 해결책이었을까? 미국은 왜 9·11테러를 당했는가? 9·11테러는 또 다른 십자군 전쟁이란 말인가?

미국은 중동전쟁에서 소련의 세력을 막기 위해 이스라엘에게 무기를 주었고, 또한 이권이 걸린 걸프전쟁에서의 지나친 욕심으로 아랍 국가들로부터 원성을 쌓아 화를 자초한 것은 아닐까? 계속해서 전쟁만 일으키는 폭군이 되어 버린 미국!

무력으로는 어느 정도 승리를 했을지 모르지만, 그로 인해 선량한 수많은 사람들이 처참히 목숨을 잃었고, 막대한 재산을 잃었으니…….

시비를 가리느라고 개에게 물리느니보다는 개에게 차라리 길을 양보하는 것이 현명하다. 개를 죽여본들 상처는 치유될 수 없는 법이다.
—A.링컨—

미국의 16대 대통령, 아브라함 링컨! 그는 참으로 훌륭한 명언을 남겼지만, 명언은 명언일 뿐인가보다. 개들의 전쟁은 아직도 그치지 않고 있으니.

성서 속의 아브라함! 그는 정말로 하나님의 택하심과 축복을 받았는가?

어찌하여 별처럼 모래알처럼 번성하고 융성해진 그의 자손들은 아직까지도 피 흘리며 싸움만 하고 있으니. 기독교의 성경과 이슬람교의 코란에서 싸우지 않고 서로 사랑하며 평화롭게 사는 진리를 아직들 찾지 못한 건 아닐는지. 악마가 주도하는 이 세상의 전쟁은 결코 끝이 없으려나 보다.

악의 축, 미사일, 살상무기, 화학무기, 핵무기, 자살테러, 게릴라전, 알카에다의 지하드! 이 공포의 단어들!

더는 국가들 간의 서로 다른 이념이나 개념의 차이는 사소한 논쟁거리가 아니라 피를 보는 싸움일 뿐이다. 결코, 양보와 타협이 있을 수 없고 최첨단의 무기로도 세상의 평화 구현은 불가능한 일이 되고 있다.

세계 최강국들은 이 난항 난제한 암담함을 과연 어떻게 풀어갈지?

진실과 거짓의 싸움, 권력과 야망과 부와 명예와 쟁탈전!

가난과 질병과 슬픔과 고통과 욕심과의 싸움!

어쩌면 싸움은 인간들에게 필연의 숙명일지 모른다.

어쩌면 죽음이 평화를 찾아가는 지름길일지도 모른다.

늦장마가 끝이 난 올 8월의 열기는 그 어느 해보다 대단하다. 중동지방의 황량하고 매마른 지역의 뜨거움을 생각하며, 이란, 아프가니스탄, 이집트, 요르단, 이스라엘……. 중동지방에 관한 문화유산 DVD를 다시 본다. 그들의 역사와 삶과 문화를 깊이깊이 살펴보며 이 지루한 더위와의 전쟁을 잘 견디어 냈다.

또 한 번의 여름이 내 삶의 나이테에 선을 긋고 지나간다.

DOCUMENTARY

나는 아무것도 바라지 않는다.
나는 아무것도 두렵지 않다.
나는 자유다.

−그리스 작가 니코스카잔카 키스의 묘비명−

　인간은 죽으면 모두 자유인이 된다. 작가의 묘비명은 그리 새삼스러울 것은 없다. 그래도 나는 이 묘비명을 주문처럼 외워 본다. 그래서였을까? 요즘 다행히 나는 아직 살아서 조금은 자유인이 된 것 같다. 내 칠십 평생에 처음으로 홀가분하고 평안한 시간이 주어진 것이다. 어떻게 이런 행운의 시간이 나에게도 찾아 왔는지 신기하고 놀랍다. 아무래도 떠받들어야 할 부모님과 남편, 그리고 다 성장해서 자기 앞가림하며 잘 살아가는 자식들이 나를 해방시켜 준 것 같다. 그러나 그렇게 갈망하던 자유의 여인이 되었는데도 왠지 마음과 생각은 그리 즐겁지만은 않다. 먼저 이 세상을 떠난 부모님과 남편에게 너무 부족하고 소홀했던 정성이 짙은 회한으로 남아 마음 한 구석은 늘 우울하다. 그리고 이제는 입속이 시원치 않아 그렇게 좋아했던 김치 깍두기도 마음대로 먹을 수 없고 그 누가 특등석 비행기 표를 사준다 해도 몸이 너무 무겁고 다리에 힘이 없어 그 어디론가 소리 없이 자유롭게 떠날 수 없는 것이다.

날기에는 너무 많은 것들이 안에 들어 있어요.
하나씩 하나씩 비울 때 우리가 정말 날 수 있고
진정한 행복을 얻을 수 있지 않을까. 그렇게 생각합니다.
─이태석 신부─

　더 좋은 것 먹고 싶은 욕심이나 그리스, 이집트, 중동의 붉은 사막등 폼 내며 배낭여행 하고 싶었던 가당치 않은 오랜 꿈을 내려놓는다면 나는 진정한 행복을 얻을 수 있을 것인가? 아니면 아프지 말고 오래오래 살고 싶은 마음까지 비운다면 나는 완전 자유인이 될 수 있을 것인가? 하지만 아무리 생각해 봐도 완전 자유인이란 있을 수 없을 것 같다. 겨자씨만한 근심이라도 남아 있는 한 그것은 자유가 아니다. 그러니 사람이 어찌 근심걱정 없이 한 순간인들 살 수 있겠는가. 역시 완전자유는 죽음뿐인 것 같다.
　하지만 죽어서 얻어진 자유가 나에게 그 무슨 상관이 있겠는가. 차라리 지금처럼 살아서 구속 반 자유 반이 훨씬 좋을 듯도 싶다. 수필가 윤재천 씨는 "바람은 우리가 희구하는 가장 완전한 자유의 모습이다."라고 말했다. 이제는 내 가슴속에 바람의 속성을 고이 접어 안고 절반도 안 되는 작은 자유의 기쁨이라도 감사히 받아 안고 이세상과 작별하는 순간까지 온 세상을 바람처럼 누비며 자유의 소중함을 한껏 누리며 살고 싶을 뿐이다. 여행은 나에게 주는 아름다운 선물이라고 한다. 어디론가 떠나지 않아도 시간이라는 여행을 하고 마음이라는 여행을 한다.

　오래 전에 TV에서 어느 젊은 신혼부부가 전세금 5천만 원을 몽땅 찾아들고 세계일주 여행을 떠났다는 이야기를 들었을 때 나는 순간 아무나 쉽게 할수 없는 대담한 도전에 뛰어든 그 젊은 부부를 걱정스럽고 한심스럽게 생각하면서도 또 한편으로는 무척 부럽기도 했었다. 나는 이제야 그 젊은 부부가 서둘러 여행을 떠난 이유를 조금은 알 것 같다.

　요즘 나는 TV로 다큐 보는 것을 매우 좋아하며 즐긴다. 20여 년 전만해도 영화와 드라마 보는 것에 푹 빠져 마음에 드는 영화와 드라마 DVD를 열심히 사서 모아가며 잠도 설치면서 영상 속에 빠져 들었다. 그러던 내가 언제부터인지 모르게 다큐를 더 열심히 보는 쪽으로 바뀌었다. 지금도 손주들 돌보느라 여전히 바쁜 삶이지만 그래도 많아진 나이 탓인지 외롭고 무료한 시간들을 TV보는 시간으로 채운다. 영상 속에 내 삶의 무게가 이렇게 깊이 쌓여 갈 줄은 정말 몰랐다.

　현실과 비현실의 차이를 깨닫게 해 주는 영상세계가 나는 참으로 좋다. 삭막하고 괴로운 삶 속에서 오아시스를 만나게 해준 모든 영상 제작진들에게 고마운 내 마음 전하고 싶다.

　2011년 3월 3일. 나는 인터넷 유선방송을 내 방안에 설치했다. 나는 컴퓨터도 못하고 그 흔한 휴대폰도 필요 없다. 그런 내가 그 비싼 인터넷 방송을 설치한 것은 오로지 다큐를 더 많이 보기 위해서이다. 딸들이 하도 권하기도 했지만 내가 이 세상을 떠나기 전까지 더 많은 다큐를 보기 위해서다. 죽으면 이 또한 별 소용도 없는 일이라 할지라도 나는 다큐를 더 많이 더 열심히 볼 것이다.

나는 다큐를 볼 때 가끔 〈걸어서 지구 세바퀴 반〉의 저자 한비야 씨를 생각한다. 그녀가 고생고생하며 여행에서 얻은 것과 배우고 느낀 것을 내가 편안히 안방에 앉아 영상으로 세계를 여행하며 얻은 것과는 많은 차이가 나겠지만 그래도 지금의 나의 형편으로서는 최선의 길이며 지혜로운 선택이라고 생각한다. 영상으로도 이 지구상에 존재하고 있는 모든 것들을 끝없이 많이 만날 수 있고 이 세상에서 일어나고 있는 일들, 일어났던 일들, 앞으로 일어날 일들까지도 알아 볼 수 있기 때문이다.

특히 독특하고 치열한 생존경쟁이 빚어낸 다양한 인간들의 삶의 모습 자연의 법칙에 따라 진화해 가는 생물들의 기묘한 모습들. 이 세상에서 가장 희귀한 동식물과 세상에서 가장 으뜸인 것을 보는 즐거움도 감동 그 자체이다. 여행으로도 쉽게 볼 수없는 풍광과 자연의 장엄함을 보는 기쁨 또한 크나큰 감동이다.

그리고 세계에서 제일 유명한 아트박물관들을 구경하는 즐거움도 매우 크다. 작품과 분위기에 꼭 어울리는 음악과 더불어 큐레이터의 지적인 설명까지 곁들인 예술 감상은 그 어떤 행복함과도 비할 바가 아니다. 내가 비록 예술에 문외한이라 할지라도 보는 내 눈이 즐겁고 내 마음에 감동의 숨결이 파도처럼 일렁일 때 나는 무한한 희열 속에 빠져 든다.

내가 조금은 젊었을 때 미국의 메트로폴리탄 미술관과 프랑스의 루브르 박물관을 여행 중에 잠깐 들러 인파 속에 떠밀리며 구경했었지만 그야말로 수박 겉핥기였다. 장시간 지루하게 줄서서 다빈치의 모나리자를 얼핏 바람 스치듯 구경한 기억과 희미하게 메트로폴리탄의 겉모습만 아직도 내 기억 속에 조금 남아 있을 뿐이다.

그리고 영상 속에서나마 세계문화유산을 이렇듯 많이 알아가며 세계 여러 나라의 역사와 종교와 다양한 문화와 문명과 전통을 익힐 수 있는 다큐는 지식의 보고이다. 백과사전이다. 내가 얼마나 우물 안 개구리로 살아 왔는지를 다큐는 깨닫게 해준다.

다큐를 통해 인생의 많은 것과 지식의 세계와 예술의 세계를 맘껏 여행 하며 그 어느 때보다도 여유롭고 편안한 삶을 누리게 된 자유를 큰 행운 으로 감사히 여긴다. 내게 주어진 삶의 여건에 감사하며 사는 것이 진정한 나만의 자유인 것 같다.

그러나 한편으로는 비참한 삶을 살고 있는 불운의 가엾은 사람들이 영 상에 비칠 때 나는 아예 눈을 감고 어서 그 처참한 광경이 빨리 사라지기 를 바란다. 아무리 부지런하고 성실하게 최선을 다해 산다 해도 취약한 환 경과 사회적 · 경제적으로 빈약한 곳에서 태어난 사람들은 그렇게 밖에는 살수 없다는 것에 공평치 못한 삶의 운명에 나는 깊은 회의를 느낀다. 어 째서 이 지구상에는 극과 극이 존재하는 것일까? 평등 · 박애 · 자유 · 평 화 … 사실 이런 단어들은 꿈속에서나 실현될 수 있는 것인지도 모른다.

기후 좋고 맑은 물이 넘치는 곳에서 그림 같은 집에서 파라다이스 같은 곳에서 사는 행복한 사람들을 볼 때 마다 나는 흙탕물을 먹으며 쓰레기통 을 뒤지고 진흙 쿠키로 허기를 달래며 굶주림에 뼈만 앙상히 남아 산송장 같은 모습으로 동물 우리 같은 곳에 사는 사람들이 생각난다.

양지의 삶과 음지의 삶은 인간의 숙명일까? 아니면 인간의 생사화복을 주관하시는 신의 그 무슨 뜻일까? 손과 발이 다 뭉그러진 나병 환자들의 신에 대한 감사의 뜨거운 눈물을 나는 전혀 이해할 수 없다. 내가 만일 나병에 걸렸었다면 아마 모진 운명을 저주하며 진즉 죽어 버렸을 것이다.

그리고 또 한 가지 성서속의 하나님이 택하신 거룩한 백성들이 왜 그리 긴 시간 동안 그칠 줄 모르는 전쟁의 고통 속에 살아가고 있는지도 난 알 수가 없다. 사랑과 희생의 아름다움이 모토인 종교가 왜 늘 싸움의 원인이 되는지도 난 모르겠다.

내 아무리 리얼 다큐를 열심히 보고 책을 아무리 자주 펼쳐 봐도 인생이나 삶이 무엇인지 잘 모르는 채 죽을지도 모른다. 내가 이 세상에 왜 존재했었는지조차도 모르는 채 이 세상을 떠나 갈 것 같다.

다만 한 가지 그나마 희미하게 알 수 있는 것은 슈바이쳐 박사와 테레사 수녀님과 이태석 신부님 같은 고귀한 분들이 우리 곁에 계셔서 고해와 같은 비참한 인생의 삶이 마냥 막막한 것만은 아니라는 것과 가난하고 병들고 굶주리는 극한 운명에 시달리며 사는 사람들을 통해 진정한 사랑과 헌신이 무엇인지를 그분들은 우리들에게 깨닫게 해주었다는 것이다.

참으로 염치는 없지만 그분들이 실천한 숭고한 희생과 사랑으로 불행 중에 살고 있는 사람들에게 아무것도 해주지 못한 나의 미안한 마음을 조금은 잇대어 위로를 받는다. 그리고 너무 늦지 않도록 나도 어려운 이웃에게 무엇인가 도움이 되는 일을 실행할 수 있기를 마음속에 다짐한다.

또 한 가지 나는 비록 자신만을 걱정하는 우매하고 미련한 생각으로 허망한 세월을 보내 버렸지만 우리 아이들은 위대한 분들의 큰 뜻을 좀더 일찍 깨달아 보람되고 아름다운 삶을 살아가기를 소원하며 이태석 신부님의 열정을 다한 숭고한 삶의 다큐 영상 '울지마 톤즈'를 보면서 내가 감동으로 느꼈던 글 들을 여기에 적어 둔다. 오랜 시간이 흐른 뒤에도 혹시라도 우리 아이들이 이글을 읽었을 때 잊지 않고 '울지마 톤즈' 영상을 꼭 볼 수 있기를 나는 간절히 바란다.

■ 그대의 가슴에 나는 꽃처럼 영롱한
  별처럼 찬란한 진주가 되리라.
  그리고 이 생명 다하도록 이 생명 다하도록
  뜨거운 마음속 불꽃을 피우리라.
  태워도 재가 되지 않는 진주처럼
  영롱한 사랑을 피우리라.

■ 한 사람의 헌신은 기적을 만들었다. 영화는 인간이 인간에게 꽃이 될 수 있다는 것을 온 몸으로 보여준 한 남자의 이야기다. 꽃이 된 한 남자를 사람들은 오래도록 잊지 못할 것이다. 이태석 신부가 남긴 울림은 종교의 경계도 뛰어 넘었다.

■ "사실 저는 전문의도 아니고 그렇다고 남들처럼 특별한 백신을 개발한 것도 아니고 고도의 기술로 불치의 환자들을 고친 것도 아니고 단지 내 세울 것 없는 자그마한 의술로 병원이 없는 곳에서 원주민들과 몇 년 살았을 뿐인데 이 상을 몰래 훔쳐가는 듯한 생각이 들어서 괜히 죄책감마저 이렇게 들기도 했습니다."

■ 아무리 감동을 받더라도 대부분의 영화들은 세월이 흘러가면서 잊히거든요. 그런데 제가 볼 때 '울지만 톤즈'는 아마 잊혀 지기가 힘들 정도로 긴 여운과 영향 또는 여파를 남길 거라고 봅니다.

■ 신부님이 보고 싶어서 눈물이 납니다. 신부님이 돌아가셨다는 것이 지금

도 믿기지가 않습니다.

■ 여기 아프리카 특히 수단 사람들 어린이들 젊은이들 잘 안 울어요. 유럽에서는 그냥 쉽게 울지만 여기서는 배가 아파도 열이 있어도 절대 안 울어요. 이 아이들이 우는 것을 보고 얼마만큼 이 신부님께서 아이들을 특히 가난한 아이들을 불쌍하고 어려운 아이들을 사랑했는지 제가 알게 됐어요.

■ 한 번은 8살짜리 아이가 만성 말라리아로 입원했는데 가족들이 죽을 끓여 왔어요. 그런데 안 먹는 거예요. 둘 다 멀뚱멀뚱 쳐다만 보고 그래서 제가 가봤죠. 왜 안 먹느냐고 물어보니까 여덟 살 정도 꼬마 아이가 지금 아빠 분명히 몇 끼를 굶었는데 먹을 생각을 안 한다고 그래서 아빠가 한 술 뜨기 전에는 자긴 절대 안 먹는대요. 그러면서 눈 싸움만하고 있는 거예요. 불쌍한 장면입니까? 아니죠. 행복한 장면인 거죠. 아주 엄청나게 행복한 그런 순간이에요.

■ 참 오래간만에 사람다운 사람을 저는 만났고 또 그 사람의 삶을 통해 내가 인간이라는 자체를 다시 한 번 생각해 볼 수 있는 기회가 됐다고 생각합니다.

■ 예수님이라면 이곳에 학교를 먼저 지으셨을까, 성당을 먼저 지으셨을까, 아무리 생각해봐도 학교를 먼저 지으셨을 것 같다. 사랑을 가르치는 거룩한 학교, 내 집처럼 느껴지는 정이 넘치는 그런 학교 말이다. 장기간의 전쟁으로 아이들의 마음은 상처받고 부서져 있었다. 음악을 가르치면 상처받은 아이들에게 기쁨과 희망의 씨앗을 심을 수 있을 것 같았다.

■ 사랑하면 우리가 보통 베푸는 것을 생각하기 쉬운데 이태석 신부님의 사랑은 베푸는 정도가 아니라 완전히 상대방과 하나가 되어 일치를 이루는 삶을 사시는, 이것이 완전한 사랑이라는 사랑의 참된 모습을 보여 주시고 또 위력이 얼마나 큰가를 보여 주셨습니다.

■ 신학생 시절 수단에 왔을 때 이태석은 처음으로 한센인을 만났다. 모두가 가난한 수단에서도 한센인을 철저하게 버려진 사람들이었다. 그러나 감사할 줄 알고 기쁘게 살 줄 아는 그들에게서 이태석은 그리스도의 모습을 보았다고 고백한다.

■ 감동을 느낄 수 있는 영화는 많잖아요. 그런데 이번 영화는 사랑을 느꼈던 것 같아요.

■ 사랑이 깊어서 그리움이 깊으면 그 그리움도 아픔이 된다는 그런 말씀을 듣고 이분이 참 오래 사셔서 그런 사랑을 더 많이 베푸셨으면 하는 생각을 많이 했고 우리가 가르칠 때 정말 많이 주려고만 그런 것을 하지 말고 조금이라도 마음을 움직이는 그런 교육을 해야 되겠구나 그런 생각을 많이 했습니다.

■ 한 사람이 떠나고 사랑이 남았다. 남은 사람은 떠난 후에야 사랑을 안다. 천사를 뒤늦게 알아 본 사람들은 그래서 눈물로 그를 기억한다. 영화는 끝났지만 삶은 계속된다. 그러나 이태석 신부를 만난 사람은 이전의 삶과 달라졌음을 고백한다.

■ 스스로의 삶을 태워 세상에 가장 어두운 곳을 밝힌 신부님 앞으로 당신의 삶을 기억하며 살겠습니다. 고맙습니다.

■ 행복하자. 그리고 하고 싶은 일을, 아름다운 일을, 선한 영향력을 행사할 수 있는 일을 하자. 기운 빠져 살지 말자. 열심히 살자. 천사를 알아 보는 사람은 천사가 될 자격이 있습니다. 우리 포기하지 말아요. 이것이 이태석 신부님이 남긴 기적이다.

■ 처음 왔을 때 느낌은 정말 세상에 이런 곳도 있구나. 정말 제가 생각했던 세상에서 가장 가난한 곳이라는 그런 느낌이 들었어요. 제가 많은 것이 부족해도 뭔가 할 수 있을 것 같은 그런 느낌 때문에 결정했어요. 그

순간에 내가 여기 와야겠다고.

■ 나로 하여금 소중한 많은 것들을 뒤로 한 채 이곳까지 오게 한 것도 후회 없이 기쁘게 살 수 있는 것도 주님의 존재를 체험하게 만드는 한센인들의 신비스러운 힘 때문이다. 그것을 생각하면 그들에게 머리 숙여 감사하게 된다.

■ 처음에는 워낙 가난하니까 여러 가지 계획을 많이 세웠다. 그러나 시간이 지날수록 같이 있어 주는 것이 가장 중요하다는 것을 깨달았다. 어떤 어려움이 닥친다 해도 그들을 버리지 않고 함께 있어 주고 싶다.

■ 주님한테 물어보는 것은 도대체 젊은 사람이고 재능이 그렇게 많은 사람인데 왜 그렇게 일찍 데리고 갔는지 모르겠어요. 오히려 제가 지금 70살인데 내가 갔으면 기쁘게 갔을 거예요. 나보다 훨씬 좋은 일 여기서 할 수 있었는데 왜 그분은 먼저 주님한테 가셨는지….

■ 신부가 아니어도 의술로 많은 사람을 도울 수 있는데 한국에도 가난한 사람들이 많은데 왜 아프리카까지 갔냐는 질문을 자주 받는다. 나도 잘 모르겠다. 다만 내 삶에 영향을 준 아름다운 향기가 있다. 가장 보잘 것 없는 이에게 해준 것이 곧 나에게 해준 것이라는 예수님 말씀. 모든 것을 포기하고 아프리카에서 평생을 바친 슈바이쳐 박사, 어릴 때 집 근처 고아원에서 본 신부님과 수녀님들의 헌신, 마지막으로 10남매를 위해 희생하신 어머니의 고귀한 삶, 이것이 내 마음을 움직인 아름다운 향기다.

무소구

- 이광수-

나는 그대를 사랑하노라,
하고 싶어 하는 사랑이매
그대에게 구하는바 없노라.

나는 내 모두를 그대에게 주노라,
주고 싶어 주는 것이매
그대에게 바라는바 없노라.

그대 만일 나를 사랑하면
기쁘게 받겠노라, 그러나
나는 그대에게 진실로 구하는 바 없노라.

의사십계명

　나는 아직도 내 나이가 70이 넘었다는 사실을 실감하지 못한다. 믿어지지 않는다. 그러나 거울을 볼 때마다 그 사실을 확인하게 된다. 첫째로 머리숱이 너무 많이 없어졌다. 10여 년 전 허리디스크 수술로 빠지기 시작한 머리카락은 이제는 머릿속이 훤하게 보이도록 없어져버렸다. 거울 속 내 모습은 90도 더 넘은 노인네로 보인다.

　두 번째로 눈이 침침해진 사실도 내 나이를 실감나게 한다. 돋보기 없이는 한 줄의 글도 읽을 수도 쓸 수도 없다. 그리고 더욱 괴로운 일은 잇몸이 자주 아파서 음식물을 마음대로 먹을 수 없을 때이다. 아무리 먹기 위해 사는 건 아니라 해도 살아가기 위해서는 먹는 것이 최우선인 것이다. 20여 년 전부터 내 이는 고장 나기 시작해서 지금은 덮어씌운 이가 3/4은 된다. 거기에다 요즘은 칫솔질만 조금 세게 해도 잇몸에 상처가 나고 염증이 생겨 고생한다.

　내가 지금 살고 잇는 아파트 주변에도 치과병원이 수두룩하다. 전에 살던 곳 단골 치과는 너무 멀어서, 걸어 다닐 수 있는 치과를 단골로 만들기 위해서 나는 잇몸 치료를 여러 군데로 옮겨 다녀 보았다. 처음으로 간 치과에서는 나한테 물어볼 것도 없이 X-레이를 여러 번 찍더니 전체적으로 이가 많이 흔들거리고 깨지고 부서진 이가 많다며 또 물어볼 것도 없이 스케일링부터 한다. 안 그래도 잇몸에 염증이 있어 아픈데 어찌나 아픈지 죽을 맛이었다. 일주일 후에나 염증 치료를 하겠다는 예약을 나는 무시해 버리고 또 다른 치과에 갔었다.

그 치과에서도 X-레이를 찍고 왼쪽 맨 끝이 잇몸이 내려 앉아 마찰이 심해서 염증이 유발한다며 잇몸을 깎아 내는 수술을 해야 한다고 한다. 나는 아직 잇몸 수술까지는 하고 싶지 않아 생각해 보겠다며 그냥 돌아 왔다. 며칠 후 입속 오른쪽 맨 끝에 또 염증이 심해져서 또 다른 치과에 갔었다. 그 치과는 일류대 나온 치과의사들의 프로필을 프론트 전광판에 번쩍번쩍하게 입력해 놓았고 시설도 꽤나 깨끗하고 넓게 꾸며 놓았다.

그러나 내 잇몸을 치료할 의사는 하얀 가운도 입지 않았고, 마스크도 안 쓰고, 인상도 내 맘에 들지 않았다. 그리고 그 작은 잇몸치료에 마취주사를 두 번씩이나 놓으며 항생제를 약국에 가서 사먹고 기다리라고 했다. 큰 병 치료하듯 꽤나 요란스러웠다. 그리고는 치료를 시작하기 전 맨 끝 어금니가 흔들거린다며 집게로 여러 번 흔들어 대며 거울을 들이대고 보여 준다. 이를 다시 뜯어내고 새로 해야 된다고 강조한다.

사실 금으로 덮어씌운 그 어금니는 아직 한 번도 아프거나 불편해 본 적이 없었다. 내 진단으로는 정작 다시 뜯어내고 고쳐야 할 이는 따로 있었다. 물론 다음날 다시 오라는 예약을 나는 또 무시해버렸다. 나는 이제 많이 늙어서 그렇게 어리숙하지만은 않다. 그 의사가 정말로 마취주사를 강하게 놓고 감각이 무던 상태에서 내 이를 집게로 마구 흔들어 보았다면 참으로 슬픈 일이다. 요즘 일류대 의대생들이 같은 반 여자 친구를 성폭행하고 학교에서도 퇴학당하고 법의 실형을 받았다는 뉴스에 사람들은 기막혀하는데, 의술은 인술이라 했는데……. 슈바이처 박사의 고귀함이 새삼 높이, 높이 보이며 나의 단골치과 만드는 일이 꽤나 어렵다 싶어 우울해졌다.

"엄마. 우리가 단골로 다니는 치과에 가 볼래요? 저렴하고 괜찮은데."

딸 지영이 말을 듣고 마을버스로 갈수 있는 그 치과에 갔었다. 그 치과의사도 X-레이 찍고 진찰을 했다. 잇몸이 너무 약해져서 정기적으로 염증치료를 하는 것이 좋을 것이라며 덮어씌운 이를 다시 뜯어내고 새로 하는 일은 너무 힘들고 돈도 많이 든다며 권하고 싶지 않다고 말했다. 마취도 하는 둥 마는 둥 하고 서너 번 잇몸 치료하고 패인 이도 저렴하게 땜질해 주었다. 그런대로 마음에 들어 우선은 그 치과를 단골로 정했다.

그 치과 좁은 대기실에 〈의사 십계명〉이라는 플랜카드가 세워져 있었다. 나는 기다리는 시간에 그냥 읽어 보았다.

1. 치료가 잘 되면 잘난 척 하지마라.
   하느님께서 도와주신 줄 알아라. 오직 하느님께 감사드려라.

2. 치료가 잘 안되면 네가 잘못한 일이니
   부끄러워하고 환자들에게 미안해하라.

3. 지위 고하, 빈부에 상관없이 모든 환자를 귀하게 대하라.
   권위주의를 버려라. 권위주의는 모든 것을 파괴한다.

4. 환자의 지갑에 청진기를 가져다 대지 마라.
   남의 것은 네 것보다 훨씬 중요하다.

5. 돈 욕심에 과잉 진료하지 마라.
   당장에 너무 좋겠지만 나중에 큰 벌 받는다.

6. 항상 원칙을 지키고 포기하지 말고 끝까지 살리는 의사가 되어라.

7. 환자들(생·로·병·사)의 고통을 네 영혼 속에 담아내어라.
   고통은 인간의 가장 순결한 감정이다. 버리지 말라.

8. 고생시키면서 적게 주신다고 하느님께 불평하지 마라.
   너의 그릇은 천천히 채워질 것이다.

9. 아무와도 다투지 마라. 나무라지도 마라.
   싸우려면 네 자신 내면의 욕망과 싸워라.

10. 모든 불만은 받아들이고 끝까지 책임져라.

이 어찌 의사에게만 해당되는 계명이겠는가. 온 세상 모든 사람들이 이 계명을 가슴 속에 담고 살수 있다면, 이권으로 인한 나라간의 전쟁이나 종교 간의 다툼도 일어나지 않는 꿈같은 세계의 평화가 곧 찾아 올 것 같은 생각을 해 본다. 하지만 오늘도 우리나라를 대표하는 종합병원에서도 진료비 과잉징수로 말썽을 빚고 있다는 TV뉴스 앵커의 목소리가 깊어가는 가을, 내 우울함을 돋운다. 나는 성서 속의 십계명이나 의사의 십계명을 지키며 훌륭하게 살지는 못했지만 그래도 한 가지 내 분수를 알고 내 분수껏 열심히 살아 왔음을 자부한다. 조금은 외골수로 빠져서 외롭게 살아 왔지만 그리고 어려운 이웃에게 도움이 못되는 삶을 살아왔지만 그래도 남에게 해 끼치는 일은 하지 않고 살아 왔음을 인정한다. 다만 너무나 나 자신만을 걱정하는 이기적인 생각으로만 살아 온 내 삶이 별로 아름다울 것이 없어 요즘 들어 더욱 슬프다.

쌍둥이 칼의 행복

"화영아, 엄마 쌍둥이 부엌칼 하나 사고 싶은데…"

"그렇게 해요 엄마, 오늘 마트에 가서 사세요."

그러나 막상 마트에 와서 15만원이나 하는 비싼 칼을 사려고 하니 괜한 짓인 것 같았다.

70이 넘은 나이에 지금까지 쌍둥이 칼 없이도 그 많은 음식들은 잘 만들며 잘 살아 왔는데 '왜 이 시점에서 쌍둥이 칼을 사야 하나?' 고심하며 15,000원 짜리 칼을 골라서 들고 나오는 나에게 화영이는 화난 듯이 재빠르게 내손에서 칼을 빼앗다시피 가지고 가서 쌍둥이 부엌칼로 바꾸어 가지고 온다.

"엄마, 사고 싶은 것, 하고 싶은 것, 먹고 싶은 것, 어서어서 맘껏 하세요."

요즘 들어 이렇게 부쩍 내 소비성을 부추기는 딸이 고맙기도 하고 한편으로는 절대 낭비는 하지 말아야 한다는 내 평생의 신조가 흔들릴까봐 전전긍긍하며 열심히 계산도 해보고 따져도 본다.

젊은 시절 외국 여행길에 엄마들의 쇼핑 목록에는 쌍둥이 칼은 거의 들어 있었다. 하지만 나는 쌍둥이칼 본산지인 독일에 갔을 때도 칼은 내 안중에 없었다. 얼마든지 저렴한 칼을 가지고도 음식을 잘 만들 수 있다는 내 신념을 그때까지도 잘 지켜 나가고 있었기 때문이다. 그런데 요즘 들어 갑자기 쌍둥이 부엌칼이 왜 갖고 싶어졌는지 나 자신도 잘 모르겠다. 죽기 전에 유명한 칼을 쓰고 싶은 욕망이 발동한 것일까? 아니면 어느 날 유난히 오래된 무딘 칼의 성능이 짜증스럽게 저질스러워 보이며, 정말로 쌍둥이 칼이 입소문처럼 그렇게 좋은 것인지 쌍둥이 칼로 음식을 만들면 그 어떤 기분이 될지 체험해 보고 싶었는지도 모른다.

"엄마, 쌍둥이 칼 써보니 어때요?"

휴가 마치고 캐나다로 돌아간 화영이가 전화로 물어 왔다.

"그래 너무 좋구나. 싸구려 칼도 처음엔 모두 잘 들지만 쌍둥이 칼이라서 그런지 사각사각 소리 내는 것도 다른 것 같고 석석 잘 썰어지는 것이 자칫 손도 베일까 조심하며 역시 쌍둥이 칼은 다르구나 하는 감을 받는구나. 고맙다. 네 덕분에 요즘 요술 같은 스릴을 맛보며 요리하는 즐거움을 만끽하고 있으니."

칼 하면 섬뜩하고 무섭다는 선입견이 붉은 피로까지 연상되는 때가 있다. 그런 칼과 창이 옛날에는 나라를 구하고 정의를 구현하는 의로운 무사들에게는 없어서는 아니 될 목숨 같은 귀중한 보물이었다. 또한 우리의 옛 양반집 여인들은 호신용으로 항상 몸에 지녔다. 스시가 유명한 일본에서는 회 뜨는 칼이 가보로 대대로 내려오고 수억이 넘는 비싼 칼도 있다고 한다. 어느 날 얼핏 지나가는 TV채널에서 이순신 장군의 다큐영상에 '칼의 노래'라는 시의 제목도 본 일이 있고, 세계테마기행 다큐에서 본 이 이야기는 믿음이 약한 나에게 많은 생각을 하게 한다.

세계 처음으로 기독교를 국교로 받아들인 터키 옆에 있는 작은 나라 아르메니아의 에치미아진 대성당에는 예수님이 십자가에 못 박혔을 때 로마 군인이 천천히 죽어가는 예수님의 고통을 덜어주고자 했던, 예수님의 옆구리를 창으로 찔렀던 창의 끝이 이 세상에서 가장 귀한 유물처럼 보물처럼 보존되어 있다. 로마 군인이 예수님의 옆구리를 창으로 찌르는 순간 예수님의 피가 로마 군인의 눈에 튀었는데 원래 눈병이 있었던 로마 군인의 눈이 깨끗이 나았다고 하며 그때부터 그 군인은 예수님을 믿고 기독교를 전파했다고 한다.

그러나 아직도 칼은 무자비한 강도들의 살인 무기로 둔갑해서 무고한 많은 사람들의 피를 흘리게 한다. 이 양면성을 지닌 칼이 우리의 생활에서는 배제할 수 없는 요긴함을 담당하고 있는 것이다. 화영이는 날카로운 칼날이 무서워서 둔탁한 톱니바퀴로 된 칼만 쓰고 있다 한다. 무섭고 싫어도 칼이 없으면 음식 만드는 일이 너무 어렵다. 더욱이 나는 음식 만드는 것을 좋아해서 칼을 많이 사용하는 사람 중 하나다. 그러면서도 여태껏 그 소문난 쌍둥이 칼을 써보지 못하다 지난 가을에 휴가 나온 화영이 덕분에 쌍둥이 칼을 소유하게 된 것이다. 종잇장처럼 얇게 음식물을 썰 때의 쌍둥이 칼의 성능이란 마술처럼 대단하다. 둔탁한 칼보다 힘이 훨씬 덜 든다는 것도 꽤나 요리하는 매력에 빠지게 한다. 요즘 요리하는 행복이 얼마나 많이 커졌는지 이 글을 다 쓰게 되었다. 나는 음식을 만들면서 창조적 영감을 한껏 발휘할 수 있을 때도 예술적 진미를 맘껏 누린다. 나 자신이 좋아서 늘 하는 음식인데도 식구들과 많은 사람들의 입을 즐겁게 해주며 때로는 남을 위해 봉사하고 있다는 우월감 속에 빠지기도 한다.

나는 요즘 들어 아이들 영양음식 만드는데 혼신의 힘을 모두 쏟아내고 있다. 음식을 만들 수 없을 만큼 내 육신의 힘이 다하고 나면 그때의 슬픔에 여한도 없으란 듯이, 또한 비싼 칼의 대가를 죽기 전에 다 뽑아 낼 듯이 전보다 더 열심히 영양식을 만든다. 물론 나보다 지혜롭게 솜씨 있게 훨씬 더 좋은 음식을 만드는 사람들이 많이 있겠지만 그래도 지금 내가 자주 만들고 있는 음식들의 레시피를 여기에 기록해 두겠다. 혹시 그 어떤 사람에게 도움이 될지도 모르니까.

■ 토마토 쥬스

① 주로 나는 방울토마토로 주스를 만든다. 큰 토마토보다 진하고 덜 싱겁다. 먼저 토마토 꼭지를 따로 물에 서너 번 깨끗이 씻은 후 믹서에 간다.

② 간 토마토를 커다란 찜통에 붓고 끓인다. 토마토는 많이 끓일수록 붉어지며 영양분도 강화된다고 한다. 처음 끓어오를 때 자칫 하면 거품이 넘칠 수 있으니까 지키고 있어 조심해야 된다.

③ 30분쯤 졸인 뒤 뜨거울 때 걸음 채에 국자로 퍼 넣고 껍질과 씨가 보송할 때까지 국자로 눌러주며 꼭 짜듯이 걸러 소독한 유리병에 담아 냉장보관한다. 한번에 5kg씩 하면 일주일쯤 먹는다.

■ 포도 주스

가을 제철일 때 많이 해서 식초 넣어 냉동보관하면 장기간 즐길 수 있다. 일반포도보다 머루포도가 진하고 더 달고 맛이 있다.

① 먼저 포도 알을 한 알 한 알 따서 재빨리 서너 번 씻은 후 1~2분 식초에 담가 소독한 후 주서기에 넣고 짠다. 짠 찌꺼기는 베자루에 넣어 다시 한 번 꼭 짠다.

② 커다란 플라스틱 병을 깨끗이 씻어 건조시킨 후 주스를 담기 직전에 식초로 한 번 더 씻어 소독한 후 포도즙을 담고 먹는 식초를 한 국자쯤 넣어 냉동보관한다.

■ 요구르트

우유 1,000㎖에 유산균이 제일 많이 함유된 인스턴트 요구르트 한 캔을 준비한다. 전기 기구로 요구르트와 청국장도 만드는 쿠커를 이용해 한 번에 우유와 요구르트를 담을 수 있는 뚜껑 있는 플라스틱 용기를 준비해서 우유와 기존 요구르트를 잘 섞어 10시간 쯤 넣어두면 요구르트가 완성된다.

이것을 냉장실에 몇 시간 넣어두면 연두부처럼 고정된다. 아이들에게 줄 때는 서너 숟갈 떠서 과일 잼이나 블루베리 생과나 과일 파우더를 섞어주면 된다.

■ 두유

① 질 좋은 서리태 검은 콩을 2㎏쯤 좋지 않은 것은 골라내고 깨끗이 씻어 5~6시간 불린다. 불릴 때 남은 콩물에 20분쯤 삶는다.

② 식은 뒤 한번 믹서에 갈 만큼씩 작은 비닐봉지에 나누어 담아 냉동시켜 놓고 필요할 때 한 봉지씩 해동시켜 쓴다. 우유 전체분량 1,000㎖쯤에 콩과 볶은 참깨를 넣어 믹서에 간다. 그 다음 고운 체에 거른다. 남은 건더기를 한번 더 믹서에 갈아 거른다.

③ 여기에 꿀이나 메이플 시럽을 두 국자쯤 넣어 우유용기에 도로 담아 냉장해두고 일주일쯤 먹는다. 아이들은 거르지 않은 거친 두유를 매우 싫어한다. 내가 만드는 간식 중 가장 환영 받는 음료수다. 힘들어도 체에 꼭 거른다.

■ 야채 죽

① 아침 식사용으로 매우 좋다. 찹쌀과 멥쌀을 반씩 섞어 씻어 불린 다음 죽 끓일 코팅된 커다란 웍에 쌀을 건져 넣고 방망이로 대충 찧는다.

② 다음 참기름을 조금 넣고 불에 올려 볶는다. 참기름이 쌀에 충분히 스며들면 물을 넉넉히 붓고 쌀이 퍼질 때까지 끓인다.

③ 양파, 당근, 호박, 버섯, 브로콜리 등 야채를 많이 다져 죽 양 만큼 듬뿍 넣어도 좋다. 가끔 새우살이나 전복 등을 넣으면 더욱 좋다. 눋지 않도록 완성 될 때까지 젓는다. 소금, 후추를 넣어 완성한다.

"할머니, 방학 내내 아침마다 죽 먹는 것 지겨워 죽겠어요."

"그런 소리 하지 마, 죽도 못 먹어서 굶어 죽는 아이들이 이 세상에는 얼마나 많은데."

"난 죽도 못 먹는 그 애들이 부러워요."

식성이 꽤나 까다로운 의진이가 볼멘소리로 웃기지도 않은 소리를 한다. 아무리 맛있고 영양이 풍부한 음식이라도 계속 먹으면 싫증난다는 사실을 재확인했다.

■ 만두

평소에 김치를 한입도 먹지 않는 의진이는 그래도 김치 만두는 매우 좋아 한다. 묵은 김치가 밀리게 되면 냉장고 정리도 할 겸 김치 만두를 만든다.

① 김치를 많이 다져 넣으려면 짜지 않게 당면을 물에 불려 물과 기름만 넣어 볶아 식힌 뒤 잘게 썰어 넣고 두부와 양파도 넉넉히 다져 넣는다.

② 돼지고기는 사태를 사다가 된장 풀은 물에 생강과 후추를 넣어 한 시간쯤 푹 삶아서 다져 넣은 뒤 만두소를 맛보면 알맞게 간을 맞출 수 있다. 여기에 아이들이 잘 먹지 않는 버섯, 연근, 우엉, 죽순 등 다양한 야채를 다져 넣어도 좋다.

③ 만두피는 소금 약간, 올리브유 약간, 탈지분유 약간을 넣어 하룻밤 전에 반죽을 해두면 매끄럽게 반죽이 잘 어우러진다. 탈지분유는 만두피가 잘 터지지 않는 역할을 한다고 한다.

"할머니가 만든 만두는 이 세상에서 제일 맛있어요. 최고 짱이에요."
의진이의 넉살 좋은 칭찬이 즐거운 시간을 만든다.
올 봄에는 지난 가을에 말려 놓은 무말랭이로 만두를 만들어볼까 한다.
버려지기 전에.

■ 피자
피자 굽는 광파 오븐을 샀다. 캐나다에는 피자 밑을 구성하는 둥근 접시 모양의 빵을 많이 판매하고 있다는데 아직 우리나라에는 그런 것을 팔지 않아 나는 식빵으로 대체한다.

① 식빵을 삼각형으로 잘라 둥글게 모자이크해서 달걀을 풀어 섞은 물을 끼얹어 프라이팬에 살짝 구워 쓴다.

② 빵 위에 피자토핑을 서너 번 나누어 올려가며 두서너 번 굽는다. 성능이 약한 오븐이라서 이렇게 구어야 한다.

③ 마지막에 피자치즈를 얹어 노릇하게 굽는 것은 당연한 노하우가 된다.

내가 만든 토마토소스, 양파, 버섯, 고구마, 삶은 밤, 새우, 베이컨, 불고기볶음… 얼마든지 좋은 재료를 골라서 최고의 피자를 만들 수 있다. 카레볶음밥이나, 김치볶음밥에 달걀 물을 섞어 피자 치즈를 듬뿍 올려 피자를 만들어 볼 생각이다. 가짜 치즈피자를 사게 되면 어쩌나 하는 걱정에서 벗어날 수 있다.

■ 새우버섯튀김

나는 가을이 오면 어김없이 표고버섯을 말린다. 1cm 정도 두께로 썰어서 말리면 쉽게 건조할 수 있다. 표고버섯은 몇 시간만이라도 햇볕에 말려야 영양분이 더 강화된다고 한다. 다 건조시킨 후 크고 좋은 것과 아닌 것을 나누어 보관하면 편리하다. 크고 좋은 것으로 튀김을 만든다.

① 버섯을 물에 불려 꼭 짜서 100% 감자녹말가루에 먼저 묻히고 달걀 물 넣고 찹쌀 가루 넣어 튀김 농도를 조절한다. 망에 거른 달걀 물은 조금씩 넣어야 실패하지 않는다.

② 끓는 기름에 수제비 떼어 넣듯이 넣어 튀긴다. 반죽에 소금은 가급적 넣지 않는다. 싱겁게 먹는 습관을 버섯 튀김으로 만들 수 있다.

③ 새우도 똑같이 새우살로만 준비해서 녹말가루 묻히고 달걀 물 넣고 찹쌀 가루 넣고 표고처럼 튀긴다. 소금을 넣지 않아도 맛은 최고다.

튀김 기름은 최고급 압착 포도씨유를 쓴다. 다른 곳에는 알뜰히 절약하고 음식재료는 최상급을 쓰자는 내 좌우명이 아직까지는 잘 실행되고 있다.

■ 미숫가루

① 현미 찹쌀을 씻어 불려 찜통에 찐다. 베보자기에 퍼 넣어 두어 번 손보며 돌덩이처럼 단단하게 건조시킨 뒤, 베보자기에 놓고 방망이로 밀어 한 알 한 알 떨어지게 한다.

② 커다란 코팅된 웍에 작은 한 공기 정도씩 넣어 볶는다. 검정콩 서리태를 잘 골라서 물에 씻어 즉시 물기를 날려 가며 팬에 살짝 볶는다.

③ 통보리는 물에 씻어 미리 말려둔다. 통보리도 찹쌀처럼 잘 튀겨지며 볶아진다. 모두를 섞어 방앗간에 가서 미숫가루로 곱게 빻아온다. 다이어트를 위해서는 콩과 보리만으로 만들면 더욱 좋다.

설탕 없이 저지방 우유에 타서 먹으면 다이어트 식품으로 만점이다. 통보리를 갈색으로 볶아 보리차를 만들면 너무 태워서 발암 물질이 걱정된다는 인스턴트 보리차를 살 필요가 없다. 통보리는 11월쯤에 많이 사서 씻어 건조시켜두면 일년내내 먹을 수 있다. 곡물 중 가장 싼 값이다. 1kg에 천 원 정도.

■ 스낵

① 돌김을 살 때 맛을 보아 달고 신선한 것을 사는 게 가장 중요하다. 사온 김을 티를 골라가며 누룽지 팬에 굽는다. 아주 약한 불에 팬을 올려놓고, 김 한장을 반으로 접고 또 한 장을 반으로 접어 김 두 장을 누룽지 팬에 맞게 겹쳐 넣어 일분쯤 고리를 잠그고 굽는다. 다시 팬을 열어 김을 한번 뒤집어 또 다시 일분쯤 굽는다. 불의 세기를 조절하며 타지 않게 오래 굽는 노하우를 터득해야 한다.

② 바삭하게 다 구워진 김은 한 입 크기로 썰어 비닐봉지에 진공해서 밀봉해두고 먹을 때마다 조금씩 덜어 탁자 위에 놓아두면 온 식구가 TV보며 놀다가 끝도 없이 집어 먹게 된다. 아무 양념도 하지 않은 생김이 이렇게 맛있구나 감탄이 나올 정도다. 짜고 달고 한 스낵을 끝도 없이 먹었던 지난 시간들이 괜히 억울하다는 생각까지 든다.

③ 서리태 검은 콩을 골라 씻어 말린 다음 튀밥 튀기는 곳에 가서 아무것도 첨가하지 않고 튀겨 온다. 튀긴 콩도 진공되게 담아두고 예쁜 그릇에 조금씩 담아 김과 함께 놓아두면 모두 수시로 집어 먹게 된다.

여진이는 특이하게 콩 껍질이 맛이 있다며 콩 껍질을 까서 먹으며 예쁜 콩 알맹이는 내가 행복하게 집어 먹는다. 콩 껍질을 무슨 맛으로 즐기는지 웃음이 나온다. 김 구울 때 시간이 오래 걸리고 지루하고 다리도 아프고 힘들다면, 운동도 하고 소화도 시킬 겸 식후에 거실을 걸어 다니며 굽게 되면 다이어트 효과도 얻을 수 있다.

❖ 내가 자신 있게 만들 수 있는 밑반찬들

■ 멸치볶음

① 아주 작은 멸치를 손질해서 반 공기 정도씩 국수망에 넣어 끓는 기름에 10초쯤 튀겨 낸다.

② 치킨 타월에 펼쳐 기름기를 완전 제거한 후 팬에 진간장은 되도록 적게 넣고 멸치다시 국물 조금, 맛술, 설탕, 고운 고춧가루, 마늘 다진 것은 넉넉히 넣고 바글바글 끓인다.

③ 불을 약하게 하고 튀긴 멸치를 넣어 섞는다. 멸치가 억지로 묻혀질 만큼 양념 물을 적게 끓이는 것이 중요하다. 참기름과 통깨를 넣어 완성한다. 과자처럼 바삭해서 아이들이 좋아하고 김밥 만들 때나 볶음밥 만들 때도 넣으면 아이들이 좋아한다.

■ 연근, 우엉 조림

① 연근과 우엉을 손질해서 끓는 소금물에 데친다. 코팅된 커다란 웍에 다시 물을 연근과 우엉이 거의 잠길 정도로 붓고 식용유 약간, 설탕 약간, 향신 조림간장 두서너 숟갈을 넣어 센 불에서 국물이 거의 없어질 때까지 졸인 후 물엿을 조금 넣고 국물이 하나도 없어질 때까지 약한 불로 볶듯이 졸인다. 참기름과 통깨를 넣어 완성한다. 맨입으로 먹을 수 있을 정도로 싱겁게 해야 많이 먹을 수 있다.

■ 오이지 피클

오이가 가장 싸고 맛이 있을 때 많이 만들어 냉동시키면 일년 내내 즐길 수 있다.

① 오이를 씻어 소금물 끓여서 뜨거울 때 붓고 여느 오이지처럼 담근다. 일주일쯤 지나 오이지가 노랗게 익으면 모두 한꺼번에 깨끗이 씻어 얇게 썬다.

② 큰 그릇에 담아 식초와 설탕을 넉넉히 넣어 두서너 시간 지난 후 베자루에 넣어 꼭 짠다. 무거운 것으로 눌러 하룻밤쯤 물기를 빼면 더욱 꼬들꼬들해진다.

③ 여기에 마늘 다진 것 양파 다진 것 넉넉히 넣고 고운 고춧가루 통깨를 넣어 맑은 액젓으로 간을 맞추며 버무린다. 식초를 넣어서 싱겁게 해도 변하지도 않고 무르지도 않는다. 작은 비닐봉지에 나누어 담아 냉동 보관하면 김치가 맛이 없거나 귀할 때 김치 대용으로 아주 요긴하다.

■ 찹쌀떡

방앗간에서 떡을 해온다거나 쌀가루를 빻아오는 일도 여간 번거로운 게 아니다. 요즘은 성능 좋은 대형 믹서기가 나와서 찹쌀가루 만드는 데 매우 편리하다.

① 찹쌀떡가루는 멥쌀로 만드는 송편이나 설기떡 가루처럼 곱지 않아도 된다. 오히려 약간 거친 것이 더 잘 익는다. 찹쌀가루는 날씨가 약간 추울 때 만들어 냉동시켜 놓는 것이 좋다. 찹쌀을 씻어 불려 보자기에 넣어 보송보송할 때 믹서에 한 공기 정도씩 넣어 간다.

② 떡을 만들 때는 가지고 있는 찜통에 맞는 찹쌀가루 양을 해동시켜 물과 소금을 조금 넣고 체에 내린다. 베보자기를 깔고 찐다. 20분쯤 후 젓가락으로 찔러 보아 생가루가 묻어 나오지 않으면 다 익은 것으로 보자기 채 들어 넓은 스테인리스 양푼에 보자기가 위로 나오게 엎어 놓고 물을 조금

보자기 위에 뿌리고 보자기를 걷어낸 후 고무장갑을 끼고 뜨거울 때 물을 묻혀가며 힘껏 치댄다.

③ 잘 어우러진 떡을 미리 준비해둔 쟁반의 콩가루나 깨소금 위에 올려놓고 조금씩 떼어 팥소를 넣어 둥글게 만든 다음 한 개씩 랩으로 개별 포장을 해서 바로 냉동시키면 다시 해동했을 때 바로 먹을 수도 있고 굳어 있으면 랩을 벗겨 전자레인지에 10초만 익혀도 말랑한 떡으로 복원된다.

④ 팥소는 팥을 씻어 푹 삶은 다음 팥죽 할 때처럼 체에 거른 다음 겉물을 따라 버리고 앙금만 베자루에 넣어 꼭 짜서 설탕과 앙금을 코팅된 큰 냄비에 졸인다. 그냥 믹서에 팥 껍질과 함께 갈아서 만들면 조금 쉽지만 걸러서 만든 것보다 맛은 덜하다.

오랜만에 찹쌀떡을 만들면 온 식구가 그 환상적인 맛에 환호성을 지른다. 하지만 다이어트에는 적이라며 나와 딸들은 울상이 된다. 교우들과 친구들이 우리 집에 놀러 왔다가 배가 터질망정 나중에 후회 없이 떡을 하나씩 더 먹고 가자고 웃고 떠들었던 옛 생각이 찹쌀떡을 만들 때 가끔 생각이 난다.

■ **강정**

미숫가루를 만들까 하고 현미찹쌀을 불려 찜통에 쪄서 말려 볶는데 쌀이 튀밥처럼 튀면서 노릇하게 볶아지는 것이 바삭하니 맛있어 보여서 그것으로 강정을 만들어 보았다. 최고의 맛이었다. 거기에 아몬드를 방망이로 깨뜨려 넣고 건포도나 블루베리, 체리 건조한 것도 넣어 보니 별미 중 별미였다. 대박이었다. 그러나 만드는 과정은 그리 쉽지만은 않다.

① 먼저 현미 찹쌀을 씻어 불려 찜통에 찐 다음 베보자기를 깔고 바람 통하는 곳에서 건조시킨다. 따뜻한 방바닥에서도 찐쌀은 곧잘 마른다. 지금 내가 살고 있는 아파트에는 바깥 베란다가 있어서 무엇이든 건조하기에 매우 좋다. 봄에는 상추나 고추를 심어 전원의 맛도 즐긴다.

②넣어놓은 찐 쌀밥은 중간에 두어 번 뜯어 손보며 돌덩이처럼 완전히 건조시킨 후 베보자기 위에서 방망이로 밀면 거의 한 알씩 떨어진다. 얼레미(체)에 걸러 가루를 제거한 다음 코팅된 넓은 웍에 작은 한 공기쯤씩 넣어 볶는다. 쌀이 하얗게 튀겨지면 불을 줄이고 노릇해 질 때까지 잠시 더 볶는다. 얼레미에 내려 탄가루를 제거한다.

③다음, 찹쌀 물엿 반 공기쯤에 설탕 한 수저를 넣고 바글바글 1분쯤 끓이다 불을 아주 약하게 줄이고 쌀 볶은 것을 끓인 엿물에 억지로 비벼질 만큼 넣어 잘 섞은 후 미리 도마에 펼쳐 놓은 비닐 위에 쏟아 부어 재빠르게 고르게 펴며 비닐을 그 위에 다시 덮고 방망이로 평평하게 민다. 비닐을 벗겨내고 굳기 전에 부지런히 썰어 시원한 곳에 펼쳐 놓는다.

참깨도 볶아서 강정을 만들어 예쁘게 포장하면 고마운 분께 훌륭한 선물이 된다. 설날에 시집이나 친정집 모두 알맞은 선물이 된다.

한번은 국산 검은깨가 하도 비싸서 중국 수입산 검은깨를 사다가 씻는 도중 먹물 같은 검은 물이 빠지고 하얀 깨가 벌레 알처럼 희끗하게 드러날 때 나는 그만 기겁을 하고 쏟아버렸다. 그 후로는 중국산 수입식품은 거의 사지 않는다. 아무리 우리나라 유기농 식품이라 해도 완전히 믿을 수 없는 세상에 살고 있다는 것이 슬픔이 될 때도 있지만 하지만 내가 여태껏 살아온 살림의 노하우와 지혜를 총동원해서 나만의 방식으로 안전한 먹을거리를 만들기 위해 영향력을 힘껏 발휘한다. 식구들의 건강을 위해 일하다 쓰러진다 해도 나는 기쁘고 행복한 마음으로 끝까지 할 것이다.

〈아무것도 도전하지 않는 것은 아무것도 아닌 인생이다〉란 말을 마음에 담고 산다.

하늘공원

"산 넘어 남촌에는 누가 살길래 해마다 봄바람이 남으로 오네."

오늘이 2012년 4월 2일, FM라디오에서 봄소식을 전해준다. 내가 상암동으로 이사 온 지도 어언 7년, 십여 년 전 TV에서 상암 월드컵경기장 옆에 월드컵 공원이 조성되었다는 뉴스를 보며, 얼마나 근사한 공원인지 한번 가보고 싶었다. 그 후 몇 달이 지나서야 시간을 얻어 버스 노선을 찾아가며 홀로 월드컵 공원을 찾게 되었다. 지금 생각해보니 내가 그곳에 도착해서 평화공원을 지나 아득하게 멀리 뻗어 있는 나무계단을 올려다보며 '하늘 꼭대기까지 올라가야겠네'하며 오르기 시작한 나무계단들이 역시 하늘 공원으로 이어지는 길이었다. 천천히, 천천히 계단 끝까지 올라서서 발 아래 펼쳐지는 경기장 주변을 굽어보며 와! 한 폭의 수묵화 같이 아름다운 곳이 여기! 서울에도 있었구나 감탄했다. 흐르는 땀을 상쾌한 바람에 날려 보내며, 공원 근처에 사는 사람들이 부럽기도 했었다. 하지만 그 순간에는 내가 실제로 이 곳에 와 살 줄은 전혀 예상하지 못했다. 그 후 많은 세월이 흐르고 수유리에서 서교동 지영이네 집까지 아이들 만나러 오고 가는 길이 너무 멀고 불편해서 지금 살고 있는 월드컵 아파트에 이사 온 것이다.

오래 살던 정든 곳을 떠나 타향 같은 낯선 곳으로 이사하는 게 그리 쉬운 일이 아니다. 그러나 나는 40여 년이나 살아온 고향 같은 수유리를 떠나 이곳에 이사 오길 잘했다고 생각한다. 그렇지만 이사 올 그 당시는 우울한 삶이었다. 남편이 설암으로 오래도록 고생하다, 이곳에서 저 세상으로 떠났기 때문이다.

"할머니, 혼자 있으면 무섭지요? 외롭지요?"

홀로 된 지 많은 시간이 지나가고 있는데도, 여진이는 여전히 저희들 집으로 돌아갈 때 걱정의 말을 남긴다. 아이들이 돌아가고 어둠의 적막 속에 홀로 남게 되면 가슴 시리도록 아픈 슬픔이 밀물처럼 밀려오지만, 그러나 아이러니하게도 이 무섭도록 외로운 것이 나는 좋다. 홀로 있게 된 이 시간들이 이렇듯 좋을 수가 없다.

외로움이 좋아서 내가 이 어설픈 글들을 쓰게 되는 것일까? 걱정, 근심 덜할 때보다 괴롭고 우울할 때 글을 더 쓰게 되는 것은 사실이다. 하지만 시간이 지난 뒤 그 글들을 읽어 보면, 누구나 겪는 힘든 삶에 대한 넋두리 같고, 자신의 초라하고 딱한 모습을 무마시켜 보자는 변명 같은 글이 된 것 같아 곧바로 없애버리기 일쑤다. 내 서글픈 마음을 표출한 글들이 이렇듯 못마땅하고 유치할 수가 없는 것이다. 그대로 아무도 모르게 가슴 깊이 묻어두고 삭이면 세월이… 망각이… 약이 되어 주기도 하는 것을…. 그러나 한편으로는 솔직하고 적나라하게 그 비명들을 글로나마 써서 자꾸 쏟아버리는 것은 나만의 자아성찰이며 고해성사가 되기도 한다.

메탄가스 용솟음치는 쓰레기 더미 위에 만든, 평화공원·하늘공원·노을공원!

그 누가 이렇듯 아름다운 공원을 여기에 만들었을까?

그 누가 이렇듯 고운 이름을 지어냈을까?

내 삶의 끝자락에 행운으로 얻어진 아름다운 시간들, 감미로운 솔바람과 이름 모를 산새들과 함께 내 발자국을 더해가며 끝없이 걷는다. 어느 머나먼 이국땅에 쓸쓸히 홀로 남겨진 고즈넉한 서러움인양, 이곳 새벽이 열리는 시간 속에 하얀 기쁨, 하얀 외로움, 눈송이처럼 날리며 걷고 또 걷는다. 개나리 노랗게 물든 사월의 꽃길도 걷고 또 걷는다.

바람이, 그리움이, 감동이… 머물고 가는 이곳에서 또다시 쓰고 지우고 버리고, 마음까지 비우며 하늘공원 그곳에서 맴돌다 나는 돌아온다.

"누구나 한번은 가장 필요하다고 생각하는 걸
찾아야 하는 때가 있단다. 어떤 대가를 치르고라도."
"그걸 찾으면 행복해지나요?"

3. 감동으로 남아 있는 명화들

바이센테니얼 맨

　　조립 과정 중 실수로 인간보다 똑똑한 지능과 호기심을 가진 불량 로봇 앤드류! 그가 2005년 한 가정에 배달된다. 임무는 가사. 그러나 개그와 목공예, 피아노까지 모두 만능이다. 앤드류는 그 재능 덕분에 로봇에 어울리지 않는 억만 장자가 되었지만 진짜 하고 싶은 건 따로 있었다. 한 여자만 보면 가슴이 쿵쾅쿵쾅! 사랑에 열병을 앓다 사람이 되기로 결심한다.

　　어쩔 수 없이, 필연적으로 내가 이 세상에 인간으로 태어났지만 나는 가끔 인간으로 존재해 있는 내 자신이 몹시 싫을 때가 있다. '짐승만도 못한 인간들' 이렇게 한탄하는 사람도 더러 있으며 나 자신도 그런 순간들이 있다.

　　인간이 되고 싶어 무던히 애를 쓴 기계 인간 앤드류! 생명장치가 꺼진 다음에야 인간으로 승인 받은 가엾은 앤드류! 영원히 기계로 사느니 인간으로 죽고 싶다고 소망한 앤드류! 사랑하는 포샤와 결혼을 허락 받고 싶어 인간이 되고 싶었던, 사랑에 감염된 기계 로봇 앤드류! 역시 사랑의 위대한 힘을 과시한 이 영화가 나에게 많은 것을 생각하게 한다. 내 가슴이 사랑으로 가득 채워지기 전까지는 항상 기계보다 못한 삭막한 삶을 살 수밖에 없다는 것을, 봉사의 기쁨은 사랑의 기쁨과 동일하다는 것을……

친절한 금자씨

드라마나 영화 보는 것을 무척 좋아하고, 작년 한 해에도 수많은 영화 DVD를 사서 보았는데, 아무리 나이를 좀 많이 먹었기로 어려운 외국 영화도 아니고 한국영화 〈친절한 금자씨〉를 한번 얼핏 보아서는 어떤 영화인지 잘 모르겠다. 무엇을 보여 주기 위한 영화인지 감이 잘 안 잡힌다. 지은 죄를 속죄하는 길이 복수란 말인지? 하얀 두부 속에 얼굴을 파묻어도 죄사함 받지 못한, 슬픈 영혼의 아픔을 어찌하란 말인지.

나는 배우 이영애의 오랜 팬이다. 그녀를 처음 데뷔 시절부터 보아 왔고 좋아했다. 드라마 대장금을 그녀 때문에 열심히 보았고, 그 비싼 대장금 DVD를 그녀 때문에 언젠가 다시 보려고 사 놓았다.

며칠 전 내가 단골로 가는 CD마트에서 〈친절한 금자씨〉 DVD를 사려고 했을 때, 주인아저씨는 그 영화 별 볼 일 없다며 말리는 것을 이영애 때문에 사 가지고 온 것이다.

2005년 한국영화 화제작들로 〈친절한 금자씨〉, 〈너는 내 운명〉, 〈웰컴 투 코리아〉, 〈왕의 남자〉 등을 극장에 갈 수 없는 내 처지라서 DVD만 나오면 어서 사 보려고 벼르고 있었다.

유명한 감독에, 최고의 여우 이영애, 최고의 연기파 최민식, 나는 큰 호기심과 기대감을 안고 영화를 보았다.

영화 보는 실력이 여태껏 이것밖에 안 되나? 왜 한국영화도 이렇게 어려울까? 아직도 영상예술을 제대로 이해하기에는 나는 아주 먼 당신인가 보다.

죄와 벌의 앙상블은 아무리 헤집고 뒤집어 봐도 재미있고 신나는 이야기가 될 수 없고, 하얀 빛과 검붉은 피와의 실루엣은 아무리 멋있게 보려고 해도 역시 예술은 아닌 것 같다. 복수는 통쾌한 것인지 무서운 것인지도 잘 모르겠고 영혼이 구원받지 못한 앙갚음은 가엾은 자신과의 힘든 싸움인 것 같다.

우리 말에 원수의 간을 내 씹어 먹고 싶다, 갈아 마셔도 시원치 않다 는 무서운 폭언이 있다. 악마의 피로 케이크를 만들어 야금야금 먹어 가는 외로운 영혼들은 모두 미쳐 버렸고, 내 아이를 유괴당하고 죽임 당하고, 그 누구라도 속이 풀릴 수 있다면 악마의 피를 생체로 들어 마셨으리라.

하지만 친절을 뒤집어쓰고 복수의 기회를 완벽하게 얻었고, 눈이 시뻘겋도록 철저히, 그리고 처절히 복수를 끝낸 금자! 그러나 영혼을 구원받지 못해 금자 씨를 좋아한다는 영화 속의 끝말 뜻을 아직도 난 이해할 수 없다. 영화 '벤허'를 만든 윌리엄 와일러는 벤허의 철천지 원수, 맷살라의 심장에 결코 칼을 꽂지 않았다. 스스로 자멸할 수 있는 시간을 지켜보았을 뿐, 그래도 온 세상의 많은 사람들은 두고두고 벤허를 사랑하며 보고 또 보고 있다.

며칠 전 영국 런던에서 웹디자이너로 일하고 있는 딸 화영이와 전화 통화하면서 지금 런던에서는 〈친절한 금자씨〉가 대단히 인기이며 앞을 다투는 영화홍행 순위에도 관심들이 많다고 한다.

역시 '너나 잘 하세요' 일까? 영국 사람들은 과연 영화를 잘 알아보는 똑똑한 사람들일까? 아니면 내가 형편없는 얼간이일까?

하지만 요령껏 나는 내 소중한 시간을 아끼겠다. 내 주제에 맞게 쉽고 재미있는 영화만 골라 보기에도 내 인생의 남은 시간은 턱없이 부족하니까.

최선을 다한 아름다운 결과에만 관객들은 큰 박수를 보낸다. 관객들의 잠재된 감동을 이끌어 낼 수 있는 작품만이 영원히 살아남을 수 있는, 예술인의 몫이 아닐는지. 아님 말고. ―금자씨를 만든 감독의 가훈이 아님 말고 라고 해서―

간디

영화가 처음 시작하면서 기분 나쁜 사람의 얼굴이 클로즈업되는 순간 가슴이 섬뜩했다. 아니나 다를까 민중들을 향해 기도하러 나오는 깡마른 간디를 살해한 저격범이었다.

오! 신이여. 피를 흘리며 쓰러지는 간디에게서 인간 예수의 모습을 나는 보았다. 인도의 뉴델리, 1948년 1월 30일에.

■ 한 위대한 생명이 떠나갔습니다. 평범한 사람으로 돈도 재산도 권력도 없었던 사람! 마하마트 간디는 군사령관도 통치자도 아니었습니다. 과학적 업적이나 예술적 재능도 없었습니다. 하지만 전 세계의 사람들과 국가들 유명 인사들은 오늘 이 자리에 모여서 인도를 해방시킨 이 자그마한 사람을 애도하고 있습니다.

■ 조지 마샬 미 국무장관은 이렇게 말했습니다.

"간디는 온 인류의 양심을 대변해 왔습니다. 간디는 제국보다 강한 겸양과 진리를 실천해 왔습니다. 아인슈타인은 앞으로 인류 앞에 간디와 같은 사람이 다시 나타나기는 힘들 것이다"고 했습니다.

■ "절망을 느낄 때 난 기억한다. 역사를 돌아보면 진리와 사랑은 늘 승리했다는 것 을. 독재자도 살인자도 있었고, 그들에게 당장 대항할 순 없어보여도 결국에는 무너진다는 것을 이것을 생각하라, 언제나……

내가 단골로 가는 CD마트에서 어느 날 젊은 주인아저씨가 DVD를 골라주며 〈간디〉 DVD도 소장할 만한 영화라고 권했을 때, '다 아는 이야기에다 좀 따분하고 지루하지 않을까?' 하는 순간의 생각을 했었다.

하지만, 나는 집에 와 〈간디〉 DVD를 보고 나서 그 아저씨께 고마움을 느꼈고, 진즉 이 영화를 보았으면 좋았을 걸 생각했다. 나의 손자 손녀들에게 꼭 보여 주고 싶은 영화라는 것을 확실히 했다. 또한 장대한 스케일로 이 대단한 영화를 만든 사람들에게 늦었지만 큰 박수를 보낸다.

"행복은 일과 자부심에서 나오죠.
인도가 서양의 불행을 수입한다면 그건 발전이 아니지요"
-간디-

대지

　빈농에서 거부로 또 다시 평범으로, 온갖 인생 역정을 메뚜기떼에 날려 보낸 삶의 귀로! 아무리 어려운 삶에도 살 가치가 있다고 말하는 펄벅 여사의 대지! 내가 젊어서 영화 대지를 보고 느꼈던 감동을, 어제 DVD로 다시 보며 또다시 새롭게 감격했다. 역시 명작이다.

　흙을 끓여 먹고 자식을 팔아먹어야 할 만큼의 뼈아픈 가난!

　왕룽 처 울란의 선하고 애처로운 눈빛! 목숨과 바꿀 뻔했던 행운의 보석이, 그러나 부자의 아내들이 겪는 외롭고 쓰라린 고통을 가져올 줄이야.

　울란! 그녀는 상상도 못했다. 남편이 첩을 들이고, 아들은 방탕하고, 그래도 자식을 팔지 않아 다행이고 배고프지 않은 그녀는 행복했다.

　땅으로 다시 돌아온 왕룽 일가는 행복과 평온함을 다시 찾는다. 울란, 그녀는 죽어갔지만, 대하소설 박경리 작 〈토지〉에서는 땅은 생명을 키우는 곳이라고 말한다.

　〈바람과 함께 사라지다〉 영화에서는 스칼렛은 타라의 붉은 흙에서 항상 역경을 이겨내는 힘을 얻는다. 땅에는 어리석은 내가 알 수 없는 그 무엇의 커다란 힘이 있는 게 분명하다.

가시나무 새

　내 나이 오십이 안 되었을 때 TV에서 〈가시나무 새〉 드라마를 보았다. 어느 새 이십여 년의 세월이 흘렀음에도 DVD 영상으로 다시 그 드라마를 보다 보면 새롭고, 그때 느꼈던 감동이 되살아나고, 더 깊은 여운을 맛볼 수 있기에 참 좋은 지금의 세상에 감탄을 금치 못한다.

　야망과 욕망의 고뇌에 사로잡힌 사제의 이야기！

　가질 수 없는 남자에게 집착하는 아름다운 소녀 메기!

　이루어질 수 없는 사랑, 영원히 금지된 콜린 멕컬로의 베스트셀러, 〈가시나무 새〉, 반세기를 걸친 전설이, 1900년대 에덴의 남쪽 같은 광활한 호주에서 3세대에 걸쳐 메아리친다.

　"누구나 한번은, 가장 필요하다고 생각되는 걸 찾아야 하는 때가 있단다. 어떤 대가를 치르고라도."

　"그걸 찾으면 행복해지나요?"

　"행복해져, 이런 얘기가 있단다. 전설이지. 평생 한 번밖에 울지 않는 새 얘기지. 둥지를 떠나는 순간부터 새는 가시나무를 찾는단다. 찾을 때까진 쉬지 않지. 찾으면 노래를 불러. 지상에 있는 어느 창조물보다 아름다운 노래지. 노래를 부르며 가장 길고 날카로운 가시로 스스로의 몸을 찌르지. 하지만 죽어가면서 새는 고통을 초월해서 종달새나 나이팅게일보다 멋진 노래를 해. 가시나무 새는 생명을 단 한 번의 노래와 바꾼단다. 온 세상이 귀 기울이지. 천국의 하나님도 미소 지으시고."

"그게 무슨 뜻이죠?"

"최고의 것을 얻는 대가는 엄청난 고통이란다."

오페라의 유령과 노트르담의 꼽추

운명이 날 거부했어. 저주받은 운명이 피를 부른 거지.

난 육체의 기쁨을 알지 못해. 이 얼굴이 우리 사랑에 독을 뿌리지.

이 얼굴로 태어나 얻은 거라곤. 엄마의 놀란 얼굴과 깊은 한숨뿐.

최고의 음악으로 만나는 세기를 초월한 불멸의 감동!

총 제작비 1억 달러에 육박하는 초대형 블록버스터로 다시 태어난 〈오페라의 유령〉은 양과 질에서 원작을 압도한다는 평가를 들으며 2004년 겨울 세계 최초로 개봉되어 관객들을 마법의 판타지로 물들였다.

전 세계 8,000만 관객을 동원한 전설적인 뮤지컬 〈오페라의 유령〉은 팬텀과 크리스틴, 그리고 라울의 애절한 운명을, 때로는 감미로운 선율로 때로는 폭풍처럼 휘몰아치는 멜로디로 전달하는 음악으로 유명하다.

오페라의 유령을 영화화하면서 총 제작과 함께 직접 영화 음악을 담당한 앤드류 로이드 웨버는 뮤지컬 삽입곡 전체를 웅장한 영화의 규모에 어울리도록 대형 오케스트라 버전으로 새롭게 다듬었다.

또한 원작에서 볼 수 없었던 새로운 장면들을 위해 신곡을 작곡해 넣는 열정도 잊지 않았다. 외모는 물론 노래를 완벽하게 소화할 수 있는 배우를 찾기 위한 그의 노력은 마침내 최고의 캐스팅으로 완성되었다.

나는 이 선전 문구에 많은 호기심을 느끼며 〈오페라의 유령〉 DVD를 보았다. 그리고 이 영화를 보는 내내 오페라를 보는 듯했고, 거대한 한 편의 뮤지컬을 보는 듯했다. 음악으로 관객들의 마음속에 숨어 있는 감동을 끌어내는 영화나 드라마는 한층 더 멋이 있고 환상적이다. 눈과 귀를 모두 즐겁게 해 주는 영화다.

앞으로 얼마나 더 훌륭한 영상들이 탄생될지 궁금하기도 하고 내가 이 세상을 떠난 후에 더욱 아름답고 멋진 영상 세계를 접할 젊은이들이 부럽기만 하다.

〈오페라의 유령〉을 보면서 그 옛날에 보았던 안소니 퀸 주연의 〈노트르담의 꼽추〉 영화가 생각이 나서 다시 보았다.

위대한 문학가들 중의 한 명인 빅토르 위고는 노트르담 사원에 새겨진 한 글자를 발견했다. 건물 벽에 새겨진 그 글자는 '불행한 운명, 악의 운명'의 의미였다. 위대한 소설가는 이 고통의 말을 남긴 영혼을 생각했고, 위대한 작품의 토대가 되었다.

꼽추인데다가 일그러진 흉한 얼굴을 한 콰지모도는 사람들의 시선을 피해 노트르담 성당에서 종을 치며 은둔 생활을 한다. 파리 최고의 축제, 만우제가 열리던 날, 축제를 구경하기 위해 콰지모도는 난생 처음으로 교회에서 몰래 빠져나와 춤추는 집시 여인 에스메랄다를 만나게 되고, 파리의 영주이자 콰지모도의 주인인 프롤로는 콰지모도에게 에스메랄다를 데려오라 한다.

그러나 그녀를 잡아오려다 콰지모도는 도리어 집시들에게 붙잡혀 뭇매를 맞고 목말라 죽을 지경에 이르는데 에스메랄다는 콰지모도에게 물을 먹여 준다.

페뷔스 장군을 사랑한 죄로 에스메랄다가 사형 집행장으로 끌려갈 때 콰지모도는 그녀를 안고 성역 안으로 들어와 피신시킨다.

"당신은 단지 불행한 얼굴을 가졌을 뿐이에요."

에스메랄다는 마음의 문을 열고 콰지모도를 이해한다.

"내 인생은 참혹했어요. 사람들은 나를 경멸하고 비웃었어요. 그건 고통스럽지 않아요. 괴물 같은 내 얼굴이 당신을 놀라게 하는 것이 날 슬프게 해요."

콰지모도를 위해 춤을 추는 에스메랄다. 콰지모도는 온 힘을 다해 모든 종을 울려 에스메랄다만을 위한 음악을 만든다. 결국 에스메랄다는 교수형에 처해지고, 그녀의 시체가 몬토포톤의 지하감옥으로 옮겨졌다. 수년이 지난 후 서로 껴안고 있는 두 개의 유골이 발견되었다. 둘을 떼어내려고 했을 때 유골은 먼지와 함께 사라져버렸다.

모든 사람들이 결국엔 한 줌의 먼지로 사라져버리겠지만, 둘이 하나가 되어 먼지조차 하나를 이루는 애절한 사랑이야기는 늦은 가을 비바람에 날리는 메마른 단풍잎처럼, 애처롭고 안타까운 슬픔으로 내 마음 깊은 곳에 긴 여운을 남긴다.

내가 오래 전에 본 TV다큐멘터리이다. 강원도 어느 시골에 사는 어머니가 연탄아궁이에 물이 끓고 있는 솥에 아기가 넘어져 온통 얼굴에 큰 화상을 입었다. 시간이 지나 아픈 통증은 얼마쯤 잦아들었지만, 흉물스럽게 변한 아기 얼굴은 비통과 절망만 남겼다.

아이를 업고 시장엘 가거나 버스를 타거나 보는 사람마다 어머나! 놀라고 괴물을 만난 듯 피하는 사람들의 시선을 견딜 수 없었다. 생각다 못한 어머니는 입양 기관에 그 아이를 보냈고……

덴마크의 어느 교사 부부가 스스로 불행한 아이를 찾아 데려가 모든 정성을 다해 보살피며, 여러 번의 성형 수술로 완전하지는 않지만 그래도 처음보다 훨씬 좋은 모습의 얼굴을 찾았다. 태어난 나라를 잊지 말라며 태극기를 걸어 놓고 김치도 만들어 먹이는 그 부모의 지극한 사랑에 나는 눈물이 나도록 감격했다.

학교에서도 동네에서도 친구들에게 따돌림 받지 않고 명랑하고 씩씩하게 자라나는, 그 아이의 행복이 가득한 미소 띤 평화로운 얼굴을 보며, 사랑의 빛은 내가 생각하는 것보다 훨씬 더 찬란하고 아름다운 보석 같은 빛깔이라고 감동했었다.

인간의 위대한 사랑은 맑은 영혼이 담긴 불멸의 예술이다.

그 놀라운 사랑의 힘은 과연 어디에서 솟아나는 것일까? 나는 정말 알고 싶다.

쉰들러 리스트와 피아니스트

오늘이 2005년 8월 15일, 광복 60년이 되는 날이라고 한다.

내가 태어난 1939년에 제2차 세계대전이 일어나고, 어느새 해방을 맞은 지 60년이 되었으니 나는 머리가 하얀 노인네가 되어버렸다. 휴일이 되면 더욱 할 일이 없어 무료한 시간이 견딜 수 없을 만큼 외로워지는 나는 오늘도 온종일 영화 DVD를 보며 시간을 보냈다.

1939년 9월 독일군은 폴란드를 단 2주 만에 점령했다.

모든 유태인에게 강제적인 호적등록과 이주 명령이 떨어졌고, 매일 만 명이 넘는 유태인이 크라코우시로 몰려들었다.

"모든 유태인은 별 표시가 달린 옷을 입으라는 법 통과 2일 만에 유태인 재단사들이 천을 3줄로티씩 팔며 돈을 벌더군. 무슨 법인지 모르나봐"

"그게 무슨 경마팀 마크인 양 좋아 하더군."

"시련을 피하려는 인간의 본능이죠. 수천 년 동안 그렇게 살아 왔잖아요."

"폭풍을 피해가는 수단이죠."

"이번 폭풍은 달라. 나치 친위대가 그 상대라고.'

끝없이 시체를 태우는 검은 연기와 검은 재가 화산이 폭발한 양 무섭게 쌓이는 지옥보다 더 끔찍한 세상. 그 많은 사람들을 독가스로, 방충제로 벌레 죽이듯 하고, 피범벅이 되어 죽어가는 시체들이 오물처럼 널려 있고, 참혹하고 처참한 장면이 너무 많아 나는 똑바로 화면을 쳐다보기 힘들었다. 나치당 히틀러, 그런 인간이 역사상에 정말로 존재했는지, 믿어지지 않는다. 어찌하여 인간들에게 그런 일이 일어날 수 있었는지?

전쟁이 끝이 나고 반인륜 죄로 교수형에 처해진 히틀러 대역 같은 극중 아몬괴트 역을 담당한 랄프 핀스(Ralph Fiennes)는 촬영하면서 어떤 심정이었을까? 아무리 스타라도 그런 역은 하고 싶지 않았을 것 같다.

독일인 오스카 쉰들러와 유태인 이자크 슈텐이 만나 처음에는 전쟁을 이용해서 군수용품을 만들어 돈을 많이 벌 욕심이었지만, 결국에는 번 돈을 모두 유태인 구출하는데 쏟아부은, 유태인들이 신처럼 존경할 만한 실존 인물 쉰들러 역을 맡은 리암 리슨(Liam Neeson)은 연기자로서 일생일대 가장 큰 보람을 느꼈을 것 같다.

"혹시 체포되셨을 경우를 염려해서 편지를 썼어요. 근로자 전원이 서명했습니다. 탈무드에 나오는 격언을 히브리어로 쓴 겁니다. 한 사람을 구함은 세상을 구함이라."

유태인 예레스의 금니를 뽑아 만든 반지를 슈텐은 쉰들러에게 왕관처럼 전했다.

"사장님 덕분에 후손이 이어질 수 있을 겁니다."

오늘날 폴란드에 살아 남은 유태인은 불과 4천 명이 안 된다. 반면 쉰들러가 살린 유태인의 후손은 6천 명 이상이다.

■ 이 영화는 저에게 영화 이상의 의미를 주었죠. 특정 인물의 양심의 변화를 잘 보 여 주었을 뿐 아니라 저도 변화할 수 있었던 계기가 됐습니다. 이 영화의 제작은 제 신념은 물론 제 삶조차 바뀌게 했는데, 오스카 쉰들러의 삶을 이야기하면서 단 한 사람을 통해서도 이 세상이 변화될 수 있음을 이해할 수 있었기 때문이죠.

그 누구도 과거에 해 놓은 것을 고칠 수 없습니다. 그것은 이미 일어난 사실이기 때문입니다. 학살된 모든 유태인의 명복을 빌며.

– 스티븐 스필버그–

❖ 피아니스트

"왜 그랬지, 내가 왜 그랬을까. 내가 왜 그랬지, 내가 왜 그랬을까… 미쳐버린 엄마의 중얼거림, 통곡, 울부짖음.

"아기를 질식사시켰어. 은신처를 찾아서 거기로 숨어들어 갔는데 경찰이 왔을 때 아기가 운 거야. 그래서 아기의 입을 막았더니 죽은 거지."

시체를 넘고 넘어, 사선을 넘고 넘어, 용케도 목숨이 붙어 있던 그 순간. 숨어 있던 폐허의 건물에서 마주친 독일 장교 앞에서 피아노를 쳐야 했던 피아니스트 스필만! 독일 장교는 빵을 가져와 건네주며,

"몇 주일만 버티면 돼. 살아남는 건 신의 뜻이야. 최소한 그렇게 믿어야겠지. 전쟁이 끝나면 뭘 할 거지?"

"다시 피아노를 쳐야죠. 폴란드 방송국에서요.'

"이름을 말해 주게. 방송되면 듣게."

"스필만입니다."

"피아니스트에게 어울리는 이름이군."

그렇게 말하며 외투를 벗어 주는 독일 장교. 그러나 독일군이 철수할 때 그 외투 때문에 독일군으로 오해받아 스필만은 죽을 고비를 또 넘기고.

꺼져가는 생명의 불꽃 앞에 숙연히 사력을 다해 피아노를 치던 스필만. 영혼을 울리던 그 선율과 애절한 그의 눈빛! 혼신의 힘을 다해 피아노를 두드리던 그 모습을 나는 오래도록 잊을 수 없을 것 같다.

그는 살기 위해서 건반을 두드린 것이 아니라 피아니스트라서 음악 이 저절로 손끝에서 흘러나오는 것 같았다.

처참한 지옥 속에서 사랑하는 가족들을 모두 잃고 구사일생으로 홀로 살아남은 스필만. 그는 신께 어떤 감사의 기도를 드렸을지…….

쇼생크 탈출

〈Greece〉, 〈Music of Heart〉, 〈Shine〉, 〈쇼생크탈출〉, 〈프리다〉, 〈Piano〉, 〈죽은 시인의 사회〉, 〈Fame〉, 〈Sister Act〉, 〈토탈 이클립스〉 이상은 지난 토요일에 내가 자주 가는 CD Mart에서 사온 영화 DVD들이다.

여느 때처럼 주말에 캐나다에서 전화를 걸어온 화영이에게 보고 하듯이 DVD 제목들을 이야기 했더니 그중 한 편을 골라준다.

"엄마는 한꺼번에 많이도 샀네. 그중에서 맨 먼저 〈쇼생크 탈출〉을 보세요. 정말 재미있어요."

그래도 나는 음악영화에 관심이 더 많아 〈Greece〉, 〈Music of Heart〉, 〈Shine〉은 주중에 바쁜 시간을 내서 보았고, 그리고 오늘 토요일 여유 있는 시간과 차분한 마음으로 〈쇼생크 탈출〉을 보았다.

영화 보는 도중에 왜 화영이가 이 영화를 먼저 보라고 했는지 그 이유를 알게 되었고, 큰 감동과 감격은 역시 서로 통하기 마련임을 새삼 느꼈다.

그동안 죄수, 감옥, 탈옥과 관련된 영화들을 더러 보았지만, 이 영화만큼 심금을 울리는 이야기는 그리 많지 않았다.

나는 요즘 오디오에 장영주의 바이올린 CD를 집어넣고 베토벤 로망스 F장조와 바흐의 G선상의 아리아, 사라사테의 지고이네르바이젠 등을 몇 달째 자주 듣는다.

천둥 치고 번개가 번쩍이듯 빠른 굉음으로 시작하고 끝이 나는 지고이네르바이젠. 집시들의 애처로운 삶이 눈물 나도록, 애수를 담은 아름다운 선율, 화려한 기교와 정열적으로 고조되어 가는……. 바이올린 곡의 매력이 만점이다.

기구한 운명의 역경을 이겨 내고 자유와 희망이 춤추는 푸른 태평양의 품속으로 돌아간 앤디와 레드의 이야기를 나는 이 아름답고 애절한 사라사테의 명곡과 함께 오래도록 간직할 것이다.

죽어서도 아름다운 사람!
오드리 햅번

영화 보는 것을 좋아하는 사람이면, 늙은 사람이나 젊은 사람이나 오드리 햅번을 모르는 사람은 거의 없을 것이다.

신은 불공평하시다. 왜 한 사람에게 그 많은 아름다움을 주셨는지 그녀는 나이 들어 죽을 때까지도 불우한 사람들을 위해 헌신봉사하였다. 신이 작정하고 이 세상에 보내신 사랑과 아름다움의 표상이리라.

그녀는 많은 사람들의 가슴 속에 살아 있는 아름다운 세기의 연인이다. 나는 요즘 젊은 날에 보았던 그녀가 출연한 영화들을 눈에 띄는 대로 모두 DVD로 사다가 본다. 그녀의 숲 속 요정같은 매력에 다시금 사로잡힌다.

내 나이 30대였을 때 〈로마의 휴일〉 영화에서 햅번을 처음 보았다. 그 순간, '어쩌면 이 세상에 저토록 아름다운 여인이 있을까?' 하는 놀라움과 한없는 부러움을 느꼈다.

햅번은 열아홉 살 때 런던에서 발레리나 수업을 받다가 1950년에 마리오 오덴비 감독의 눈에 띄어 〈낙원의 웃음〉으로 데뷔했으며 1953년 윌리엄

와일러 감독의 〈로마의 휴일〉로 오스카 여우주연상을 탔고, 1964년 〈마이 페어 레이디〉로 최고의 스타 자리에 올랐다 한다.

꽃을 싫어하는 사람이 이 세상 어디에 있겠는가.
오묘한 빛깔! 그윽한 향기! 천태만상의 자태!
어느 곳, 어느 때에 만나더라도 꽃의 매력은 언제나 나의 마음과 눈길을 사로잡는다. 지금 내가 살고 있는 아파트 들어오는 입구 통로에 라일락이 쭉 심어져 있다. 계절도 잊고 정신없이 살다 보면 어느 날 문득 라일락 향기가 내 머릿속까지 스며듦을 느낄 수 있는 순간이 온다.
'아! 어느새 봄이 지나가고 있네. 라일락 향기가 새삼 이렇게 좋은 것을.'
가슴속 깊은 탄성으로 이어진다.
그곳을 지날 때면 심호흡을 한다. 그리고 어느새 희미해지는 향기의 여운에 뜨거운 여름이 다가옴을 느낀다. 서운하고 아쉽다.

죽어서도 아름다운 사람, 햅번!
꽃보다 더욱 아름다운 여인!
라일락 향기 같은 그녀는 먼 훗날까지 그 향기가 영원하리라.

헤드윅

나는 〈헤드윅〉 필름을 DVD 플레이어에 넣고 켜는 순간, 이거 잘못 사온 필름 아닐까? 시끄럽고, 정신없고, 재미없겠다. 나의 편견의 병은 순간적으로 걱정을 한 것이다.

나는 음악을 무척 좋아하지만 그 편협함은 병적이다. 모차르트, 쇼팽, 베토벤 같은 고전적인 음악 외엔 잘 들으려 하지 않는다. 라디오나 TV에서 재즈니, 록뮤직이니, 랩, 라틴음악 이런 멜로디가 흘러나오면 라디오나 TV를 끄던지 주파수를 바꾸든지 한다.

그래도 이번엔 참고 〈헤드윅〉을 끝까지 보다 보니 그의 음악 속에 점점 빠져들게 되었다. 압도적인 음향과 강렬한 리듬과 박진감 있고 열광적인 연주에 내가 매료되었다고나 할까? 그리고 아름다운 소년, 한셀의 파란만장한 인생 행로에 연민의 정을 느꼈다.

애니메이션이 주는 묘한 감동과 음악 가사가 주는 철학적인 언어구사가 마음에 와 닿는다.

손자 의진이가 3살도 채 안되었을 때부터 장난감 기타를 둘러메고, 록뮤직 비슷한 비디오 필름을 보고 들으며 뒹굴고 정신없이 몸을 흔들어대던 때가 있었다. 그때, 내 속에는 도저히 지금 세대를 이해하고 함께 즐거워해 줄 수 없는, 격세지감의 벽이 가로 막고 있음을 인정했었다.

　　그러나 한편 〈헤드윅〉을 보면서 이야기하듯이 강렬하게 부르는 음악과 멜로디보다는 음성에 강약을 가하여 리드미컬하게 들려 주는 대사와 열광적인 연주가 그리 싫지 않았다. 그의 음악과 노랫말이 나를 감동시켰다.

"사랑은 영원하다 생각해."

"사랑은 왜 영원하지?"

"몰라, 사랑은 아마 존재하지 않는 뭔가를 창조하기 때문이 아닐까?"

"출산 같은 거?"

"아마 그런 게 창조겠지."

굿 윌 헌팅

"인생은 공부가 다가 아니다." 큰아이가 고3을 넘기기까지 책상머리에 써 붙인 슬로건이었다. MIT, 하버드, 예일, 캠브리지, 옥스퍼드……. 나는 세계적으로 그 유명한 대학들의 소식이 TV나 잡지나 신문에 나올 때는 항상 관심이 쏠리고 흥미롭다. 그런 대학에 들어가는 사람은 과연 어떤 사람들일까? 실력이 있어 세계적인 명문대학에 들어갈 수 있는 사람이 인생은 공부가 다가 아니라며 입학을 그만두는 사람은 아마도 이 세상에는 없을 것이다.

내가 오래 전에 한 아이를 몇 개월 돌보다 외국으로 입양보냈다. 생후 30개월인 그 남자아이는 천재처럼 놀라울 만큼 머리가 좋은 아이였다. 요행히 좋은 양부모 만나 좋은 환경 좋은 학교에서 공부 잘하며 잘 자라고 있다는 소식을 지금도 가끔 전해 듣는다.

이 영화 주인공 '월'을 보며 그 아이 생각이 내 머리 속에 자꾸 떠올랐다. 지식이나 명예나 부자보다 건강한 몸과 따뜻한 마음이 인생에 있어서 더 없이 좋은 것이라고 생각하며 종교의 힘도 아니고 지식의 힘도 아닌 인간의 순수하고 선한 마음과 믿음과 정성과 사랑의 힘으로 얼음처럼 굳어 버린 월의 가슴을 녹여준 '숀' 선생님께 크게 감명 받으며 이 영화를 보았다.

밀리언달러 베이비

"사람들은 끔찍한 걸 좋아해. 교통사고 나면 시체 보려는 인간들. 그 인간들이 복싱이 좋다는데, 뭘 제대로 알고 그러겠어? 복싱엔 존중이란 게 있어. 자기 것을 지키며 상대에게서 그걸 뺏는 거지."

"복싱의 신비함이란 어떤 고통이 와도 참고 견디며 갈비뼈가 나가고 망막이 터져도 싸운다는 거지. 자신만이 볼 수 있는 꿈 때문에."

"복싱은 이상한 스포츠지. 모든 게 거꾸로야. 왼쪽으로 가려 할 땐 왼발이 아닌 오른발가락을 움직여야 하고, 오른쪽으로 갈 땐 왼발가락을. 고통이 와도 피하기는커녕 그 속에 뛰어드니까."

"복서가 되려면 철저히 기초가 중요해. 뼛속부터 잊게 만들고 트레이너 목소리만 들리게 해야 해. 그때라야만, 그 소리대로 움직이니까. 자기 균형을 지키며 상대 균형은 무너뜨리고, 오른발가락의 신속한 반응, 펀치 날릴 때의 유연한 무릎, 밀릴 때조차 적을 겁 먹게 하는 방법, 그렇게 끝없이 가르쳐, 본능적으로 습득하게."

"우리 몸은 스스로 자신을 방어하게 돼 있어. 목을 조금만 돌려도 몸은 미리 눈치 채고 이렇게 말하지, 넌 감만 잡아, 내가 알아서 피할 테니까. 그리고 쓰러졌다 하면 만사 잊고 그냥 쉬고 싶지. 그게 KO된 자의 공통점이야."

"쭉 지켜봤는데, 넌 발을 안 움직여. 그냥 서 있어. 체중을 싣고 움직이는 것부터 배워. 무릎 굽혀 봐, 조금만. 상대를 치려면 자세는 잡아야지. 펀치는 힘이 아니라 정확도가 우선이야. 카운트를 하면서 이걸 정확히 치는 거야. 그리곤 오른발을 움직여 거기 체중을 싣고. 다음엔 손등으로 송곳 찌르듯, 그리고 다시 체중 이동. 오른손으로 또 송곳 찌르듯. 규칙! 처음도 끝도 자신부터 보호하라."

"인생이 고통에서 벗어나려고 발버둥치는 것이라면, 권투는 그 고통과 직접 부딪치는 거다."

인간들은 점점 더 피를 보며 짜릿한 흥밋거리에 중독되어 가고. 메마르고 삭막하고 살벌한 세상. 그래도 많은 사람들이 이 영화에 크게 감동하고 갈채를 보내는 것은 그 속에 함께한 눈물겨운 뜨거운 인정과 평화가 몹시 그리워서 그럴 것이다. 스포츠 종목에 상대방을 피 흘리게 하며 승리하는 잔인한 경기가 있어, 그것을 볼 때마다 왜 이리 내 마음을 불안하게 하는지 모를 일이다.

살아 있는 짐승을 잡아먹고 영양 보충하며 살아가는 인간들의 내면에는, 인류 시초부터 대대로 야비한 야성의 근본이 잠재되어 왔는지도 모른다. 인간의 본성이 선함인지 악함인지도 잘 모르겠다. 나 자신도 어느 때는 살의를 느낄 만큼 무서운 싸늘함이 언어로 눈빛으로 걷잡을 수 없이 쏟아진다. 〈ROME〉라는 외국 드라마를 보며, 인간은 참으로 지독하고 무서운 존재라는 것을 절절히 느꼈다. 역사적 상황을 아무리 리얼하게 재현한다고 해도 그렇지. 그렇게 무서운 장면들을 거침없이 영상화하는 인간들이 더욱 무섭다는 생각을 했다. 〈쉰들러 리스트〉나 〈글래디에이터〉같은 영화를 보면서 인간은 악마의 변신일지도 모른다는 생각도 했었다. 핵무기로, 화학무기로 삽시간에 인간을 아예 말살시킬 수 있는 지금의 세계 정세는 어쩌면 당연한 것인지도 모른다.

무섭고 잔인한 영상들로 더는 인간들의 야성에 불을 지르는 끔찍한 영화는 만들지 말았으면 좋겠다. 로마의 검투사가 사라졌고, 스페인의 투우도 점점 사라지듯이 상대방을 아프게 하는 경기는 없어졌으면 좋겠다.

이 영화 주인공 프랭키는 매주 빠지지 않고 교회에 나가 권투시합에서 인간을 보호해달라며 신에게 간절히 기도드린다. 내 생각 같아서는 복싱을 떠나면 될 것 같은데, 그렇게 할 수 없는 것이 인간의 운명이며 삶인가 보다.

나 이제 일어나 이니스프리로 가리
거기, 욋가지 엮어 진흙 바른 오두막 짓고
거기서 평화를 맛보리
평화는 천천히 내리는 것
아침의 베일로부터 귀뚜라미 우는 곳까지

—예이츠—

토털 이클립스

달이 해를 가린다는 뜻의 토털 이클립스. 이 영화 DVD를 보기 전에 설명문을 읽어보며 나는 이해가 잘 안 가는 글이 있어 한 번 더 읽어 보았다.

"랭보는 시인 베를렌느에게 자신이 쓴 시를 보내고, 그 아름다운 시에 매료된 베를렌느는 자신의 집으로 랭보를 부른다. 임신한 부인이 있지만 베를렌느는 열정이 가득한 아름다운 랭보와 사랑에 빠지게 된다."

같은 남성 시인끼리 성적 사랑을 나누었단 말인가? 나는 쉽게 이해하지 못했다.

술주정뱅이에 임신한 아내를 폭행하는 미치광이, 남색을 즐기는 변태 성욕자. 베를렌느를 훌륭한 시인이라 하다니 내 상식으로는 도저히 믿을 수 없다. 그런 시인을 스스로 찾아가 한 덩어리가 되어 시를 쓴, 프랑스의 상징주의 대표적 시인이라 일컫는 랭보 시인도 나는 이해할 수 없다. 육체적 쾌락 속에서 고통을 체험한다는 궤변도 이해할 수 없고, 썩을 육체를 위해 사랑에 성실하다는 베를렌느의 말도 이해가 안 된다. 무엇인가를 알아보려고 영화를 보면서 내내 애써 보았지만 역시 허사였다. 랭보 시인의 시와 삶과 고뇌를 이해하기에는 나는 시에 대해서 아는 게 너무 없다.

몇 해 전에 캐나다에 있었을 때 갑자기 허리등뼈 디스크가 돌출되어 3개월 이상 누워 지냈다. 다리를 잘라내고 싶을 만큼의 지독한 불행과 고통의 시간들을 독한 진통제를 끝도 없이 먹으며, 이해인 수녀님의 시를 읽으며, 클래식 음악을 귀에 담고 견디었다.

사람들이 견디기 힘든 큰 슬픔과 숨길 수 없는 큰 기쁨을 함께 나눌 수 있는 글. 신이 창조하신 우주 만물의 신비함에, 사람들이 감격하여 부르는 감사의 노래. 괴롭고 외로운 삶에 지쳐 신께 염원하는 인간의 간절한 소망과 애절한 기도. 사랑하는 연인들이 서로 손잡고 외치는 가슴이 하나 되는 메아리. 시라고 생각할 수 있고 내가 시라고 이해할 수 있는 글의 한계는 여기까지인 것 같다.

청춘스타 레오나르도 디카프리오의 순수와 광기가 혼합된 랭보 역은 뛰어나 보이지만 왠지 가엾다는 생각이 든다. 베를렌느 역 데이비드 튤리스의 자극적인 연기도 돋보이지만 너무 징그럽다는 생각이 든다. 우수한 연기자들만이 해낼 수 있는 역할인 것 같다.

식스 센스

 나는 솔직히 유령이나 귀신에 대해서 잘 알지도 못하고 믿음도 없다. 억울하게 죽은 사람들의 혼이 보이지 않는 바람 같은 것으로 음산한 분위기를 느낄 수 있는 것, 사람들의 짐작으로만 이야기할 수 있는 것, 믿음 없이는 인정할 수 없는 것, 이 정도이다.

 사람들은 유령의 세계를 자기 마음대로 상상하여 무섭거나 슬프거나 측은하고 또는 아름다운 것으로 많은 이야기를 그려내고 영화도 만드는 것 같다. 죽은 사람들의 영혼이 만들어 낸 이야기가 아직 살아 있는 사람들에게 도움과 희망과 용기가 될 수 있기를 바라는 마음인 것 같다.

 〈식스 센스〉도 유령 이야기다. 아동 심리학 박사 말콤이 치료에 실패한 빈센트 그레이가 어느 날 밤 말콤 박사 집에 침입하여 원망과 정신분열증으로 말콤을 죽이게 되고 말콤은 유령이 되어 빈센트와 똑같은 병을 앓고 있는 콜을 찾아가 도와준다는 이야기다.

나는 매사에 부정적이라 그런지 이 영화를 보면서 속 시원한 대답을 들은 것 같지는 않다. 억지로라도 믿어보려 하지만 이해가 안 되는 말과 장면이 많다. 하지만 나의 사후의 세계가 더욱 궁금해지고, 있을 법한 천당과 지옥이 더욱 궁금해진다. 나는 늘 내 마음 속에 천당과 지옥이 있다고 생각했었다. 아무튼 그런 곳이 사실로 있든 없든 선하고 아름답게 살다가 죽어서까지 좋은 곳으로 갈 수 있다면 모두 그렇게 살지 않겠는가.

내가 죽어 정말 좋은 유령이 되어 우리 아이들이 어려운 처지에 놓일 때 〈사랑과 영혼〉에서처럼 도움이 될 수만 있다면 이 얼마나 굉장한 일이며 이 얼마나 멋진 일일까?

능력 있고 대단한 유령이 될 수 있는 비법을 살아생전에 노력해서 터득할 수도 있는 일일까? 좋은 일 많이 하고 선하고 진실되게 사는 것, 어쩌면 이것이 해답일지도 모르겠다.

믿음과 신뢰만큼 인간의 마음을 편안하고 행복하게 해주는 것이 또 어디 있겠는가. 내 믿음의 척도에 따라서 삶의 행과 불행도 어느 정도 가늠할 수 있지 않겠는가.

그러나 안타깝게도 그런 소중한 믿음이 나에게는 많이 결핍되어 있다. 이 세상 것은 모두 믿을 게 없다고 한탄할 만큼 내 마음은 늘 불안하고 삭막하다.

돌팔이 의사에게 한번 된통 당한 후로는 이 세상 몇 %나 믿고 의지할 수 있는 의사가 존재할까 걱정이고, 사이비 종교의 교주에게 속아 넘어가 몸도 재산도 모두 잃어버린 비참한 사람들을 뉴스에서 보고 들을 때 올바르고 양심적인 성직자가 이 지구 상에 몇 %나 될까 한심해진다.

가짜 박사와 양심 없는 교직자들의 비행 소식을 전해들을 때마다 지혜

와 믿음을 가르쳐 줄 선생님이 이 세상에 몇 %나 존재하고 있을까 막막해진다.

 정치가들의 허위공약, 가짜 음식물로 생명을 갉아먹고 돈을 버는 파렴치한 인간들, 양심을 버리고 남을 속여 돈을 버는 수많은 짐승만도 못한 인간들 때문에 온 세상이 모두 가짜투성이인 것 같아 내 마음은 늘 슬프고 괴롭다. 의심해보지 않고 무조건 모든 걸 믿어버리기에는 난 이미 의심의 불치병에 걸려 있다.

 귀신, 유령?

 어찌 눈으로 보지 못하는 것을 이런 내가 믿을 수 있겠는가.

 영혼, 내세? 어떻게 믿어야 할까……?

 그 아무것도 손에 잡히지 않아 믿어지는 게 없지만 하지만 한 가지. 외할머니와 아버지와 내 어머니가 돌아가시는 걸 내 두 눈으로 똑똑히 보았으니 나 또한 죽음을 맞이하리라는 사실만큼은 확실하다. 죽음과 삶은 명백한 것이다. 거짓투성이 세상 속에서 어떻게 살다 어떻게 죽을지는 온전히 내 몫이다.

카미유 클로델

　〈생각하는 사람〉을 조각한 로댕을 나는 늘 마음속으로 얼마나 훌륭하고 위대한 예술가인지 알고 싶었다. 〈카미유 클로델〉 영화를 보고 나서 로댕도 역시 '순수함이 힘들다고' 말하는 예술인의 광적인 속성을 벗어나지 못한, 한 괴팍한 인간임을 느꼈으며 조금은 실망스럽기도 했다.

　인체의 신비로운 선과 굴곡의 미를 느껴 보지도 못하면서, 술에 취해 인생과 예술에 대해 절규해 보지도 못하면서, 아내가 있는 남자를 사랑한 그 참담한 불안을 겪어 보지 못하고서, 그 어찌 카미유의 삶과 예술을 이야기할 수 있겠는가. 나 같은 맹문한 정신으로는 할 말이 없다.

　주인공 카미유 역의 '이자벨 아자니'의 열정적인 연기에 폭 빠질 수 있었다. 너무나 재능이 있었기에 보통 여자로 머물 수 없었고, 너무나 자기 일에 열중했기 때문에 좋은 연인이 될 수 없었던 한 여자의 일생이었다. 카미유 클로델은 비극적 예술가의 초상이다.

다빈치 코드와 도마의 믿음

몇 달 전, 〈다빈치 코드〉 영화가 개봉되면서 말들이 많았다. 영화를 본 소감을 어떤 사람은 크게 실망했다고 했으며, 매우 훌륭하다고 말하는 사람도 있었다. 다빈치 코드의 잘못된 점을 TV에 나와 해명하는 신부님도 계셨다. 무척 궁금했다. 무엇을 가지고 그리 소란들일까?

예수가 막달라 마리아와 혼인하여 아기도 낳았다. 예수가 신이냐? 인간이냐? 기독교의 어느 단체는 영화를 보지 말자는 캠페인까지 벌였다.

나의 순간 생각은 예수님이 인간으로서 그렇게 위대하게 사셨다면 더욱 훌륭하지 않겠는가? 예수님의 핏줄이 실제로 존재했다면 이 얼마나 경이로운 일인가. 영화 속 이야기일 뿐일 텐데 …….

나는 우연히 어느 날 길거리에서 다빈치코드 영화 DVD를 사게 되었다. 아무도 이러쿵저러쿵 이야기하지 않고 조용해진 요즘 2006년 12월 25일 성탄절, 조용한 시간에 나는 이 영화를 보았다. 007이나 미션 임파서블 같은 영화보다야 못하지만 스릴과 공포, 서스펜스까지 내가 보기에는 꽤 흥미롭게 만든 영화 같다.

그리고 영화 끝 부분에서 주인공 로버트 랭던의 말에 공감이 간다. 내가 영화 보기 전에 생각한 것과 똑같다.

"그래요, 성배는 영원히 사라졌을지 모르죠. 하지만, 소피! 중요한 건 당신 믿음이에요. 예수는 사람들한테 특별한 존재였어요. 그것만은 틀림없는 역사적 사실이에요. 내가 어렸을 때, 티빙이 말한 것처럼 우물에 빠졌을 때 죽는 줄만 알았죠. 겁에 질려서 기도를 했죠. 예수님한테 제발 살려달라고. 그때 난 혼자가 아니었어요. 사람이든 신이든 상관없잖아요? 인간이 성스러운 존재인데 인간으로서 기적을 행했을 수도 있잖소."

"맹물을 포도주로 바꾼 것처럼?"

"모르죠, 같은 핏줄이니 당신도 가능할지. 공원에서 만난 사람이 마약 중독이나 내 폐쇄 공포증을 치유했을지도. 믿음이 제일 중요해요."

유럽의 그 거대한 성당에나 유명하고 훌륭한 그림에나 성극에서나 예수님의 형상과 얼굴 모습은 모두 제각각이다. 그러나 예수의 얼굴이 사진처럼 똑같지 않다고 불평하고 시비하는 사람은 없다.

흉악한 강도의 얼굴에서 어느 화가는 예수님의 얼굴을 찾아내 그렸다고 했다. 자메이카의 기독교인들이 만든 성모마리아와 아기 예수의 상은 흑인이었다. 예수가 흑인이 아니었다고 그 누가 따지겠는가? 예수의 피부와 피를 그 누가 분석할 수 있겠는가? 예수를 믿고 사모하는 사람들의 가슴 속엔 저마다의 모습으로 예수님은 자리하고 있을 것이다.

예수님의 기적을 과학적으로 따지지 않는 복된 사람들의 강한 믿음은 예수님이 인간이든 신이든 상관하지 않을 것이다.

예수님은 "손의 못자국과 창에 찔린 옆구리에 손을 넣어보라." 도마에게 이르시며 "너는 나를 본 고로 믿느냐, 보지 못하고 믿는 자들은 복되도다." 하셨다.

세상에는 헤아릴 수 없이 많은 신들이 있다. TV에서 보고 들은 바로는 특히 인도에 많은 신들이 있고, 심지어 그 징그러운 쥐를 신으로 모시는 사람도 많았다. 누가 쥐를 신으로 섬기는 사람을 천하고 흉한 사람이라고 감히 말하겠는가.

믿음을 소유한 사람들은 그 마음속에 고결함과 순결함을 지닌 아름다운 사람인 것이다. 나처럼 이것도 저것도 아닌, 어정쩡한 마음으로는 진실한 믿음을 소유한 복된 사람들의 평안함과 항상 감사와 기쁨에 넘치는 행복함을 따라 잡을 수 없는 것이다.

"사람은 누구나 저마다의 신에 이른다."

새삼, 네루의 명언이 가슴 깊이 울려온다.

나의 다섯 살 된 손자는 이번 크리스마스에 산타클로스 할아버지에게 100개나 되는 많은 선물을 받고 싶다며, 성탄절 며칠 전부터 희망에 들떠 있었다. 기독교 잔치에 덩달아 춤출 필요가 없다며, 요즘 세계 여러 나라에서 크리스마스의 의미가 점점 사라지고 있다 한다. 도마는 그래도 예수님의 못자국을 확인하려는 믿음의 정열을 갖고 있는 사람이었다.

십자가에 예수님이 못 박히셨다니, 그런가 보다……

그 엄청난 사실을 뜨겁게 가슴 깊이 절절히 느끼지 못하는 내 자신이 딱하고 안타까울 뿐이다. 그나마 예수님이 탄생하신 날짜는 인류를 죄악에서 구원하시려 십자가에 못 박히신 예수님의 그 크신 사랑과는 아무 상관이 없음을 나는 알고 있다.

"교회의 형식적인 의례를 대할 때마다, 문화 양식이 만들어 낸 거대한 허위와 오류를 목격한 듯한 인상을 갖게 된다. 그러나 그 밑바탕에 깔린 고귀한 정신까지 부정할 수는 없다. 형식은 사라져도 진실은 영원하다. 완벽한 대상에 대한 경배야말로 불완전한 영혼을 위로하는 힘이 아닌가. 인생의 의미를 찾아 질풍노도와 같은 삶을 살았던 많은 사람들이 결국에는 종교에 귀의하는 이유도 따지고 보면 그런 이유 때문이 아닐까 싶다.'

—김미진의《로마에서 길을 잃다》에서—

아무것도 따지지 않고 교회 일에 열심히 헌신 봉사했던 내 젊은 날이 그립다.

로마! 드디어 로마를 보게 되는구나!
오랫동안 기다리던 연인을 만나는 것처럼 가슴 벅찬 설렘이
내 마음 속에 파도처럼 일었다.

4. 바람이 되어

잠시 바람이 되어

2005년 12월 31일에 인천공항을 출발하여 2006년 1월 10일까지 9박 11일간의 유럽여행을 무사히 마치고 돌아왔다.

'아냐, 이번엔 꼭 가 봐야돼. 지영이 출산휴가 끝나기 전에.'

늘 유럽에 가봐야지 하면서도 그동안 용단을 내리지 못했던 것을 어느 순간 결정하고 사위 영교가 정성껏 챙겨 준 일정표와 방문지 자료들을 검토해 볼 틈도 없이 런던에 살고 있는 화영이에게 줄 짐 꾸리기에 바쁜 시간을 보냈다.

역시 나이가 너무 많아서인지 출발하던 그 순간까지도 별 설렘도, 큰 기대감도 없었고, 내가 어디에 지금 무엇을 보러 가는지도 머릿속에 확실하게 그려지지 않았다.

시간이 만든 아주 먼 역사 속으로의 뜻 깊은 여행이라는 진지한 느낌도 없이 아는 것만큼 보이고 보이는 것만큼 느낄 수 있다는 유럽여행을 나는 떠났다.

2005년 마지막 날 오후 5시경에 런던에 도착하여 저녁식사 후 숙소에 들어와 첫날밤을 보내고 2006년 첫날 그리스 신화에 등장하는 영웅 아킬레스를 조각한 웰링턴 기념비와 빅토리아 시대의 조각과 엘비타 기념비가 있는, 런던에서 가장 넓고 유명한 도심공원인 '하이드 파크'로 첫 관광을 시작하였다.

지금도 역사가 살아 숨 쉬는 영국 여왕의 집무실이 있는 버킹검 궁전과 웨스트민스터사원 등을 둘러보며 내가 정말 영국에 와서 영국 땅을 밟고 다니는 것인지 그때까지도 실감이 나지 않았다.

■ 영국! 이 작은 섬나라는 한때 전 세계의 절반을 지배한 대영제국을 탄생시켰다. 장대한 역사와 자랑스러운 전통을 이어가는 아름다운 신사의 나라! 영국의 수도인 런던은 전통적 영국 그 자체이며 동시에 전 세계의 문화가 하나로 어우러져 있는 곳이다. 빅벤과 웨스트민스터사원과 함께 20세기가 공존하는 곳! 빨강 이층버스, 검은 택시, 친절한 경찰, 그리고 별난 사람들! 런던은 차를 타고 다니기엔 너무 크고 복잡하고 비싼 도시가 되어 있다. 런던은 유럽에서 가장 큰 도시이며, 작가 새뮤엘 존슨은 '런던에 싫증을 느끼는 사람은 삶에 싫증을 느끼는 사람이다'란 글을 남겼다. 런던은 2천 년의 역사를 지닌 살아 있는 도시로 변해가고 있으며, 지금도 전 세계 사람들을 이곳에서 볼 수 있는 것이다.

■ **버킹검 궁전**: 트라팔가 광장의 서남쪽에 위치해 있는 영국 입헌군주정치의 중심인 버킹검궁전은 1837년 빅토리아 여왕에 의해 처음으로 왕족 거주지로 지정되었고, 1993년에 처음으로 대중에게 공개되었다. 렘브란트, 루벤스, 카나레토 등의 작품이 포함된 대규모의 왕실 소장품을 전시하는 픽처 갤러리가 있으며, 왕실 근위병 교대식으로 유명하다.

- **웨스터 민스터 사원**: 1066년부터 42명의 영국 왕과 여왕들의 웅장하고 화려한 대관식이 펼쳐진 장소로 유명하며, 왕족의 결혼식, 장례식도 이 곳에서 행해졌다. 역대 왕과 여왕, 정치가, 작가, 음악가, 기사, 배우, 기타 왕족 등 3,000명이 넘는 이들이 이곳에 잠들어 있으며, 그 중 대표적인 무덤으로 처칠의 묘, 엘리자베스 1세의 묘, 헨리 7세의 묘, 스코틀랜드 메리 여왕의 묘 등이 가장 유명한 무덤이라고 한다.

- **웨스터 민스터 궁**: 1097년에 처음 건축이 시작되었고, 1834년 대화재 이후 디자인 공모에 참가한 97개의 작품 중에서 찰스베리 작품이 선택되었다. 그는 통일성과 웅장함, 화려함을 추구하는 신고딕 양식을 주입시켰으며 비용은 전혀 문제가 되지 않았다. 1,000개가 넘는 방과 11개의 안뜰, 3km가 넘는 긴 복도 등 어마어마한 규모다. 웨스터민스터홀은 900년 동안 영국 왕실의 왕가였으며 영국 민주주의 전통의 상징이 되었다. 최고의 법정이 열리며 주연이 베풀어졌으며, 영국의 대표적인 문서들이 보관되어 있다.
  웨스터민스터에는 종교적인 색채만을 띤 전통은 없으며 종교가 정치화되고 정치가 종교화 되고, 왕국의 역사를 고스란히 간직한 가장 중요한 곳으로 영국의 정체성이 바로 이곳에서 생겨났음을 알 수 있었다.

- **타워 브리지**: 런던의 상징인 타워브리지는 템스강 하류에 자리잡고 있는 빅토리아 스타일로 건축된 교각이다. 호레이스 존슨 경의 디자인으로 1887년에 착공해 8년에 걸친 공사 끝에 완공되었고 100년이 넘는 시간 동안 그 자리를 지키고 있는 타워브리지는 크고 작은 첨탑이 있어 마치 동화 속에 나오는 중세의 성을 연상시킨다. 교각 중앙이 개폐식으로 되어 있어 큰 배가 통과할 때에는 90초에 걸쳐 무게 1,000t의 다리가 수압을 통해 열린다고 한다.

신년 연휴로 대영박물관에 들어가지 못한 것은 매우 애석한 일이었 다. 대영박물관에는 전 세계를 여행하는 셈이 되는 전 세계 역사의 유물이 가득하며 문명의 시간이 잘 정리되어 있는 곳이라고 한다.

일생을 살면서도 다 보고 느낄 수 없다는 영국을 눈 깜빡할 사이에 바람처럼 런던 시내 몇 곳의 관광으로 대충 끝내고 오후 5시경에 딸 화영이를 만나 해저터널을 통과하는 유로스타에 탑승하여 런던을 떠났으며, 밤 9시경에 파리에 도착하여 둘째 밤을 보냈다.

다음날 아침 일찍 서둘러 에펠탑으로 달려갔다. 깊은 겨울 날씨에 바람도 많이 불고 매서운 추위가 기승을 부리는 평일인데도 에펠탑 관광행렬은 어느새 길게 줄 서 있었다. 여름휴가 때는 아주 긴 시간을 기다려야 한다고 한다. 여름철의 유럽은 주인들은 멀리 떠나고 관광객들만 북적거리는 도시가 된다고 하며, 파리 시민들은 관광 수입보다 제발 조용히 살고 싶은 사람이 더 많다고 한다.

■ 프랑스! 많은 사람들이 파리를 유럽에서 가장 낭만적인 도시로 꼽는다. 현란한 밤문화, 식도락, 우아한 가로수 길, 노천카페……. 파리를 설명할 때 이 중 하나라도 빼놓을 수 없으며 한번 파리에 와 본 사람은 또 오고 싶은, 싫증나지 않은 도시다. 프랑스인들은 인색하고 냉정하고 영어 쓰기를 싫어한다는 고정관념이 있다고 했다. 사실은 그렇지 않다. 다른 유럽인들처럼 친절하고, 자국문화에 대한 대단한 자부심이 있고, 억지 미소나 입에 발린 말보다는 세련된 예절을 중시하는 사람이 더 많은 곳이 프랑스다.

혁명으로, 프랑스 귀족계급이 무너질 때 불필요한 겉치레도 함께 사라졌으며, 현실적이고 품위 있고, 간소한 삶을 추구하게 된, 이것이 프랑스

신고전주의 운동의 특징이며, 세련된 삶의 미학을 배울 수 있는 곳이다. 아름다운 프랑스! 강렬한 개인주의, 긴 세월 동안 전 세계의 놀라움과 경외와 매혹의 원천이 되었던 지성! 삶이 즐겁고 사랑과 예술이 인생의 방식인 프랑스! 멋지고 자신 있는 사람들이 호기심과 서로의 공감으로 나라를 사랑하고, 그 필연적인 활력을 가진 나라가 프랑스다.

파리에는 마지막이란 말이 없다 "내가 일생동안 어디에 가든지 파리는 내 곁에 머물 것이다." 어니스트 헤밍웨이 말이다. 세상에서 가장 매혹적인 도시 중 하나인 파리의 중심은 도보로 하루가 걸릴 정도이지만 일생이 걸려도 그 매력을 모두 느끼지 못할 것이다.

자유, 영광, 힘을 향한 정신. 결코 가두거나 길들일 수 없는 정신! 바로 프랑스의 정신이며, 독특함과 감각적인 동시에 지적인, 거만하지만 거부할 수 없는 열정적인 재능이 있는 사람들이 인류에 잴 수 없는 공적을 남긴 프랑스! 자주적으로 나라의 운명을 개척하는 의지의 프랑스! 프랑스는 인생과 사랑, 그 이상의 그 무엇이고 전 세계는 프랑스와의 사랑에 빠졌다. 프랑스를 지극히 사랑하는 사람들의 끝없는 찬사의 말이다.

- **에펠탑**: 파리의 상징인 에펠탑은 높이 320m의 철탑으로 프랑스 혁명 100주년인 1889년에 만국박람회를 기념하여 구스타프 에펠의 설계로 세워졌으며, 에펠탑이 세워질 당시에는 파리시의 경관을 해친다는 시민들의 반대가 매우 심했다고 한다. 지금은 탑 아래 위치한 상 드마르스 공원 왼쪽에는 나폴레옹의 유해가 있는 앵발리드와 로댕 미술관이 자리 잡고 있어 샤오이 궁전과 함께 파리의 어엿한 상징이 되었다. TV나 그림 속에서 본 것보다 더욱 웅장하고 하늘빛과 대조를 이룬 실루엣의 우아함이 멀리서는 한층 더 돋보이는 아주 멋스러운 탑이었다. 에펠탑 엘리베이터를 타고 정상의 전망대에서 내려다본 파리 시가지는 유럽여행을 실감나게 했다. 파리시의 은색빛 파노라마의 아름다움에 취해 아, 역시 파리구나 어쩌면 이토록 신비스런 도시가 있었는지. 나는 파리시의 매혹에 흠뻑 빠져버렸다.

후에 어느 가이드가 말했다. 파리는 아주 잘 꾸며 놓은 백화점같으며, 곱게 단장한 신부 같은 도시라고. 그러나 너무 아름다워 싫증이 빨리 온다는 말도 했다. 하지만 내가 잠깐 본 파리는 과거와 현재의 모습이 조화롭게 어우러진 우아하고 멋진 도시임에 틀림없었다.

■ **개선문**: 지름 240m의 원형광장에 서 있는 높이 50m의 건축물로 상젤리제 거리의 끝 부분에 위치해 있었고 1806년 승리를 기념하기 위해 나폴레옹의 명령으로 착공되었으나 그는 개선문의 완공을 보지 못하고 사망했다 한다. 1920년 이래로 1차대전에서 전사한 무명용사의 시신이 중앙 아치 밑에 묻히게 되었고 매일 저녁 6시 30분에는 이들을 기리는 불꽃이 타오르는 것을 볼 수 있다 한다.
"내 사전에는 불가능이란 없다." 나폴레옹의 말이 생각나기도 했다.

■ **콩코르드 광장**: 상젤리제의 중심에 있는, 화합의 뜻인 콩코르드 광장은 1778년 2월 6일 루이 16세와 미국 13개 독립주와의 교류의 조약을 체결한 장소이며 광장은 프랑스혁명 때 교수형 장소로 이용되어 루이16세와 그의 부인 마리 앙투아네트를 포함한 1,119명의 사람들이 비참한 죽음을 맞은 곳이다.
지금은 파리시에서 가장 아름답고 유명한 광장이 되었으며, 광장 중앙의 오벨리스크 기둥에는 상형문자가 새겨져 있었고 이 광장으로 인해 개선문과 루브르궁이 양단을 장식하고 있는 상젤리제 거리의 경관이 한층 돋보인다.

■ **루브르 박물관**: 박물관 입구의, 페이가 설계한 유리 피라미드! 이 대담한 건축물은 박물관 지하 입구의 가치를 배가해 준다. 루브르 박물관 그 자체로도 건축학적으로 인류의 놀라움이다.

루브르 궁전은 800년에 걸치는 역사 속에 자리 잡고 있으며 중세의 성에서 프랑스의 역대 왕의 궁전까지, 후에는 미술관으로 건물양식이 발전해 왔다. 원래는 궁전으로 중세부터 프랑스 역사상 중요한 사건의 한 부분을 차지했으나 지금은 국제적인 명성에 힘입어 궁전보다는 미술관으로서의 이름이 널리 알려져 있다.

다빈치의 〈모나리자〉, 밀로의 〈비너스〉, 다비드의 〈나폴레옹의 대관식〉 등의 거대한 작품이 기억된다.

■ **노트르담 대성당**: 노트르담이란 성모 마리아를 뜻하는 말로, 이 대성당은 파리의 상징적인 건물이며 고딕양식 건축물 가운데 최고 걸작이라 한다. 빅토르 위고의 소설 〈노트르담의 꼽추〉로도 유명하며 성당 내부에는 성서내용을 주제로 한 수많은 조각들이 있고, 남쪽과 북쪽에 있는 4가지 색깔의 스테인드글라스인 장미창이 유명하다. 목과 머리가 몹시 아프도록 높이높이 성당 안을 둘러보며, 내가 유럽 여행에 나서기를 아주 잘했다고 감탄에 감탄을 더했다. 건축이 이토록 감동을 줄 수 있다는 놀라운 사실은 찬탄 그 자체였다.

다시 한번 프랑스의 매력은 전통과 새로운 건축물의 결합, 도시와 자연과의 조화 그리고 오늘날까지도 사람들의 마음을 움직이는 과거의 찬란했던 미적 감각 등에서 비롯됨을 알 수 있었다.

저녁 식사 후 화영이와 나, 다른 가족 넷까지 모두 여섯이서 샹젤리제 거리에 있는 리도 극장에서 리도쇼를 보고, 화려한 파리시의 야경과 장관인 에펠탑 야경을 구경하고 자정이 넘어서야 숙소에 들어 세 번 째의 밤을 보냈다. 다음날 아침에는 더 일찍 기상하여 리용으로 이동하고 초고속열차 TGV(테제베)에 탑승하여 파리를 떠났고, 스위스 제네바에 오전 11시 경에 도착하였다. 레만호의 푸른 물결과 알프스 산자락으로 둘러싸인 제네바는 스위스 3대 도시 중 하나로 아름다운 자연경관과 함께 UN유럽본부, 국제적십자위원회, 국제노동기구 등 주요 국제기구가 자리 잡고 있어 국제적으로 영향을 행사하는 도시다.

또한 프랑스에 가장 인접해서 프랑스령에 가까이 있는 몽블랑과도 쉽게 연결되는 도시였다.

제네바에서 샤모니 마을로 이동하는 한 시간 반 동안 이삼일 전에 내린 폭설로, 알프스 산자락의 설경은 전혀 예상하지 못했던 환상적인 그림을 선물 받은 놀라운 기쁨이었다. 크리스마스트리 같은 나무들이 양털 같은 하얀 눈을 휘감고서 산등성이 골짜기 가득가득 서 있는 끝없는 설경은 와! 정말 아름다움의 극치였다. 내 생전에 처음 보는 그 많은 눈들의 향연에 초대되어 눈의 나라를 여행하는 기쁨을 맘껏 누렸다.

산자락 주변의 경관과 어우러진 순백의 화음은 나에게 신비로운 감격을 주었고 나는 기꺼이 눈들의 축제 속에 갇혔다. 그리고 동화 속 같은 샤모니 마을에 도착하여 냄비에 기름을 끓인 후 쇠고기를 주사위 크기로 썰어 긴 포크에 꽂아 익혀 소스에 찍어 먹는 퐁뒤, 점심식사는 눈과 함께 입까지 즐겁게 하는 멋진 식사였다. 찐 감자도 어찌나 맛이 있던지 모두들 우리 강원도 감자 이야기들을 했다.

점심 식사 후 스키장 루푸와 케이블카로 2,500m의 알프스 산맥에서 가장 전망 좋은 드레방을 등정하여 눈부신 만년설을 덮고 있는 몽블랑을 만나 보았다. 안개와 구름에 항상 가리워 쉽게 볼 수 없다는 몽블랑을 추위를 참아낸 끈기로 하늘 눈 속에 떠 있는 신기루 같은 신비한 몽블랑을 손에 잡힐 듯이 선명하게 볼 수 있는 행운을 얻었다. 나미경 인솔자가 역시 대단한 팀이라고 칭찬을 아끼지 않았다.

신비한 알프스의 만년설을 뒤로 하고 4시간이 넘게 긴 시간 버스를 달려 다음으로 간 곳은 이태리의 밀라노였다. 어둑한 저녁 때 도착하여 무엇에 쫓기는 사람들처럼 우리 일행은 어두어진 거리를 뛰다시피 바삐 두오모 광장에 가서 세계에서 네 번째로 크다는 이탈리아 고딕건축의 정수인 두오모 대성당을 조명 빛으로 겉모습만 대충 보았지만 역시 대단한 성당임에 틀림없는 것 같았다.

대부분의 예술품처럼 건축물 또한 실제로 보지 않고는 진짜 묘미를 파악하기 힘들다. 백문이 불여일견이다.

그리고 광장 한 쪽에 서있는 푸치니, 로시니, 베르니 등 오페라 작곡가들의 작품이 초연되었다는 세계적인 오페라의 메카! 스칼라 극장을 인솔자의 설명으로만 잠깐 눈인사하고 숙소에 들었다.

다음날 아침에는 르네상스가 처음 꽃핀 피렌체로 이동했다.

■ 르네상스는 14~16세기에 걸쳐 이탈리아를 중심으로 서유럽에서 일어난 문화운동으로 신을 중심으로 한 문화에서 인간을 존중하는, 새로운 생각을 문학이나 예술, 학문 등에 나타내려고 한 운동으로 '문예부흥' 이라고도 한다. 지오토, 마사치오, 레오나르도 다빈치, 라파엘, 미켈란젤로 등이 그때의 대표적 인물이며, 세익스피어도 이때〈리어왕〉, 〈햄릿〉 등 많은 작품을 발표했다.

■ 피렌체 역사 지구는 이탈리아의 중부에 위치해 있으며, 메디치가 문의

후원에 힘입어 르네상스를 꽃피운 도시다. 도시 전체가 하나의 아름다운 작품으로 1982년에 유네스코에 의해 세계문화유산으로 등록되었다. 피렌체의 얼굴인 두오모 광장에는 '꽃의 산타마리아' 대성당인 두오모와 조토가 설계한 82m의 종루와 산조바니 세례당으로 둘러 쌓여있고, 항상 인산인해를 이루는 곳이라 한다.
단테의 생가, 시뇨리아 광장, 미켈란젤로의 광장과 언덕도 잠시 둘러 보았다.

고풍스러운 피렌체를 마음에 담고 다음으로 간 곳은 이태리의 어디를 가나 겨울에도 짙푸른 빛을 곱게 머리에 이고 이태리 땅 곳곳을 우아하게 장식하고 서 있는 카라카사 우산 소나무가 아름다운 시골길을 4시간 반 동안 버스로 달려 로마에 도착하였고 저녁식사 후 숙소에 들었다.

다음날에도 아침 일찍 서둘러 로마 시내관광을 시작하였다.

로마! 드디어 로마를 보게 되는구나! 오랫동안 기다리던 연인을 만나는 것처럼 가슴 벅찬 설렘이 내 마음 속에 파도처럼 일었다. 맨 먼저 간 곳은 로마시 안에 있는 세계에서 가장 작은 나라 바티칸시였다. 속히 달려갔는데도 이미 많은 관광객들의 행렬은 끝없이 길었다. 1시간이 넘게 줄 서서, 드디어 바티칸 박물관인 시스티나 성당에 발을 들여 놓았다.

관람객이 맨 먼저 통과하는 벨 베데레의 뜰에는 18세기에 클레멘스 14세와 피우스 6세가 수집한 조각상들이 놓여 있었고, 바티칸 궁전의 전신인 이곳은 19세기 피우스 7세에 의해 현재의 모습이 되었다고 한다. 로마인들이 자신들의 조상이라고 여기는 라오콘 상은 16세기 초 콜로세움 부근의 티투스 목욕장 유적에서 발견된 대리석상으로 후기 헬레니즘 시대의 걸작이며, 큰 뱀에 묶여 고뇌하는 모습의 트로이의 사제 라오콘이 신에게 벌을 받고 있었다. 기원전 6세기, 고대 그리스의 조각가 레오카레스 작품으로 추정되는 청동상을 로마시대에 복사한 대리석상인 아폴로 상도 기억해둘 작품이었다.

다음은 피냐 정원에 들러, 아그라파의 욕실에서 발견된 거대한 청동 솔방울 분수를 지나, 시스티나 성당 천정화인 〈최후의 심판〉과 〈천지창조〉 등을 설명할 수 있는 안내 그림이 준비된 뜰에서 –내부에서는 설명이 어렵기 때문에– 그 그림에 대한 설명을 들었다.

사람이 얼마나 많은지 자칫하면 우리 일행을 놓칠세라, 정신없이 뒤쫓아 가느라 통로 양 옆에 카펫트처럼 직물로 짠 대형 그림들은 영화스크린처럼 스치고만 지나가게 되어 매우 아쉬웠다.

드디어 시스티나 성당 천정 벽화인 〈최후의 심판〉과 〈천지창조〉, 그리고 양쪽 벽으로 〈모세의 일생〉과 〈그리스도의 일생〉 그림을 보게 되었다. 몇 분 동안 고개를 젖히고 보는데도 이렇게 머리가 아프고 목과 눈이 아픈데 교황의 부탁을 거절하지 못해 천장에 그림을 그려야했던 미켈란젤로는 4년 동안 누워서 그렸기에, 미켈란젤로의 등이 받침대 모양으로 굽고 말았다는 전설 같은 이야기는 내 가슴속이 다 찡하게 저려왔다.

큰 희생과 분골쇄신의 정신이 없다면 결코 불멸의 예술이 탄생될 수 없음을 다시 깨달으며 성 베드로 성당으로 바쁜 걸음을 옮겼다.

■ **성 베드로 대성당**: 서기 326년 콘스탄티누스 대제에 의해서 베드로 무덤에 세워진, 바실리카식 성당으로 1506년 교황 율리우스 2세에 의해 개축이 시작되어 1626년 교황 우르반 8세 때 완공되었다. 성당 정문 계단

앞에는 성 바오로상과, 천국의 열쇠를 쥐고 있는 성 베드로의 상이 보인다. 이 열주회랑의 생김새는 예수가 두 팔을 벌리고 있는 모습으로 하나님의 사랑을 나타낸 형태이다.

미켈란젤로의 걸작인 베드로 성당의 돔은 전 세계에서 가장 큰 것이며, 돔 밑에는 모자이크로 된 4복음서 저자인 마르코, 루가, 마태오, 요한의 초상화가 네 방향으로 그려져 있다. 이 성당에서 가장 눈에 띄는 조각은 미켈란젤로의 〈피에타〉상으로 피에타는 라틴어로 '애처롭다. 가련하다'의 뜻이다.

■ **성 베드로 광장**: 좌우 폭이 240m로 30만 명의 군중을 수용할 수 있으며, 정면으로 베드로 성당의 입구가 있고, 좌우로 반원형의 회랑에 4열의 그리스식 건축양식의 원주 284개가 서 있다. 광장 중앙에는 이집트에서 운반한 높이 25.5m, 무게 3톤의 오벨리스크가 서 있으며, 매주 일요일이면 교황의 집무실 창문이 열리면서, 광장에 모인 군중에게 교황은 강복을 내린다.

120여 년 긴 세월 동안 지은 세계에서 제일 크고 아름다운 성당과 30만 명이 모일 수 있는 거대한 '산 피에트로 광장'이 만들어지기까지, 얼마나 많은 사람들의 피와 땀과 목숨이 깃들어 있을지 놀라움과 애석함이 나를 숙연하게 했다. 이 광장에서 네로 황제가 수많은 기독교인들을 처형했다는 비극적인 기록도 남아 있다고 한다. 바티칸시는 한 작은 나라가 아니라, 전 세계 예술의 전당이며, 종교와 역사의 현장이었다.

■ **콜로세움**: 콘크리트 무덤 같은 인상을 주는 콜로세움은 기원 80년에 완공된 원형경기장 겸 극장으로 고대 로마 유적 중 가장 규모가 큰 것이며, 지붕은 없고 둘레 527m, 높이 57m의 4층 높이의 관람석에는 약 7만여 명이 들어갈 수 있었다고 한다. "콜로세움이 존재하는 한 로마는 존재할 것이다. 만약 콜로세움이 무너지면 로마도 무너질 것이며, 전 세계도 무너질 것이다." 성인 베넬라 빌리스 말이다. 로마 시에 불을 지르고 불길

을 보며 노래 부르던 영화 〈쿼바디스〉에 나온 네로의 바보 같은 모습도 생각나고 생사를 겨루는 검투사와 맹수와의 피비린내 나는 격투의 흔적이 아직도 그 안에 남아 있을 것 같았다. 기독교인의 박해장으로 사용된 콜로세움은 도살장 같은 인상을 내게 상기시켰으며, "졸속한 인간들은 늘 새로운 흥미거리를 요구했다." 는 누군가 한 말이 가슴에 와닿는다.

- **포로 로마노**: 베네치아 광장과 콜로세움 사이에 위치하고 있으며, '포로' 라는 뜻은 공공광장이라는 의미이며 또한 '포럼'이라는 말의 어원이 여기에서 생겼다고 한다. 이곳은 상업, 정치, 종교 등의 시민생활에 필요한 기관의 모든 것들이 밀집해 있던 지역이었다. 로마의 중심지로, 로마제국의 발전과 번영, 그리고 쇠퇴와 멸망이라고 말하는 로마 2,500년의 역사의 무대가 되었고, 중심이 되는 곳을 제외한 많은 건물들이 283년에 대화재로 소실되었다. 바실리카 에멜리아와 시저 신전 원로원, 개선문, 셉티미우스 세베루스의 아치, 새턴 신전, 바실리카 율리아, 베스타 신녀의 집의 흔적, 카스토르와 플룩스 신전, 로물루스의 신전, 콘스탄티누스의 바실리카 등 다양한 유적들이 남아 있다. 고대 인간들과 신이 함께 했던 이곳의 돌기둥 몇 개, 돌무덤 몇 더미, 지금은 폐허가 된 초라하기 이를 데 없는 이곳의 흙 한 줌, 돌멩이 한 개를 귀하게 여기는 사람들은, 더욱 역사의 깊은 향기에 취할 수 있으리라. 해박하지 못한 나의 짧은 역사 지식으로는 그저 바람처럼 잠시 스쳐갈 뿐이다.

- **진실의 입**: 보카 델라 베리타 광장 한 쪽에 있는, 코스메딘 산타마리아 성당 입구 한쪽 벽면에 진실을 심판하는 입을 가진 얼굴 모양의, 이 원형 석판은 해신 트리톤의 얼굴을 조각한 것이라 한다. 원래 이 원형 석판은 기원전 4세기경쯤 로마시대에 하수도 뚜껑으로 사용된 것으로 추측되는 물건이라고 한다.
  거짓말을 한 사람이 입에 손을 넣으면 손이 잘린다는 전설을 간직하고 있으며, 영화 〈로마의 휴일〉에 나와서 더욱 유명해졌다. 진실의 입 오른

편 벽에는 온갖 낙서가 되어 있는데, 가장 많은 것이 한글로 된 낙서다. 현지 교민들도 부끄러워할 만큼 국제적 망신을 사고 있다. 그 허름한 곳에서 사진들을 찍느라 너무 많은 시간을 허비해 정작 더 중요한 곳은 밤거리를 허둥대며 대충 보아 넘긴 것이 매우 유감스러웠다.

- **판테온**: Pan은 '전부', Theon은 '신'이란 뜻으로, 로마의 모든 신에게 봉헌하기 위해 BC 25~17년에 건립한 신전이다. 고대 로마시대의 유적 중에서도 대표적인 건축물로 16개의 웅장한 정면 기둥은 코린트 양식으로 장식되어 있고, 원형천장은 격자무늬 장식이 5열로 천장 전면을 덮고 있다. 그 중심은 지름 9m의 둥근 원이 뻥 뚫려 있어 하늘이 그대로 보인다. 정상에 뚫려 있는 거대한 '눈'은 행성의 중심인 태양을 의미한다고 한다. 이곳에는 주피터 신과 로물루스의 아버지로 알려진 로마의 조상 신 마르스와 로마를 건국한 로물루스, 트로이가 그리스 연합군인 아카이아 함대에게 함락될 때 난민을 이끌고 이탈리아로 도망친 아이네이스, 팍스 로마나와 오현제 시대의 디딤돌을 놓은 율리우스 카이사르의 석상이 세워져 있다. 또한 입구 오른쪽에는 이탈리아를 통일한 비토리오 에마엘레 2세의 묘소가 있고 왼쪽에는 그의 아들 움베르토 왕의 묘소도 있다. 전성기 르네상스 화가인 라파엘의 묘소도 있다.

- **트레비 분수**: 어둠에 쫓기어 바쁘게 찾아간 트레비 분수는 니콜라 살비의 작품으로 1732년에 착공하여 1762년에 완성되었으며, 분수의 아름다운 배경은 나폴리 궁전의 벽면을 이용한 조각으로 이루어져 있다. 분수 중앙에 자리한 해마가 끌어올린 커다란 조개 위의 넵륜신과 트리톤신의 대리석 조각들은 브리치의 작품이다.
- 이 분수의 물은 '처녀의 샘'이라고 불리우며, 이는 전쟁에서 돌아온 목마른 병사에게 한 처녀가 샘이 있는 곳을 알려주었다는 전설을 가지고 있는 샘을 수원지로 사용하고 있기 때문이다. 또한 이 분수에 동전을 한 번 던지면 로마에 다시 올 수 있고, 두 번 던지면 사랑을 이루고, 세 번 던지

면 연인과 이별한다는 전설이 있다고 한다.

■ 로마는 하루아침에 이루어진 곳이 아니며, 모든 길은 로마로 통한다는
격언이 있다. 고대 로마의 거대한 유적과 화려한 바로크 양식의 건축물
이 남아 있는, 세계 최대의 유적의 도시! 이곳 로마에서 이른 아침부터
어둑어둑해질 때까지 숨 가쁘게 뛰어다니며 그 짧은 순간에 과연 나는
무엇을 보았고, 무엇을 알 수 있었는지 그저 어안이 벙벙할 뿐이다. 그러
나 로마는 오래된 세상의 중심부로, 많은 사람들의 가슴속에도, 내 마음
속에도 오래오래 남아 있으리라.

■ **피사**: 현재 기울기 5.3도로 매년 1mm씩 기울고 있는 피사의 사탑은 기
울어진 모양 때문에 산타마리아 아순타 대성당보다 더 유명해졌으며 갈
릴레이가 깃털과 쇠공으로 낙하실험한 곳으로도 유명하다. 피사의 사탑
은 모두 8층으로 이 탑을 설계한 피사노는 3층까지 완성했을 때 탑이 조
금씩 기울어지고 있다는 것을 알았으며 그래서 4층부터는 기울어진 쪽
을 조금씩 더 높게 만들었다가 오히려 더욱 기울어지게 되었고, 그 뒤에
도 기울어지는 것을 막기 위해 여러 차례 공사가 진행되었는데, 지금은
기울어지는 현상이 일시적으로 멈추었다고 한다.

■ **베니스**: 바다로 이어지는 석호 위에 발달한 '물의도시'로 역사 깊은 항구
도시이며 세계적으로 유명한 관광지다. 9~15세기에 지중해의 상권을
장악했던 베네치아는 동서문물의 합류지점이었다. 영어로 베니스라 부
르는 베네치아는 이탈리아 반도의 동쪽 아드리아 해의 끝에 위치하고 있
으며, 150개의 운하와 400여 개의 다리로 연결되어 있는 곳이다. 예로부
터 지중해 무역의 중심지로서 발전해 왔으며, 동양과 서양이 함께 공존
하는 도시로 번영해 왔다. '아드리아 해의 여왕' 으로 불리우며 화려한 시
대를 풍미했던 곳이다. 국제 베니스 영화제로 유명한 리도 등이 있다.

■ **산 마르코 성당**: 베니스에 있는 이 성당은 비잔틴과 서방양식의 혼합구

조로 건축되었으며 1063~1073년에 산 마르코의 무덤을 덮는 교회로 세워졌다. 또한 황금교회로 이름 붙여진 성당으로 르네상스 시대와 17세기에 변형이 가해졌으며 다양한 양식으로 재건되었다. 특히 다채로운 색의 대리석과 모자이크의 섬세하고 아름다운 장식은 무지갯빛이다. 성당 앞에는 사이프러스, 칸디아, 모레아의 베니스 왕국을 상징하는 세 개의 깃대가 꽂혀 있다.

- **산 마르코 광장**: 산 마르코는 마가복음의 성 마가를 이탈리아식으로 부른 명칭이다. 길이 175m, 폭 80m의 대리석으로 이루어진 세계적으로 유명한 광장 주변에는 회랑이 설치되어 있으며 유명한 시인 묵객이 찾아와 환담을 나눴다는 플로리안 같은 유명한 카페와 명품을 파는 고급 상점들이 즐비하다.

- **두칼레 궁전**: 베니스에서 가장 멋진 건물로 9세기경 베니스 공화국 총독의 성으로 지어졌다고 한다. 현재 외관으로 보이는 것은 궁전의 모습으로 14~15세기경에 북방에서 전해진 고딕예술이 베니스의 동방적인 장식과 융합되어서 독특한 양식을 탄생시켰고 이것을 베네치안 고딕이라 부른다. 총독이 앉아 있던 자리에는 세계에서 가장 큰 유화, 틴토레토의 '천국'의 그림이 걸려 있으며 천정 벽면을 따라 76명의 베니스 역대 총독의 초상화가 걸려 있다고 했지만 우리 일행은 들어가 보지 못했다.

- 이탈리아! 놀라운 역사의 업적의 나라! 이탈리아는 매혹적인 나라이다. 긴 세월 동안 예술, 과학, 음악, 디자인 등 세계적인 문화유산의 보고이다. 이탈리아의 정치는 바로 이 놀라운 배경들이 제공하는 기준에서 나온 것이며, 이탈리아는 그 자체로 삶을 축하하는 축제인 것이다.

이탈리아 본토는 문화적 다양성이 여러 이유로 존재한다. 6천만에 가까운 인구가 이 아름다운 나라에서 풍요를 맛보고 있다. 모든 사람들이 사랑과 낭만에 취해 산다. 깊은 아름다움의 장소, '사랑과 열정의 나라' 이탈리아는 장소, 그 이상의 무엇이다.

다음은 오스트리아 티롤 지방의 아름다운 소도시 인스부르크로 버스를 달렸다. 우리나라 산과는 형태가 많이 다른 바위산을 구경하며 가는 즐거움도 컸다. 인스부르크에는 어두워진 뒤 도착해서 마리아 테레지아 거리와 황금지붕을 조명 빛으로 구경했고, 그밖에는 컴컴한 길거리를 뛰어 다니며 무엇을 보았는지 기억나는 게 별로 없다. 몸이 지쳐서인지, 열심히 설명하는 인솔자의 말도 건성으로 들리고, '여기가 정말 오스트리아 맞나?' 하는 엉뚱한 생각도 들었다. 내가 역사책에서 알아보고 온 오스트리아는 맨 먼저 생각나는 것이 모차르트이고, 합스부르크 왕가의 750년에 걸친 영광의 도읍지 비엔나다.

⟨Sound Of Music⟩ 영화 무대로 유명해진 곳으로 알고 있고, 또한 모차르트와 마리 앙투아네트의 이야기도 기억한다.

완벽한 절대음감을 타고난 천재음악가 모차르트는 1756년 잘츠부르크에서 태어났고, 6세 때 처음으로 빈으로 가 여왕 앞에서 연주를 하다 마루에 넘어졌다. 그때 모차르트를 일으켜 세운 사람이 여왕의 막내딸 마리앙투아네트 공주였다. 이때 여왕이 네 소원이 무엇이냐고 묻자 모차르트는 마리 앙투아네트 공주와 결혼하는 것이라고 대답했다 한다. 그 후 모차르트는 빈에서 35세의 젊은 나이로 이 세상을 떠났고 프랑스의 왕비가 된 마리앙투아네트도 모차르트가 죽은 2년 뒤 프랑스의 혁명으로 단두대의 이슬로 사라졌다.

늦은 저녁식사 후 숙소에 들어 며칠째인지도 모르는 밤을 보내고 다음 날 아침 독일 퓌센으로 이동했다. 퓌센으로 가는 두 시간여 동안 나는 다시 환상의 알프스, 눈의 나라로 들어갔다.

버스가 달리는 양옆 길가의 나무들이 눈서리에 눈부신 은빛 레이스의 드레스를 입고 바람에 하늘거리며 우아한 자태로 우리 일행을 환영 나온 알프스 눈의 요정들이었다. 눈의 여왕이 나를 반겨 주고 크리스마스 카드에나 나올 수 있을 것 같은 꿈속의 길은, 이번 유럽여행에서 눈의 여신에게 받은 상상도 못했던 특별한 멋진 선물이었다. 깊은 겨울에 유럽을 여행한 더없는 보람과 기쁨을 나는 알프스 산자락에서 한없이 맛보았다.

다음으로 퓌센에 도착하여 '백조의 성'으로 알려진 디즈니랜드 신 데텔라성의 모델이기도 한 노이슈반스타인 성이 있는 언덕을 올라갔다. 마차를 기다리는 동안 얼마나 발이 시린지 양털부츠를 신었는데도 몹시 추워서 성은 외관에서 잠깐 보고 뛰다시피 곧바로 내려왔다.

깔끔한 독일식 점심식사 후 로텐부르크로 향했다. 솔직히 여기서부터는 무엇을 보았는지 확실하게 생각나는 게 별로 없다. 한꺼번에 너무 많은 것들을 보고 달려온 혼동된 내 머릿속은 새롭게 기대했던 독일의 모습이 마음 설레게 들어오지 않았다.

　로텐부르크에서 로맨틱 가도를 따라 뷔르츠부르크로 이동하며 마리베리크 요새를 둘러보고 프랑크푸르트로 이동하며 버스 속에서 프랑크푸르트 시도 잠시 스치며 구경하고, 쌍둥이 칼 쇼핑하고 점심 후 공항으로 와서 딸 화영이와 아쉬운 작별을 하는 것으로 나의 첫 번째 유럽여행을 끝마쳤다.

　그래도 이번 여행을 떠나기 전에 유럽 역사책을 한 번 더 읽어보고 〈세계문화유산〉 DVD를 본 것이 많은 도움이 된 것 같다. 또한 모르는 것이 없을 것 같은 다양한 역사지식과 친절하고 신속하고 재치 있는 나미경 인솔자를 만나서 매우 다행이었고, 처음 만난 팀원들의 하얀 눈처럼 순수하고 따뜻한 친절에 더욱 즐겁고 평안한 여행이 되었다.

　나도 남에게 언제나 덕이 되고 기쁨을 함께할 수 있는 여행객이 되도록 마음속으로 다짐해 본다.

2006. 1. 15.

기회의 땅

중국 호남성에 있는 장가계.

태곳적에 어느 뛰어난 예술혼을 지닌 거대한 석공의 신이 있어 신은 기기묘묘한 돌들을 모아 돌 위에 나무도 심고 최상의 정원을 만들었는지 모른다.

지금! 사람들은 수억 년이 지난 그 곳을 구경하려고 수만 개의 돌 계단을 쌓아 올리고 첨단의 케이블카를 동원하여 신의 솜씨를 감상한다.

고작 70년의 세월에 무너지려고 하는 내 낡은 육신을, 그나마 진통제로 달래가며 기를 쓰고 지난 가을에 나도 그곳에 갔었다. 비행시간 3시간 25분, 이렇게 가까운 그 대단한 곳을 나는 그때야 가본 것이다.

중국! 과연 어떤 나라일까?

"엄청난 변화입니다. 예전에 중국을 방문하고 지금 다시 온 사람이면 어디가 어디인지 구별 못할 거예요. 지평선 자체가 변한 것 같죠. 네비게이션이 필요할 거예요. 완전히 바뀌었죠."

"서양의 관점에서 본 중국은 어떤가요?"

"억압적 사회국가, 뭐 이런 거요? 긍정적 변화들을 주목하고 있습니다.

경제적, 정치적으로 다 변화되고 있습니다. 기회의 땅이죠?"

중국! 말 그대로 중심이 되는 왕국이라는 뜻이고 중국의 수도는 세상의 중심으로 여겨졌다. 12억이 넘는 인구가 사는 중국은 동양에서 가장 큰 나라이며 15개국 국가와 국경을 맞대고 있다. 중국의 역사는 5천 년이다. 하지만 미래가 무엇을 보여줄까? 생각하는 것도 흥미롭고 중요한 일이다.

❖ 수도 북경에 있는 천안문 광장'

정치적으로 중요한 이 광장은 세계에서 가장 큰 대중 장소 중 하나이다. 혁명 뒤 모택동이 설립했고 모스크바의 붉은 광장을 본땄다. 매년 수백만의 인파가 이곳을 찾고 있으며, 중국인들은 보통 모택동의 시신을 보러 온다. 20여 년 동안 1억 1천만 명이 관람했고 여전히 중국에서 인기 있는 여행 장소다. 저녁 마다 시신은 냉동되어지고 동이 틀 때 다시 전시된다. 모택동의 시신은 매우 평화롭고 또 강력하게 누워 있다.

이곳은 1989년 6월 4일 학생 항거로 악명이 높다. 데모 진압을 위해 비무장 학생들에게 공격을 가했다. 사망자 수를 모를 만큼 많은 학생들이 비극적 죽음을 초래한 곳이다.

❖ 자금성, 이보다 더 큰 궁성은 존재한 적이 없다.'

중국의 옛 황제들은 스스로 신의 자손이라 칭했다. 세상의 중심이고 우주의 중심인 이곳은 그에 걸맞은 이름을 지녀야 했다.

자금성은 북두칠성의 북쪽 끝이 천자가 거처하는 곳이라는 뜻에 따라 붙여진 이름이다. '금지된 하늘의 성, 자금성' 이곳에서 기황후의 손자인 마지막 황제 부의에 와서 2000년 간 이어온 황조는 끝이 났다. 순양센이 이끈 항쟁이 제국을 무너뜨리고 공화국을 건설했다.

❖ 만리장성

"만리장성을 완주한사람이 있나요?"

"몇 명 있죠."

"정말요? 얼마나 걸릴까요?"

"첫번째 사람은 3년 정도 걸렸다고 들었습니다."

만리장성은 달에서도 보인다는, 세계에서 가장 긴 성이며 가장 긴 무덤이라고 표현되기도 한다. 2천여 년 전 초대 황제 진시황이 건설을 시작했으며 장성을 쌓은 벽돌은 지구를 5바퀴 돌기에 충분하다고 한다.

"사내아이를 낳지 말아라. 계집아이에게 고기를 먹이지 말아라. 북쪽의 만리장성을 세우느라 뼈골이 다 빠졌다"

성을 쌓으며 벽과 벽 사이에서 죽은 사람이 100만 명이 넘는다. 만리장성은 고통 속에서 생겨났으며 이제 또 다른 복병인 관광객들에 의해 포위되었다. 안타깝게도 인간들이 만들어 낸 기념물이 시간을 이겨낸 적은 없다.

"벽을 보수하고 유지하는 것도 엄청난 과제였습니다. 그럼에도 불구하고 이 난공불락의 신화는 중국에 깊은 영향을 미쳤습니다. 신화가 얼마나 강력할 수 있을지 아실 겁니다."

"낡은 장성의 유적과 성역의 잔해를 보고 있으면 역사의 흐름을 통감하지 않을 수 없다.

무수한 세월의 수레바퀴는 장성을 훼손시키고, 황폐해진 벽돌과 돌 들을 보면 처참한 발자취가 들려오는 것 같다.

장성의 아름다움은 그 안에 포함된 정신세계에 있다. 돌과 벽돌 하나하나가 역사의 한 페이지를 장식한다. 살벌한 싸움이 끝없이 펼쳐진 가운데 얼마나 많은 피와 눈물이 쌓여 있을지를 보여 주고 있다. 사람들의 고통이 쌓여있는 만리장성은 수많은 고통에 보답하기 위해 멸망할 수 없었다. 비극이 없으면 비참한 사건도 없을 것이고 비참한 사건이 없었다면 장성의 숭고한 피도 없었을 것이다. 장성은 이런 미를 가지고 역사의 흐름 속에서 계속 달려 왔으며 중화민국의 창조력과 위대한 미학의 상징이 되었다.

만리장성! 힘의 웅지, 민족의 건강한 미학, 피와 땀의 결정체, 만리장성 야말로 평화의 상징이 아니겠는가.

❖ 진나라의 시황제 능

산시성에 있는 시황제의 능은 1974년 발견되었다. 능 속에서 흙으로 만든 사람 크기의 7,000여 개의 병마용이 묻혀 있었다. 20세기 발견 중 가장 위대한 발견인 것이다. 군인과 말들은 2천년 동안이나 무덤 안에 있었다. 중국 최초의 진시황은 그가 죽어서도 적국으로부터 공격받기를 원하지 않았던 것이다. 그러한 갈망으로 이곳이 탄생한 것이다. 수천 개의 얼굴 표정은 각각 다르다. 인상적이고 표현적이며 독특한 각각의 이런 모습이 중국의 자화상인 것이다.

내 책장 속에는 〈대지〉, 〈패왕별희〉, 〈마지막 황제〉, 〈화양연화〉, 〈투게더〉, 〈귀주 이야기〉, 〈집으로 가는 길〉, 〈붉은 수수밭〉, 〈티벳에서 7년〉 등의 중국을 배경으로 한 영화 DVD가 있다.

영화를 보면 그 나라의 문화, 풍습, 관행 등은 물론 국민들의 속성까지도 어느 정도 이해할 수 있다.

구름이 피어오르는 곳!
카나이마 국립공원

유구한 시간이 만들어 낸 최고의 비밀스러운 경지인 기아나 고지에는 지금도 쏟아지는 비가 폭포처럼 떨어지고 있다. 남미 베네수엘라에는 대서양의 무역풍이 불어닥치는 고지에 밀림과 절벽이 지배하는 장소가 있다. 그 곳은 지구 최후의 비밀스런 모습이 남아 있는 기아나 고지이다.

그곳엔 높이 1,000m의 테이블 모양의 테이블 마운틴이 100여 개나 있다. 사람들은 이곳을 육지의 고독이 라고도 부른다. 연중 안개와 눈으로 뒤덮여 있고, 절벽으로 인해 사람들이 다가가기 어렵기 때문이다.

거대한 밀림 속에 거대한 검은 벽이 우뚝 솟아 있는 곳! 이 곳 원주민의 언어로는 '테푸니' 즉, 신의 집이라는 블루마운틴이다. 약 20억 년 전 지반이 깎이고 나머지 부분은 테이블 형상으로 남게 된 것이다. 오랜 지각이 지상으로 돌출한 테이블 마운틴. 남미의 기아나 고지는 이런 산들이 존재하는 지구 최후의 신비로운 경지인 것이다.

그 규모는 엄청나서 모든 사람들을 압도한다. 격렬한 대지의 움직임으로 많은 생명체들이 산 정상에 놓여지게 되었다. 높은 절벽 위에 놓인 생물들의 독자적 진화가 이곳에서부터 시작되었다. 테이블 마운틴 위에는 모든 대륙이 이어져 있었을 때의 잃어버린 세계가 남아 있다.

그곳에서 우리는 공룡시대 때부터 살아온 생물들을 목격할 수 있다. 기아나 고지는 진화의 실험장이기도 했다.

이곳은 1년 내내 비가 많이 내리는 곳이다. 연간 3,000mm의 비는 거의 대지에 흡수되지 않은 채 폭포나 강이 되어 흐른다. 비가 그치면 언덕의 틈 사이에 이름도 없는 커다란 폭포가 생긴다. 979m의 어마어마한 낙차와 절벽에 불어닥치는 강한 바람 때문에 위의 물이 아래까지 떨어지지도 못하고 도중에 안개가 되어 버린다. 이런 험한 환경임에도 불구하고 생물이 공존하고 있는 것을 목격할 수 있다. 이곳의 진한 안개와 구름 때문에 아직은 정식 항공기가 다닐 수도 없다.

테이블 마운틴이 지상에 모습을 드러낸 것은 약 7억 년 전이다. 해저의 지반이 융기해 떨어져 나간 나머지 부분이 지금의 모습이 되었으며, 고도차가 1,000m나 되는 절벽의 위아래는 때에 따라 10도 이상의 기온차가 나기도 한다. 때문에 마운틴 테이블 정상에는 평원과는 전혀 다른 환경이 존재한다.

이곳에서는 구름이 끝도 없이 발생한다. 구름을 발생시키는 것은 대서양에서 불어오는 따뜻하고 습한 바람 때문이다. 이 바람이 절벽과 만나는 순간 상승기류가 생겨 구름이 피어오르는 것이다.

태고의 생물이 대를 이어 살아온 곳! 끝없이 구름이 만들어지는 곳! 절벽과 폭포가 어우러지는 어마어마한 스케일의 경관은 지금까지 이곳의 새들만이 감상할 수 있었던 모습이었다. 카나이마 국립공원은 그 모든 기준을 충족하여 1994년에 세계유산에 등록되었다.

며칠 전, 새로운 세계문화 유산에 대한 DVD가 혹시 나왔나 싶어 종로에 나갔다가 〈세계유산〉이란 제목으로 DVD전집이 새로 나온 걸 알았다.

어느 나라들일까? 살펴보는 중에 베네수엘라 국명이 내 눈에 띄었다. 베네수엘라의 문화유산이나 여행지는 자주 들어보지 못한 것 같아서 반가운 마음으로 그 DVD를 사 가지고 왔다.

집에 와 디스크를 켜 본 순간, '와! 세상에 저런 곳도 있었구나.' 말문이 막히는 가슴 벅찬 감동을 나는 맛보았다. 오래 전에 처음으로 미국 서부 여행길에서 그랜드 캐니언과 요세미티 국립공원을 보며 놀라웠던 그때 그 감정에 버금가는 감동이었다.

수많은 사람들의 목숨과 바꾸며 이룩한 그 어마어마한 건축의 문화유산도 이루 형용할 수 없이 대단하지만, 자연 그 자체가 만들어낸 지각변동의 무한함을 내 좁은 가슴으로는 그 무엇으로 표현할 감탄의 말을 나는 찾지 못한다.

몇 해 전 캐나다에 있었을 때 단풍 절경의 시간에 딸 화영이와 7일간의 무한버스 승차패스를 사 가지고 밤도 낮도 없이 단풍구경을 나섰다. 아침의 빛이 시작되고부터 석양빛이 사라질 때까지 오색찬란한 그 빛깔들은 내 시야에서 사라질 줄 몰랐다. 보고 또 보고, 지나가고 또 지나가고…. 끝도 없이 이어지는 무지갯빛의 환상 속에서 나는 지상의 마지막 남은 파라다이스를 보고 있는 것 같았다.

"거대한 자연은 나를 침묵하게 한다."란 말이 생각났다. 그때 서둘러서 로키 산맥도 가 보았더라면 더욱 좋았을 것을 두고두고 후회가 된다.

나는 지금 세계문화유산을 통해 세상을 다시보고 있다. 영상을 통해서라도 지상의 오묘하고 절묘한 신비함을 구경할 수 있도록 내게 영감 주신 신께, 나는 진심으로 감사드린다.

"할머니, 어젯밤에 TV전기코드 왜 안 빼 놓았어요?"
"할머니가 깜박 잊어버렸네."
"할머니, 물이 똑똑 떨어지는 소리가 음악 같아요."

5. 하나뿐인 지구

하나뿐인 지구

❖ 환경 다큐를 본 나의 report

지난 설날에 KBS TV에서 지구 사진작가 얀 아르튀스 베르트랑이 만든 다큐를 보았다. 그 작가는 비행기를 타고 하늘 위에서 다양한 지구 모습을 삼사십 년에 걸쳐 사진을 찍어 다큐를 만들었다고 한다. 작가는 대기오염과 온난화로 죽어가는 지구의 아픈 모습을 주로 찍었다. 그러나 황폐해 가고 있는 지구가 내 눈에는 그토록 아름다울 수가 없었다.

공장 매연으로 대기오염과 온난화의 주범이 된 중국, 그 어마어마한 공장의 굴뚝에서 내뿜는 검은 구름 같은 연기를 아주 멋진 예술품처럼 촬영했고 화학 비료를 퍼부어 그 넓은 땅덩어리를 오염시키며 망가뜨리고 있는 끝이 안 보이는 미국의 목화밭은 아이러니하게 정말 멋있는 한 폭의 명화였다.

에이즈로 평균 수명이 35세라고 하는 아프리카 어느 마을의 풍경은 젊은이들이 천진난만한 눈빛으로 환하게 웃음 지으며 살고 있었지만 내가 보기에는 삶의 낙원이 아니라 죽음의 수용소 같았다. 사막의 한 마을, 그곳에는 아예 물이 없어 타지에서 차로 물을 실어다 먹고 산다고 한다. 그 넓은 수용소가 고향처럼 삶의 터전이 되어 버린 과거의 난민들 그들은 대대로 물도 없는 곳에서 태어나고 그곳에서 죽어간다. 물이 있는 곳으로 옮길 엄두도 못 내며 사는 가난하고 깡마른 사람들. 고통의 삶을 운명으로 여기며 사는 사람들에게도 그 언젠가는 신의 은총이 내려질지.

이슬람 지역은 사진 촬영 허가를 받지 못해 그 곳에 사는 사람을 통해 오랜 시간을 거쳐 사진을 찍었다고 한다. 바다와 모래 위에 세운 최첨단의 도시는 내 눈에 신기루처럼 보였고, 이슬람교의 끝없는 성지 순례객의 어마어마한 행렬을 보며 저들은 무엇을 위하여 인산인해 속에 밟혀 죽으면서까지 순례길에 동참하는 것인지 나의 좁은 소견으로는 도무지 알 수가 없다.

우리나라 서울도 짧은 화면으로 잠깐 나왔었다. '서울은 세계에서 가장 오염된 도시다.' 란 작가의 말 한마디가 내 심장을 철렁하게 한다. 절망의 어두운 그림자가 나를 우울하게 만든다. 우리나라의 높은 암 사망률 수치가 실감이 난다.

또 다른 환경 다큐에서는 이웃나라 중국은 30초마다 기형아가 태어나고 산업폐기물과 화학물질로 만든 음식물로 한 해에 200만 명이 넘는 암 환자가 죽어간다고 한다. 중국은 그렇게 많은 사람이 죽어가도 언제나 세계에서 인구가 가장 많은 나라다. 인구조사도 법적인 산아 제한도 별 효과가 없단다. 땅이 넓고 사람이 많고 생산품도 많고 폐기물도 많고 문명의 이기가 불러올 인류의 재앙이 이제 폭풍우처럼 이 지구를 삼켜버릴 것이라며 걱정하는 사람이 나날이 늘어가고 있다. 중국은 그 많은 인구를 이용해 저임금으로 자국의 경제를 세계화하고 있다 한다.

쌀 수출 1위를 차지했던 곡창지대 호주가 지난 6년간 계속된 지독한 가뭄으로 농사를 포기하는 농가가 늘어나고 있고 호주 경제에 큰 기여를 했던 양 키우는 목장도 점점 더 어려워지고 있는 상황이라고 한다.

왜 급변하는 기후에 호주가 민감할까? 호주는 태평양과 인도양 등 큰 바다에 둘러싸여 바닷물 온도변화에 가장 취약하다고 한다. 지난 6년간 두 번의 엘리뇨가 발생하면서 가뭄이 발생했으며 특히 여름철 열풍은 참담한 결과를 낳고 있어 농업뿐 아니라 사람들의 생활에까지 충격을 가하고 있다.

왜 이렇게 기후가 급변하고 있을까? 과연 북극의 얼음이 녹으면 무슨 일이 발생할 것인가? 북극은 지구의 온도를 일정하게 유지시키는 에어컨 역할을 해왔다. 바닷물은 천천히 적도와 북극 사이를 순환한다. 난류를 타고 북상한 바닷물은 북극의 얼음을 만나 차갑게 냉각되고 무거워져 심해로 가라앉는다. 차가운 물이 적도로 되돌아오면서 항상 일정한 온도를 유지하게 되는 것이다. 그러나 지구 온난화로 북극으로 유입되는 바닷물의 온도가 높아져 북극의 얼음이 빠르고 심하게 녹고 있는 것이다. 지구는 온도 기능을 서서히 잃어가고 있으며 과열된 지구는 강력해진 태풍과 지독해진 가뭄으로 열기를 내뿜고 있다.

만약 양극의 얼음이 모두 녹아버리면 바닷물이 냉각되지 못하면서 북극과 적도를 오가던 해수순환 벨트는 마비된다. 그렇게 되면 뜨거운 태양 아래 놓인 적도는 제어할 수 없는 열풍에 휩싸일 것이며 따뜻한 기운

이 유입되지 않는 고위도 지방은 한없이 추워져 눈보라와 빙하에 뒤덮이게 될 것이다. 어느 곳에서도 곡식의 종자조차 찾을 길이 없게 될 것이다. IPCC(UN 정부간 기후 변화 위원회)의 최근 조사에 따르면 습한 지역은 더욱 습해지고 건조한 지역은 더욱 건조해짐을 알 수 있었고 재해의 강도와 빈도가 빈번하게 변하는 것도 기후 변화의 결과로 볼 수 있으며 기후 변화가 세계 곳곳 광범위하게 벌어지고 있다는 것을 IPCC는 인정했다.

알래스카 시슈마레프 섬에서는 집을 떠받치며 얼어 있던 동토층 땅이 녹아버려서 지반이 맥없이 무너지고 땅이 바닷물에 쓸려나갔다. 이 재앙 역시도 기온 상승 때문이다. 지난 100년 동안 연간 지구 평균 온도가 0.7도 상승할 때 알래스카 평균 온도는 그 두 배 이상 상승했다. 이런 현상이 계속 진행된다면 머지않아 섬은 완전히 사라질 것이다.

그리고 동토층의 녹은 물은 대륙을 따라 흘러가 남태평양에까지 영향을 미치게 된다. 동토층의 물은 땅 속에 얼어 숨어 있던 물이다. 즉 없었던 물이 생겨서 바다로 유입되어 해수면 상승의 원인이 되는 것이다. 이는 북극의 빙하가 녹는 것보다 더 위험하다고 한다. 전 세계를 위협하는 동토층의 넓이는 과연 얼마나 될까? 시베리아와 알래스카로 대표되는 동토층의 면적만도 프랑스와 독일의 국토 면적과 같다고 한다. 지금 상태로 온난화가 계속된다면 남태평양에 있는 투발로는 100년 안에 물에 잠기게 될 것이라고 기후 전문가들은 말한다.

온난화 현상은 왜 나타나는 것일까? 태양빛의 상당부분은 대기나 지표면에서 반사되고 40%정도만 지구에 흡수된다. 지구는 이 태양 에너지를 다시 적외선으로 방출하는데 온실가스에 의해 일부가 흡수되어 지구의 온도를 높인다. 그런데 온실가스가 비정상적으로 많아지면서 지나치게 많은 적외선을 흡수해 지구 온도가 상승하는 온실효과를 나타내는 것이다. 대기 중에는 온실 유리처럼 지구 표면 온도를 일정하게 유지시켜 주는 온실가스가 있다. 이 가스들이 없다면 지구의 온도는 영하 18도까지 낮아진다.

온실 가스는 이산화탄소(CO_2), 메탄, 이산화질소 등의 기체로 구성되어 있는데 그 중 많은 양을 차지하는 것이 CO_2다. 문제는 CO_2양이 점점 많아지고 있다는 점이다. CO_2가 빛에너지를 흡수해 대기 안에 가두면서 지구의 평균온도를 점점 올리고 있는 것이다. CO_2는 석유나 석탄과 같은 화석연료를 태우는 과정에서 다량으로 배출된다. 한번 배출된 CO_2는 쉽게 흡수되거나 용해되지 않아 대기 중에 150년 가량 머무는데 이것이 1900년도에 갑자기 기온이 상승하는 원인이 되었다.

기후 변화로 인한 재앙은 이미 시작되었다. 더욱 안타까운 것은 아프리카는 지금껏 CO_2를 거의 배출하지 않았다는 사실이다. 그러나 지금 아프리카에서는 기후 변화로 더 많은 사람과 동물이 죽어가고 있다. 물도 부족하고 식량도 부족하기 때문이다. 기후변화로 말라리아나 뎅기열 같은 전염병이 심해져 많은 생명이 고통받고 있는 것이다. 사회 경제적 기반이 취약한 가난한 나라에서는 속수무책이다. 2007년 4월 6일 IPCC 보고서에는 인간의 활동과 기술이 초래한 기후변화로 지구의 상태는 점차 회복 불가능한 지경에 이르고 있음을 경고하고 있다.

지구는 점점 더 균형을 잃고 있다. 지구 온도가 2~3도 올라가면 생태계는 최고 30%의 생물종이 멸종할 위기에 직면할 것이며 2020년까지 평균온도가 1도 상승하면 양서류가 멸종하고, 2050년에는 1.5~3.5도 상승으로 인해 생물종 20~30% 멸종한다. 2080년에는 지구 온도가 3.5도 올라 90%의 대부분의 생물종이 사라질 위기에 처할 것이라고 보고했다. 생태계는 아주 작은 온도 변화에도 크게 영향 받는다. 그러나 실제로 문제를 야기하는 것은 평균 온도 변화가 아니라 허리케인, 가뭄, 홍수, 이상고온 현상 같은 것이다. 더 큰 문제는 일단 해수면이 상승하면 수백 년간 계속 상승한다는 것이다.

브라질 환경어린이 모임의 세반스커는 말한다.

"여러분은 오존층에 난 구멍을 고치는 방법을 모릅니다. 여러분은 죽어버린 강에 연어가 되돌아오게 하는 방법을 모릅니다. 여러분은 이제 멸종된 동물을 돌아오게 할 방법을 모릅니다. 그리고 여러분은 사막이 되어버린 곳에 있던 숲들을 돌아오게 하지 못합니다. 어떻게 고칠지 모른다면 제발 파괴하는 것을 그만둬 주세요. 저는 단지 아이일 뿐이지만 우리가 이것에 함께 매달려야 하고 하나의 목표를 향해 하나의 세계로써 행동해야 한다는 것을 알고 있습니다. 왜 여러분이 이 회의에 참석하시는지, 누구를 위해 이 일을 하시는지 잊지 않으시기 바랍니다. 우리는 바로 여러분의 자녀입니다."

자동차 없이는 단 하루도 살아 갈 수 없는 미국은 온실가스 배출 세계 1위다. 지난 100~150년 동안 산업혁명 이후 우리는 많은 이산화탄소를 대기 중에 배출해왔다. 그 중 50%는 대기 중에 남고 50%는 대부분 바다에 흡수되었다. 가까운 미래에 북극의 얼음이 다시 어는 것을 볼 수 없을 것이며 굉장히 짧은 시간 안에 지구상의 많은 사람들이 자기 세대동안 그런 커다란 변화를 경험할 것이라고 추측한다.

지금 지구의 온실가스 배출량은 산업이 40%, 가정, 교통수단 등 기타가 60%이다. 온실가스를 줄이기 위해서는 전광판 일찍 끄기, 태양에너지 이용하기, 대중교통 이용하기, 가정 내 고효율 제품 사용하기, 산에 나무 심기 등이다. 이런 것들은 하나의 이념으로 지구 환경과 공존하는 것이다.

우리에겐 환경적으로 혁명을 일으킬 수 있는 많은 잠재력이 있다고 본다. 아직 최악의 상황은 아니고 지구가 파괴되는 시간을 늦출 수 있고 모두가 힘을 모아 노력하면 불가능한 일만은 아니다. 이것이 지금 서둘러 온실가스와 전쟁을 시작해야 할 이유이다. 풍요와 발전이라는 이유로 병든 지구는 인류의 급속한 현대화로 갖가지 부작용을 낳는 것이다.

이제 지구 온난화는 더 이상 국지적인 고민이나 생태환경의 걱정이 아니라 인류 생존이 걸린 가장 절박한 문제인 것이다. 죽어가는 지구에 귀기울이지 않고 앞으로만 내달리는 인류 문명의 끝에는 종말이 기다리고 있을 뿐이다.

앞으로 온난화를 모두 막는 것은 불가능하다. 그러나 속도를 늦추고 피해를 줄이는 것은 가능하다. 이미 늦었다고 포기하지 말고 단지 아주 위험한 상태로 만들 것인가, 아니면 피해를 최소한에 그치게 할 것인가의 문제다. 내일 이 지구가 멸망한다 해도 오늘 사과나무를 심어야 할 이유인 것이다.

지금 세계 여러 나라에서 CO_2를 줄이기 위해 많이 노력하고 있다. 유럽이나 미국에서도 상당히 진지하게 온난화 대책에 힘쓰고 있다. 탄소배출에 법적규제를 가하거나 탄소 배출 물건이 매우 높은 가격이 되도록 만드는 것이다.

탄소 성적표지 제도는 우리가 일상생활에서 쓰는 많은 물건이나 여러

가지 제품을 제조하고 사용하고 폐기하고 유통하는 모든 과정에서 발생하는 탄소 배출량을 제품에 부착하여 저탄소 녹색소비를 유도하고자 하는 제도이다. 탄소라벨링은 그것이 고객 브랜드이든 또는 다른 사업체와 함께하는 것이든 모든 회사는 각자의 탄소 발자국을 절감할 수 있는 기회를 갖는 것이다. 탄소라벨을 통해 탄소 감축을 실천한다면 에너지 이용을 줄이는 것은 물론 기후 변화의 대응하기 위해 노력하고 있다는 것을 고객들이 알림으로써 브랜드 이미지까지 향상시킬 수 있는 것이다.

탄소라벨은 기후 변화에 영향을 주는 탄소발자국을 줄이겠다는 기업의 약속이다. 소비자들에겐 그저 제품을 구입할 때 간단한 선택을 하는 것에 지나지 않지만 탄소라벨링 제품을 집에서 사용하게 되면 비록 작은 일이지만 그런 행동들이 모여 저탄소 녹색의 삶을 유지하며 이끌어 가고 기후 변화를 줄이는데 각자의 역할을 하게 되는 것이다. 영국을 시작으로 세계 각국으로 확산되고 있는 탄소라벨 제도는 탄소 다이어트에 출발점이 되고 있다.

CO_2를 감축하기 위한 선진국들의 노력은 가히 전쟁을 방불케 한다. 이들이 엄청난 개발비용을 감수하면서까지 CO_2 감축에 매달리는 이유는 어디에 있는가? 지구 온난화에 대한 또 하나의 보고서가 경제학자 '스턴'에 의해 보고된다 온난화의 속도를 늦추지 못할 경우 개발도상국들이 감당해야 할 비용만도 수백 억 달러에 이르는 것으로 이는 1, 2차 세계대전과 30년대 대공황의 손해를 뛰어 넘는 액수다. 여기에는 사상 초유의 경제적 재앙이 기다리고 있다는 것이다.

지구 온난화가 심각해지면서 많은 석유 회사들이 그 주범으로 눈총을 받는 건 사실이다. 그러나 노르웨이 스타트 오일회사에서는 놀랍게도 해마다 100만톤의 CO_2를 감축하고 있다. 그 비결은 가스전을 이용한 CO_2 분리 기술이다. 심해 3000m에서 채굴된 천연가스는 파이프라인을 통해 해상의 플랫폼으로 이동하고 있다. 이 천연가스는 약 9%의 CO_2가 포함되어 있어 원유로 정제하거나 소비하는 과정에서 CO_2가 배출된다.

그러나 스타트 오일은 정제선으로 보내기 전에 특수 장치를 통해 먼저 CO_2를 분리한다. 이 과정을 통해 CO_2 함유율은 9%에서 2.5%로 낮아진다. 분리된 CO_2는 강한 압력과 바닷물에 의해 안정된 물성으로 변한다는 것이 스타트 오일의 설명이다. CO_2가 세상에 나오기도 전에 매장되는 것이다.

하지만 이렇게 CO_2를 분리 저장하는 데는 1톤당 약 100달러의 비용이 소모돼 너무 비싸다. 발전소나 공장에서 CO_2를 분리해 해저 저장소까지 옮기려면 막대한 시설을 구축해야 하기 때문이다. 지금 당장 세계화하기에는 어렵다는 이야기다. 중동의 막대한 산유국들이 CO_2 감축하는 일에 발 벗고 나서면 참으로 좋으련만.

■ 오스트리아의 그라츠시의 버스는 일반적인 차량 연료가 아닌 바이오 디젤을 사용한다. 바이오 디젤은 일반 경유보다 10% 저렴하고 CO_2와 미생먼지 발생양이 경유의 절반수준이다. 바이오 디젤 원료는 폐식용유와 유채씨다. 1L의 바이오 디젤은 2.7kg CO_2를 줄일 수 있다고 한다.

■ 독일의 사이언스 파크, 몽트세니스 아카데미, S광전지 등의 생산 공장을 독일의 삼각지라고 한다. 태양의 삼각지대는 기본적으로 커다란 공장 건물에 태양열을 현실적으로 적용하는 데 목적이 있으며 또한 전세계에 독

일이 태양에너지를 생산한다는 것을 알리는데 근본 취지가 있다고 한다. 그리고 프라이브르크에서는 쓰레기 정책의 첫 번째 우선순위는 되도록 쓰레기를 버리지 않을 것, 두 번째는 재활용 할 것, 마지막으로는 더는 재활용 할 수 없을 때 폐기 과정에서 에너지를 만들어 내는 것이다. 그리고 철저한 분리수거가 최선이라는 것이다.

■ 스페인 바르셀로나에서는 재활용이 불가능한 최종 단계의 유기물 쓰레기와 대부분의 음식물 찌꺼기를 땅에 묻는 것 외에는 별다른 처리 방법을 찾지 못했었는데 음식물 찌꺼기에 물을 섞어서 박테리아를 배양하고 박테리아는 메탄가스를 만들고 이 메탄가스를 이용해서 새로운 신생 에너지를 생산해냈다고 한다. 아무 쓸모없이 버려졌던 음식물 쓰레기를 과학기술을 통해 메탄가스로 생산해내고, 이것은 발전소에서 전기와 열을 대체하는 역할을 하고 있다.

■ 영국의 버려진 황무지 땅에 에코(환경) 빌리지 공동체가 이루어졌다. 에코하우스는 집을 남향으로 짓고 창문을 이중 삼중으로 만들어 보온 효과를 높이는 것과 지붕에 솔라이트 전광판을 설치하고 바다 바람을 이용해서 풍력발전기를 설치 · 이용한다. 집은 돌과 흙, 나무 같은 친환경 건축 자재를 사용해서 자연에너지를 최대한 활용하는 친환경 주택을 짓는 것이다. 에코 빌리지의 힘은 지금보다 훨씬 자원을 적게 사용하면서 잘 사는 방법을 보여주는 데 있으며 이것은 앞으로 점점 더 중요한 문제가 될 것이다.

환경 친화적 삶은 불편하고 어렵다고 말한다. 그러나 어쩌면 생각보다 쉬울지도 모른다. 환경 공동체나 지역 공동체에 속해 살아가는 사람들은 '난 앞으로 모든 걸 재활용할 거야. 난 음식물을 낭비하지 않겠어. 난 모든 걸 조금만 구입하겠어. 난 음식물을 여러 봉지에 담지 말라고 하겠어.'

모든 이들이 이 중에 한 가지만 실천해도 우리의 녹색 혁명 프로젝트는 성공의 길로 가고 있다고 확신한다. 많은 사람들이 사소하고 작은 일은 큰 변화를 가져오지 못한다고 생각한다. 그런 건 정부가 나설 일이라고, 하지만 우리의 작은 일이 커져서 도시나 정부에까지 영향을 미칠 수 있는 것이다. 자동차를 적게 타서 대기 오염을 줄이고 전기를 아껴 써서 발전소가 환경을 오염시키지 않게 도와야 한다는 것을 환경 공동체 아이들까지도 알아가고 있다. 우리는 이제야 무엇이 가장 심각한 문제인지 깨달아가고 있는 것이다.

우리나라 여러 곳에서도 녹색 혁명의 다양한 프로젝트에 참여하고 있다.

■ 인천광역시 서구에서는 세계 최대 규모의 매립지에서 나오는 메탄 가스로 전기를 생산해내고 있으며 음식물 쓰레기에서 나오는 폐수를 바이오 가스로 생산해 LNG와 같은 기존 가스와 대체하고 있다. 앞으로 가스를 액화시켜 자동차 연료로 공급하는 게 시설 측 계획이다.

■ 원주시 생활 폐기물 연료화 시설에서는 쓰레기가 에너지로 탈바꿈하고 있다. 우리나라 쓰레기 분리 배출은 세계 최고 수준급이지만 아직 100% 분리수거는 여전히 불가능한 일이다. 연료화 시설의 처리공정 핵심기술은 불연물 선별기술이라고 할 수 있다. 생활폐기물 속에 포함돼 있는 불연물은, 수분, 철금속류, 비철금속류, 초자류, 토사류 등으로 구성되어 있는데 이것을 어떻게 하면 효과적으로 선별해내는가가 관건이다. 생활 쓰레기의 수분이 40%정도 되는데 건조통을 통과하게 되면 수분이 10% 이하로 떨어진다. 최종적으로 흙 성분을 분리하는 과정을 거쳐 연소 효율이 높은 고형연료(RDF)가 완성된다. 가연성 폐자원은 종이, 비닐, 플라스틱, 폐목재 등이다. 현재 우리나라는 에너지 97%를 수입하고 있는 상황이며 신재생 에너지는 2.24%에 불과하다.

■ 전북 부안에 2005년 9월에 부안시민 발전소를 설립했다. 태양광 주택 십만 호 보급사업 추진으로 에너지 마을로 선포하고 전 가구 백열등을 고효율 전등으로 교체 했으며 집집마다 멀티 탭을 사용한다. 주민들의 의식이 변화되고 있어 희망적이라고 한다. 우리가 지금 변화하지 않는다면 몇 년 후에는 꼭 변화할 수밖에 없는 긴박한 상황이 될 것이다. 환경에 해를 끼치지 않는 것이 매우 중요하다.

■ 광주의 음식물 자원화 시설에서는 음식물 쓰레기로 닭과 오리 사료를 만든다. 사료화 과정에서 발생하는 폐수가 고분자 유기물질이다. 이것을 메탄올로 만들고 메탄가스를 만들고 이것을 또다시 바이오 가스를 만든다. 우리정부에서는 환경 에너지 종합 타운 및 저탄소 녹색 마을 조성을 계획하고 있다. 석탄이나 석유연료 고갈은 미래가 아닌 현실로 다가오고 있다. 지구 온난화에 대한 환경 재앙도 인간통제 수준을 넘어선지 오래다. 이제 새로운 에너지 확보는 기후 변화에 대응하는 첫걸음이자 국가 발전을 이끄는 핵심 국력이 되고 있다. 신재생 에너지는 이제는 선택과 집중이다.

식량을 집어 삼키는 괴물이 나타났다. 석유 위기가 식탁을 위협하고 있다. 휘발유 차가 많은 미국과 브라질은 옥수수와 사탕수수로 바이오 에탄올을 만들고 있고 경유차가 많은 유럽은 콩과 유채로 바이오 디젤을 만든다. 하지만 고유가 해결사라고 각광받은 바이오 연료는 실제로 에너지 문제해결에 얼마나 기여했을까?

지난해 전 세계에서 생산된 바이오 연료는 약 7,000만 톤으로 지구촌 전체 수송 연료 중 1.7%를 대신했다. 산업용과 주거용 모두 감안하면 석유 수요의 1%도 채 안 되는 것으로 폭발적인 관심에 비해 실속은 그리 크지 않은 편이다. 그렇다면 바이오 연료를 만들기 위해 얼마나 많은 농작물을 사용했을까?

미국에서는 가장 싼 옥수수로 에탄올을 만든다. 단 3일 동안 미국 자동차를 굴리는데 사용된 에탄올을 만들기 위해서는 멕시코는 4년, 한국은 8년, 장기간 동안 쓸 수 있는 어마어마한 양의 곡물을 소모해야 한다. 그동안 전 세계 옥수수 수확량의 40%를 차지했던 미국은 약간의 국내 수요와 축산 사료 외엔 별로 쓸모없었던 옥수수를 그 동안 절반 가량 해외에 값싸게 넘겼었다. 엄청난 유가 블랙홀 등장에 옥수수 해외 수출량을 줄이자 국제 옥수수 가격은 하늘 높이 치솟았다. 식탁 위의 옥수수를 1/3을 줄일 것인가, 아니면 3배나 많은 값을 지불할 것인가? 옥수수 수입국들이 큰 충격에 빠졌다.

옥수수가 주식인 멕시코는 빵 1kg에 600원 하던 것이 2,000원이 됐다. "우리는 고통 받고 있다. 절망적이다. 온 천지가 굶주리고 있다."

빈민가의 시민들은 울부짖고 있다. 지구촌 60억 인구 중 11억 명이 절대 빈곤층이다. 레저용 차량으로 단 한 번 떠나는 피크닉은 이들이 1년 동안 먹을 음식물을 불태울 수도 있다는 것이다.

우리나라는 일본에 이어 세계에서 두 번째로 옥수수를 많이 수입한다. 미국에서 수입하는 옥수수는 대부분 축산사료로 쓰이고 20% 정도는 가공식품 제조에 사용한다. 옥수수 값이 2년 동안 3배로 뛰면서 가공식품 값이 솟구쳤다. 그러나 정말 심각한 것은 축산산업에 미치는 영향이다. 돼지고기 값은 두 배 이상 껑충 뛰었다. 소비자도 괴롭지만 원가 부담에 허덕이는 농민들은 더욱 암담하다.

석유를 대체한다는 에탄올이 결국 한국 축산 농민 일부를 끔찍한 죽음에까지 몰고 갔다. 이뿐 아니라 수입하는 콩에도 치명상을 입혔다. 미국은 콩 대신 옥수수를 심는다. 높은 옥수수 값에 미국 농민들은 좀 더 행복해졌고 미국의 콩 생산량은 15%나 감소했다. 국제 콩 값은 1년 만에 두 배나 뛰었다.

브라질도 마찬가지다. 국제 설탕 값도 올리고 에탄올도 수출하고 일거양득이다. 브라질 역시 콩 농장을 사탕수수 농장으로 바꾼다. 브라질 농민들은 땅이 뒤집어지고 있다고 이 급격한 변화를 말한다. 바이오 에탄올은 에너지 해결에 큰 기여도 못하고 엄청난 식량 문제만 일으키고 있다. 미국과 브라질, 유럽 등 일부 농산 대국이 원유수입비를 아끼는 대신 전 세계 가난한 나라들은 훨씬 많은 식료품 값을 부담하게 된 것이다.

에탄올 생산이 늘면 늘수록 시름만 깊어가고 자동차는 타지도 않는데 두 끼를 한 끼로 줄여야 하는 가난한 나라 사람들은 더욱 억울한 일이다. 물론 미국 내에서도 에탄올의 문제점을 지적하는 목소리도 높다. 자국 내 물가도 인상시키고 지구 전체의 물가를 폭등시키는 에탄올에 보조금까지 지불하면서까지 식량을 연료화시키는 것은 대단히 잘못된 정책이라고 반대하는 목소리도 높다.

그러나 한쪽 농민들의 마음은 그것이 아니다. 우리 농부들은 에탄올을 쓰면 쓸수록 우리에게 돈이 더 많이 돌아오게 된다고 즐거워한다. 지구촌 최대의 원유 수입국이자 곡물 수출구인 미국에게 에탄올의 등장은 양날의 칼처럼 요긴한 것이 되었다.

그러나 석유를 대신할 수 있는 에너지로 곡물 말고도 다른 많은 것이 있다. 태양광이나 풍력, 원자력 등 다른 에너지는 식량 문제를 일으키지 않는다. 그러나 미국과 브라질 같이 땅이 넓고 자동차가 많은 나라는 생각이 다르다. 에탄올 생산을 몇 배나 더 늘릴 생각이다.

백성들의 굶주림은 나라님도 구제할 수 없다는 옛말이 있지만 그래도 세계 부자나라들이 에너지 문제로 가난한 나라 백성의 굶주림을 더욱 악화시키는 것은 온난화를 가속화시키는 일보다 더 나쁜 일이 될 것 같다. 인류 평화를 위해서 부자 나라들은 지혜를 모으고 욕심을 줄여야 할 것이다. 함께 먹고 함께 굶고 온 세상이 하나 되는 그런 날이 언제쯤 올 수 있을는지.

"할머니, 어젯밤에 TV 전기코드 왜 안 빼놓았어요?"
"할머니가 깜박 잊어버렸네."
"할머니, 물이 똑똑 떨어지는 소리가 음악 같아요."
"할머니, 물이 얼마나 모였는지 보고 싶어요."

나는 몇 달 전서부터 집안에 쓰고 있지 않은 전기 코드는 모두 뽑아 놓고 물도 싱크대를 사용하지 않을 때는 큰 그릇에 똑똑 떨어지게 받아둔다. 더운 물이 나올 때까지 버리는 차가운 물도 받아 둔다. 물을 조금 써야 할 때 생각 없이 확하고 수도꼭지를 돌려 많은 양의 물을 낭비하지 않기 위해서다. 물론 전기세, 수도세를 아껴 보자는 의미도 포함되어 있지만 그보다는 환경 다큐를 자주 보면서 내가 죽어가는 지구를 위해 무엇인가를 할 수 있을까를 생각해본 결과다. 자원을 아끼고 물건을 덜 사고 덜 쓰고 쓰레기 분리를 좀 더 철저히 하는 것이 그나마 지금 내가 해야 할 최선의 길인 것 같아서다.

일본의 오키정 지방 주부들은 21가지로 쓰레기 분리를 한다고 한다. 이미 다른 방식으로 습관이 굳어버린 나는 그렇게까지 불편하게는 살지 못한다. 매사에 결벽증이 있는 나는 꼭 흐르는 물로 설거지해야 하고 야채도 흐르는 물로 여러 번 행구지 않으면 직성이 안 풀린다. 그렇게 물을 펑펑 쓸 때마다 괜시리 물이 귀한 곳에 사는 사람들에게 나는 미안한 생각이 든다.

이 지구는 인간들이 비워주면 저 혼자서 태곳적으로 되돌아가 얼마든지 생생하게 잘 살 수 있다고 한다. 하지만 인간은 지구 없이는 살 수 없다. 우주 어느 곳도 인간은 존재할 수 없다. 인간이 살 수 있는 곳은 오로지 지구 하나뿐인 것이다. 앞으로 사과나무도 더 많이 심고 맑은 물, 맑은 공기를 힘써 보존 한다면 지구는 화를 풀고 우리 인간들을 사랑해 줄 것이다. 하나뿐인 지구의 아름다움을 가꾸고 감탄해줄 인간이 없다면 지구는 정말로 외로울 테니까.

TV에서 본 live 다큐

　2011년 3월 11일 2시 46분, 이 지구상에 또 한바탕 엄청난 비극이 일어났다. 이웃나라 일본 영토가 대지진으로 초토화된 것이다. 그날 저녁 뉴스를 보면서도 나는 도무지 믿어지지가 않았다. 검은 파도가 외계에서 밀어닥친 괴물 같이 순식간에 그 엄청난 일을 벌이고 지나간 참혹한 재앙의 현장, 망연자실할 일이었다. 세상에 이런 일이 실제로 일어나는 것을 내가 보다니……. 기가 막혔다.

　쓰나미가 지나간 마을은 통째로 사라져버렸다. 며칠이 지난 오늘에도 인명피해가 얼마인지, 무엇이 어디에서 무너지고 사라졌는지 통계도 짐작도 못하고 있는 실정이라고 뉴스는 시간마다 전한다. 지진으로 망가진 원전의 격납 용기가 손상되어 방사능 물질이 유출될 수 있으니 급한 용무가 없는 타 국민들은 서둘러 일본을 떠나라고 한다.

　사상 유례없는 대지진은 원전 폭발이라는 상상치 못한 참사까지 불러왔다. 최고의 기술과 안전을 자랑하던 일본의 원전 신화는 처참히 무너지고 있다. 방사능 공포에 휩싸인 일본은 최악의 위기를 맞았다. 역사상 최악의 상황에 직면한 일본 열도는 공포의 도가니다. 놀라울 정도로 평온한 분위기를 유지하고 있는 일본인이지만 극도의 절제된 모습 속에는 방사능에 대한 공포와 불안이 내재되어 있다.

2010년 1월 12일, 카브리해의 아름다운 작은 섬 아이티, 노예의 후손으로 이룩한 비극의 섬 아이티에도 역사상 없었던 최악의 대지진이 온 국토를 삼켰다. 아이티 전체 인구의 4%인 35만 명이 사망했다. 죽은 사람도 살아있는 사람도 쉴 곳이 없는 아이티.

오, 신이여 여기 좀 보아 주세요.
나는 어찌해야 합니까
저를 살려 주세요.

폐허 더미에 피범벅이 되어 울부짖던 한 여인, 아비규환.
기생충이 득실거리는 진흙 쿠키로 배고픔을 달래는 이 세상에서 가장 가난한 나라 중 하나인 아이티. 참혹한 고통을 이겨낼 수 있는 것은 오로지 그들 자신뿐, 그 어떤 구호의 손길도 그들의 비참함을 크게 위로할 수 없었다. 신의 가호도 자비도 그곳엔 없었다.

섬나라 일본이 그토록 철저한 지진 대비책에도 속수무책으로 또 당한 참혹한 지진, 왜 첨단과학으로도 천재지변을 피할 수 없는 것일까? 왜 이 지구는 몸서리쳐대며 인간을 괴롭히는가? 악마의 몸부림인가 저주인가?

은혜로우신 자비의 신은 어디에서 무엇을 하고 계신가? 또 얼마나 많은 애절하고 슬픈 사연들이 하늘 위에 쌓이고 있을까.

일본 식민 치하에 우리 선조들이 피 흘리며 비통함을 당한 역사를 배울 때, 내 어린 소견으로 일본은 이 지구 상에서 없어져도 좋을 것이라는 생각을 한 적이 있었다. 그런데 이번 재앙에 일본이 우리나라를 울타리처럼 가려주고 있어 태평양으로부터 몰아닥치는 지진을 피할 수 있다는 지진 해설자의 이야기를 듣고 이 세상에는 예기치 못할, 참으로 희한한 일도 일어나고 있구나 생각했다. 어쨌든 우리나라 사람보다 훨씬 지혜롭고 영악한 일본 사람들은 이번에도 또다시 재건의 기적을 이룩할 것이다.

세계 경제대국인 일본이 잘못되면 온 세계 경제가 흔들릴 것이라며 세계 강대국들이 도와서 일본을 망하게 하지는 않을 것이라는 뉴스 해설자의 말이 신빙성 있게 들린다. 독일이 세계 대전 후 초토화된 폐허에서 새로운 으뜸 경제대국을 이루었듯이 일본도 틀림없이 다시 일어서리라고 본다. 이재민 대피소에서 쓰레기 분리수거를 하는 대단한 일본인, 절망 속에서도 빛나는 시민의식, 실천하는 질서의 달인, 패닉 상태에서도 크게 아귀다툼의 절도가 없는 일본인의 끈질긴 의지력에 감탄을 금치 못한다.

어떤 여론 조사에서 한국인이 가장 싫어하는 나라는 일본이며, 제일 배워야 할 나라도 일본이라는 결과가 나왔다고 한다. 그리고 가장 가깝고도 먼 나라가 일본이라는 말은 지리적으로는 가까우면서도 정신적으로는 멀다는 뜻일 것이다.

그러나 시대는 바뀌어 가고 있다. 역사적으로나 정치적으로는 아직도 한국과 일본은 많이 불편한 관계이지만, 우리의 선진화를 위해 배워야 할 것은 배워야 한다. 일본은 장수국가다. 고령화 사회로 진입한 지 꽤 오래

되었고 수많은 노인들을 위해 복지 정책을 수립하기도 했다. 물론 그 과정에서도 어려움도 따랐지만 지혜롭게, 선진국답게 복지정책을 잘 이끌어가고 있다. 국가 부채에 대한 심각성이 강조될 때마다, 일본 정부가 국가 부채를 크게 걱정하지 않을 만큼 일본 노인들이 다량으로 국채를 지금도 사고 있다 한다. 이윤이 1%도 안 되는 국채를 열심히 사들이고 있는 나라가 일본인 것이다.

자전거 여행가 이창수 씨가 3주 동안 일본 열도를 여행한 다큐를 TV로 보면서 나는 많은 것을 배우며 느꼈다. 새로운 것을 자기 문화로 만드는 일본인들의 뛰어난 영업기술이 놀랍고, 손님 음식에 침이 튈까봐 마스크를 쓰고 음식 먹는 법을 설명해주는 어느 음식점 여주인의 정갈함이 신선한 감동을 주었고 참으로 인상 깊게 남았다. 일본인의 친절은 일상 속에 배어 있으며, 남에게 폐 안 끼치고 실례를 안 하려는 강한 의지력이 아주 깊은 국민성이 된 것 같다.

그리고 온천의 나라답게 온천을 즐기는 방법도 다양하다. 도로변에 맞닿아 있는 아시유라는 노천 족탕은 놀랍게도 무료였다. 이 길을 지나는 사람은 누구나 산책길에 사용하도록 마을에서 마련한 곳으로 마을 사람들에게 일상의 휴식처가 되었다고 한다. 물론 주변도 깨끗하고 늘 맑은 온천물이 유지되는 것은 역시 일본인의 예의 바르고 남을 배려하는 마음의 지극함을 알 수 있었다.

또 다른 영상 속에 비친 일본 교토의 유원지 물가에는 한여름의 뙤약볕 속에서도 그 누구하나 시원한 계곡물에 손, 발을 담그는 사람이 없었다. 물이 더러워지면 다른 사람들이 깨끗한 물을 즐길 수 없기 때문이란다. 나는 아직 한 번도 우리나라 유원지 계곡에 가보지 못했지만, 뉴스에 비치는 쓰레기장 같은 한국의 계곡이 내 마음을 무척 부끄럽게 할 때가 종종 있다.

이창수 씨가 3주 동안 돌아다닐 때 사람들이 많이 모인 곳이나 한적한 시골길, 복잡한 도시의 길 위에는 언제나 한 조각의 휴지도 보이지 않는 정말 깨끗하고 맑은 환경이었다. 일본은 분명 우리나라보다 앞서가는 선진국이다.

큰딸 화영이는 캐나다에서 살고 있는데, 외국인 친구 중에 일본인 친구와 가장 가깝게, 친자매처럼 깊은 정을 나누며 살고 있다.

"엄마, 토모꼬가 만일 엄마 딸이었다면 정말로 엄마 마음에 꼭 드는 딸일 거예요." 라고 가끔 화영이는 말한다.

화영이가 이사갈 때도 짐을 얼마나 야무지고 알뜰하게 잘 싸주는지 놀랍고 기특하다고 말한다. 정리 정돈 잘하고, 깔끔하고, 정갈한 그녀의 습관이 일본인을 혐오스럽게 싫어했던 나의 고정관념을 과거형으로 만들어 가고 있다.

사랑하면 기억하게 된다

초판 1쇄 펴낸 날 2012년 6월 30일

지은이 김광희
펴낸이 은보람
펴낸곳 도서출판 달과소
출판등록 2010년 6월 21일 제2010-000054호
주소 우) 140-902 서울시 용산구 후암동 403-15
전화 02-752-1895 | **팩스** 02-752-1896
전자우편 book@dalgwaso.com
홈페이지 www.dalgwaso.com

표지 디자인 큰딸 화영
찍은곳 한빛인쇄

ISBN 978-89-91223-45-5 (03810)